暖暖春风江上来（中）

殷寻 著

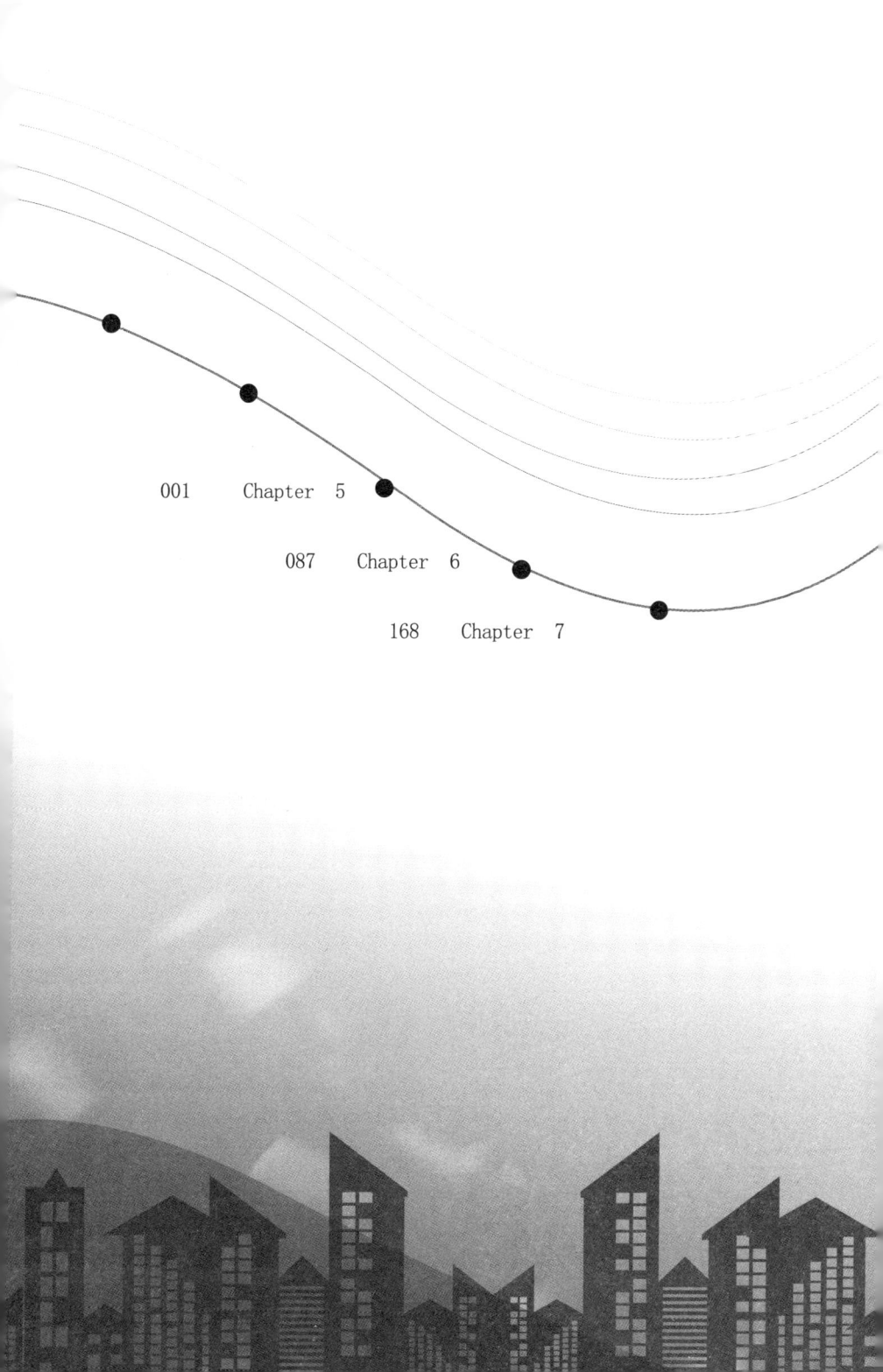

001　　Chapter　5

　　　087　　Chapter　6

　　　　　168　　Chapter　7

Chapter 5

在古镇待了两天后她和江漠远再度启程，两人下机出了闸口后，很快便有一位欧洲中年男人走上前，江漠远大步上前与他拥抱了一下，两人寒暄了几句，庄暖晨听不懂两人在说什么，始终微笑着看着他们。

苏黎世的气温要比北京低得多，再加上有时差，她有点精力不集中。江漠远牵过她的手跟那人介绍了句："我妻子庄暖晨。"然后他又道，"暖晨，这位是老管家了，叫他波里就行。"

庄暖晨冲着波里轻轻一笑，波里瞅着她时面色有异。江漠远催促波里："走吧。"

利马特河将苏黎世一分为二，波里开着车热情洋溢地说着什么，后来江漠远忍不住笑了，敲了敲车座提醒波里可以说英语。波里又操着一口带着浓郁当地腔调的英语喋喋不休起来，她这才听懂，他是在跟她介绍苏黎世的风景。

透过车窗，庄暖晨看得好奇，江漠远告诉她，他们现在是在苏黎世的旧城区，这个城区是沿着利马特河延展开来。街道上有花车表演，庄暖晨兴趣盎然，穿过教堂的时候，整座城市响起了舒缓的音乐。

"为什么会响音乐呀？"

江漠远笑了笑，搂过她："苏黎世每到整点的时候都会响起音乐。"

"好浪漫的城市。"

"想不想下车走走？"

庄暖晨连连点头。

她的样子逗笑了江漠远，他转头对着波里吩咐了一句，谁知波里拼命摇头，"这样不行，先生和夫人都等着您呢，要是耽误了时间，先生和夫人会不高兴的。"

波里这句话是用了英语来讲，很明显是讲给庄暖晨听的，江漠远蹙了蹙眉头，庄暖晨见状马上打圆场："我们在瑞士这么多天呢，不急于一时，还是先回去吧。"

"是啊，夫人都等着呢。"波里也赶忙道。

001

江漠远眉头紧缩，好半天才淡淡说了句："走吧。"

车子继续前行，车外依旧热闹，可庄暖晨已经失去了兴趣，她敏感地发觉江漠远越来越沉默，心里也开始打起鼓来。

末了她忍不住问了句："你父母是不是很难相处？"

他眼神暗沉了很多，搂过她："没事，我们去了就是打个招呼。"

她听着心生怪异。

一座中世纪复古花园式别墅，放在苏黎世倒是相得益彰。这座城这类建筑很多，但它的占地面积着实吓了庄暖晨一跳。别墅大门缓缓开启，近十米高的喷泉及栩栩如生的巨大雕像就在眼前，放眼尽是大片花园，两侧分别压有草地，这个季节竟是郁郁葱葱。

"你们家究竟是做什么的？"

江漠远拉紧她的手："没事，别紧张。"

她叹了口气，不紧张才怪。

没有想象中的夸张迎接场面，别墅内外很安静。波里拖着车厢里的行李箱走上前轻声道："进去吧，先生和夫人都等着您呢。"

江漠远目光更沉了些："行李箱放回后备箱吧。"

波里一愣："您今晚不住家里？"

庄暖晨也疑惑地看着他，他眉梢闪过一丝阴郁，淡淡说了句："我想，没人会欢迎我住家里。"朝着庄暖晨一伸手，"进去吧。"

庄暖晨心里隐隐不安。

别墅内的设计一如想象中的一样，如果不是大家穿着现代服装，庄暖晨会以为穿越到了欧洲古代宫殿。

"我还以为你永远不会进这个家门。"

突然扬起的声音将庄暖晨吓个半死，循声看过去，一男人正缓缓地从楼梯上往下走。他看上去六十多岁，身材极为挺拔，眉宇之间透着跟江漠远的相似之处。江漠远轻唤了一声父亲，态度敬重却很疏远。

江父在楼梯口停住脚步，淡淡扫了一眼江漠远，眼神落在庄暖晨脸上时目光陡然沉了很多，她一惊，下意识后退了一步。

江漠远伸手将她搂住，看着父亲："我结婚了，她是我妻子庄暖晨。"

江父沉默许久："你回来就是为了告诉我和你母亲这个消息？"

"是。"

气氛逐渐结冰，又一道女人声音扬了起来："漠远，你带谁回来了？"

庄暖晨跟着又一惊，这家人怎么跟幽灵似的吓人。抬头一看是位少妇，很漂亮，风姿绰约。江漠远唤了她声母亲，然后又重新介绍了一下庄暖晨。

"你过来。"

江漠远轻拍了一下她的手,示意她上前。她紧张地咽了下口水,硬着头皮照做。

"你就是我的儿媳妇?"江母的语气冰冷。

庄暖晨的后背一阵蹿凉,这家人是怎么回事啊?深吸一口气还是轻轻一点头,却始终无法叫出"妈"来。

江母打量了她半天,转头看向江漠远:"我不会承认她进江家。"

庄暖晨愕然,江漠远上前:"对不起,让你们失望了,我没想过离婚。"

"你在胡闹。"

"我很清楚自己在做什么。"江漠远与她对视。

庄暖晨下意识紧紧贴着江漠远,在这个陌生的地方,面对着陌生的人,他是她唯一的依靠。

"好,那你从此以后别再进这个家门。"江母转身上了楼。

庄暖晨扯了扯江漠远的衣袖,他却冲着她轻轻一笑做安慰状,再看向江父:"该说的话已经说完了,我们走了。"

"人都回来了,就算走至少也要吃顿晚餐再走。"

江漠远停住脚步。

"波里,晚餐备好了没有?"江父问了句。

波里似乎早就料到家里气氛会变成这个样子,从容回了句:"已经好了。"

"开饭吧。"

庄暖晨想象不到坐在一个长近五米的长条桌前用餐是什么感觉,她倒是在电视上见过,但人多也热闹。此时此刻就他们三人在用餐,江父坐主位,江漠远和她坐在左手边的位置,右边空空如也。

餐厅静得吓人,庄暖晨手上的餐具会偶尔发出声音,回荡在空间里也足够响亮,江父会抬头看她,她一脸的尴尬,江漠远不以为意,只是微笑着替她夹东西。

吃到一半儿的时候,江父终于开口了:"庄小姐父母健在?"

庄暖晨赶紧放下餐具:"是。"

一句庄小姐完全透着生疏,很明显他没将她当成是儿媳妇。

"父母是做什么的?"

"父亲以前当过兵,后来到了南方做支援兵直到现在,母亲在古镇里教书,不过现在他们两人都退休了。"庄暖晨尽量让措辞正式点。

"哦？原来你父亲当过兵啊？哪个兵种？"江父似乎感兴趣了。

庄暖晨想了想，道："听父亲说是空军。"

"哪一年的？"

"我不大清楚。"

"哪个部队的？"江父又问。

"我只知道父亲是在北京征兵入伍的，他是老北京人。"

江父若有所思："按照你父亲的年龄，再按照地域来看，我也八九不离十能想到是哪个师团的。"

"江叔叔，呃，爸。"庄暖晨喊着这个字眼很别扭，但还是勉强叫了出来，"您也当过兵是吗？"

"我一个满身铜臭的商人哪会当兵？"江父竟笑了，"不过是跟几个师团的头头相交甚好罢了。"

庄暖晨发现他笑起来也挺好看的，便回答道："我爸爸他就是普通军官。"

"你父亲叫什么名字？"江父轻声问了句。

"叫庄国磊。"

"这个名字我好像在哪儿听过。"江父喝了一口酒，半天后恍然大悟，"是不是当年主动留在古镇不回北京的那个军官？曾经立过数起特等功？"

"啊？父亲的确是主动留在古镇的，但有没有立功我就不知道了。"她从未听父亲提到过。

"当年北京军区开会讨论的人肯定就是你父亲，集军人勋章于一身的骨干啊，就是死活不回北京。"江父哈哈一笑。

庄暖晨愣住了："您知道我父亲？"

"没见过你父亲，但听过你父亲的事迹。早年我还在国内做投资的时候，也顺便听说了你父亲的事，世上的事还真巧。"

庄暖晨震惊，悄悄打量着江父。他的话云淡风轻，却透出一个重要的信息，父亲所在的师团是重要的一支队伍，他不但了解师团情况，还跟师团的军官相交甚好，早年做投资，晚年定居苏黎世。

"您是江峰？"她很迟疑。

江父挺从容，拿起酒杯轻喝了一口："怎么，你认识我？"

庄暖晨震惊："您真是江峰！"

"我听说过您的大名。"庄暖晨兴奋得语无伦次了，"曾经创造资本市场神话的商业大亨江峰，您不但是著名的商业家，还是数一数二的华裔银行家，我曾经看过媒体对您的专访。"

江峰，中国早期资本市场的神手，由各类赚钱项目到资金运作、买卖再到投资等一系列过程中赢得了商业大亨的头衔，在中国市场一度低迷的时期，他通过自己的力量激活了资本市场，并且与多家大型银行取得了战略性合作，这也为他能够进军银行业迈出了至关重要的一步。

据说此人深谙商业之道，被称为"鬼才"，因为他不但精通资本运作，还对货币运营有着独特的方式，研究货币非天才非专业不能行。后来江峰将目光放到了外币上，随着国门的打开，越来越多的国外文化、经济力量进军中国市场时，他却在保住国内产业后又转营国外项目产业，经过投资、整合和专业团队的完美运作，江峰的身价也越滚越高。直到他移民国外，国内便很少再有他的消息，但江峰的事迹始终作为商业标杆出现在各个商业讲座甚至是大学讲堂中。

有关他的事情，庄暖晨都是在网上和杂志专访中了解到的，当时她还记得记者问他为什么会移民国外，他的回答很简单，为了无法回国的妻子。这个答案震惊了商界，赫赫有名的江峰竟是情种，不过也有外界传闻，江峰有银行资产是放在瑞士著名的资金管理中心苏黎世，照现在看来，他最后定居在苏黎世想来是有原因的。

更重要的是江峰与政要的交好，人脉四通八达，不说上天入地也至少能够通吃四方。江漠远做事情与江峰无异，她也不再为他能够拿到那套四合院而感到惊奇了。眼前这两个男人，都是资本运作市场上的大鳄，就坐在她的旁边用餐，一时间她受宠若惊。

江峰对她刮目相看："没想到一个小姑娘竟然喜欢看财经新闻。"

"是工作需要。"庄暖晨看着江峰，眼里心里尽是敬佩。

江峰笑了笑没再继续这个话题，喝完杯中酒，目光落在江漠远身上："怎么样？一顿饭的时间有没有改变主意？"

庄暖晨一愣，这对父子搞什么？

一直保持沉默的江漠远停下用餐动作，拿起餐布擦了擦唇角，放下："我不会改变主意。"

"这是你自己立下的誓言，你要打破吗？"

"是。"江漠远挺直的脊梁透着坚决，与江峰对视，"我接受惩罚。"

庄暖晨听得心惊胆战，一时间坐立不安。江漠远揽过她的肩膀："没事，不用害怕。"

"江漠远……"

"乖乖在这等我。"江漠远起身，跟着江峰一起出了餐厅。

庄暖晨僵在餐厅好半天，怎么想怎么都觉得不对劲，尤其是江漠远说的"惩罚"俩字,一直在耳边转悠。

她忍不住,起身就出了餐厅。

顺着动静一直找到了庭院,她双腿一软差点跪倒地上。

庭院小路铺满了鹅卵石,江漠远就直接跪在上面。大衣扔在一旁,寒风凛冽中只穿一件单薄的黑色衬衫。石路的两侧有家丁站得整齐,他们各个身强力壮,手拿棍子。

江峰站在台阶前,居高临下看着这一幕,神情淡然。庄暖晨哪见过这种架势,不祥预感开始盘旋头顶,想冲上前却被人拉住,转头一看是波里,他冲着她拼命摇头。

庄暖晨大喊一声:"江漠远!"

所有人都朝这边看,江漠远见她来了眉头倏然紧蹙,低喝:"波里,带她进去。"

庄暖晨死活不肯,波里为难得要命。

"江漠远为什么跪在那儿?告诉我,波里,求你。"

波里见她如此低声下气,只好回答:"他要接受棍刑。"

庄暖晨全身发凉,都什么年代了。惶恐间,就见两人抬着只桶照着江漠远就倒下去,夹杂着冰块的水从头到脚浇到底,江漠远浑身湿透,黑色衬衫和黑色西装裤湿嗒嗒地紧贴身上。

"你们疯了!"庄暖晨急得一把甩开波里的手。

江漠远冲着这边又低吼了一句,紧接着冲上来两名下人将她围住。江峰看着跪在地上的儿子:"你现在后悔还来得及。"

江漠远抬头:"当年爷爷是不是也这么问您的?"

江峰蹙眉:"我跟你性质不同。"

"所以,既然是我没遵守誓言,我愿意承担后果。"

江峰下意识抬头看了一眼,江漠远也顺势看过去,二楼的窗台旁,美丽少妇早就泪流满面。

江峰低喝一声:"打!"

一名家丁走上前,抡起棍子朝着江漠远的后背打过去。

江漠远闷哼了一声,硬生生扛住了。可这一下像是打在庄暖晨心上:"放开我!我让你们放开!"她死命挣扎,可箍住她的人都人高马大,她只能眼睁睁地看着江漠远挨打。

毕竟是血肉之躯,那么粗的棍子一下下打身上哪能受得了?江漠远单手撑着冰冷的地面,还在硬挺着一动不动地跪在那儿,很快,棍子上沾了血。

"够了!"庄暖晨狠狠咬住箍住她的家丁的手臂,用尽全力撞出去。

眼瞅着棍子抡下来，她想都没想直接抱住江漠远，这一下是打在她身上，皮开肉绽的疼，她差点一口气没喘上来昏过去。

江峰一愣，所有人惊喘一声，江漠远这才意识到，踉跄起身一把扯住那名家丁，一拳头抡了过去，打得对方满嘴是血。他像是发了疯，从地上拾起棍子冲着对方就要打过去。

"江漠远……"庄暖晨趴在冰冷的鹅卵石上，艰难地叫了他一声。

江漠远扔下棍子冲过来，吃力地搂住她："你是傻还是笨？谁让你冲过来的？"他的双眼被愤怒激红，像头野狼。

庄暖晨抬头看着他："那你是傻还是笨？"

"回房去。"

庄暖晨摇头，艰难起身，看着江峰一字一句："我跟江漠远离婚，别打他了。"江漠远发了什么誓她不清楚，但有一点是肯定的，他挨打是因她而起。

江峰眼神一怔。

江漠远踉跄过来，一把将她扯怀里："别瞎讲！"

"江漠远。"

"庄暖晨！"他的语调陡然提高，"你给我听好了，我不会跟你离婚。"

庄暖晨看着他，眼泪下来了，摇头："不值得。"

"我说值得就值得。"

江漠远再看向江峰时眼神坚毅，重新跪下来："继续吧。"

江峰盯着他："这是何苦呢？"

江漠远没再多说什么，庄暖晨见状后也跪了下来："如果要受罚的话，我愿意跟他一起。"

"别胡说！"

庄暖晨冲他轻轻一笑，周遭的人议论纷纷。江峰眯了眯眼睛："我和漠远的母亲从没承认你是江家的人，所以就算受罚你也没资格。"

"我和江漠远已经是合法夫妻，既然我丈夫情愿受罚也不选择离婚，那么我就愿意跟他一同受罚。"庄暖晨目光笃定，"只是，我真的很想知道身为父母的是不是就会眼睁睁看着自己的儿子死。"

江峰被她说得哑口无言，死死盯着她。

她没有收回目光，倔强地跟他对视。

"这里有你说话的份儿吗？"人群中扬起一道嗓音，轻柔冷漠。

她循声看去，竟是江漠远的母亲。

江漠远开口:"她是庄暖晨,我的妻子,这已经是铁定的事实。"

江母目光冰冷。

江峰看着江漠远突然问了句:"你是不是真的爱她爱到不顾一切了?"

江漠远微微一怔,这句话听在庄暖晨耳朵里让她也是一怔,下意识看他。他低头与她对视,似乎在思考,半响后抬头与江峰对视:"是。"

庄暖晨心底蹿起一种莫名的感觉,这种感觉有点崩裂的疼。

"那你呢?"这回江峰将问题抛给了庄暖晨。

她一时间不知道如何回答,周围人全都看她,连同江漠远。过了稍许她说:"是。"

这个时候回答"是"总比回答"不是"要有胜券得多,最起码可以帮助江漠远吧。

江母脸上的神情怪异,她看到后竟有种大快人心的感觉,庄暖晨承认自己这个想法很阴暗。

只是搂着她的男人手臂明显收紧了,她惊愕抬头看他,就见他目光里隐着光亮和喜悦。她从未见过他这般热烈的眼神,赶忙垂眼,暗自告诉自己:刚刚的回答不过是权宜之计。

"你们走吧。"江峰意外说了这句话。

庄暖晨心里巨石轰然放下。

后来当庄暖晨再回想这一幕时,怎么都记不清她和江漠远是如何从那个家走出来的。

只记得江漠远跪在父母面前磕了头,拉着她离开之际,她回头看了一眼。那一刻,江漠远的爸妈其实都是红了眼眶的。

过了两日,他们进到了市区。

车子在银行门口停了下来,波里转头对江漠远道:"莫班已经在等您了。"莫班是私人资产管家,常年为江家服务。

江漠远要庄暖晨跟他一同进去,当她知道需要很久后提出自己还是随便逛逛等他。

他也没勉强她,给了她现钞又附带了张白金卡,叮嘱下她看好什么就买,不能刷卡的地方就用现金。

庄暖晨赶紧摇头:"我有钱。"

"这张卡方便。"江漠远将卡和钱全都塞进她的钱包里,"听话,办完事我去找你。"

"我的手机没电了怎么办?你能找到我吗?"

"能,放心。"

心蹿动了一下，不经意又想起那晚她坐过站的时候，他也是这么坚定。

走在班霍夫大街上，脚踩着的正是各家银行的巨大金库，想想也够肝颤了，只是庄暖晨失去了对苏黎世的热情。

从江家出来后江漠远就带她到了另一处别墅，听波里说那是江漠远名下的，推开窗子还能看到阿尔卑斯山。疗养了两天，这两天波里忙前忙后，私人医生进进出出。她倒是没什么大碍，幸亏当天穿得厚。

直到逛累了，她找了一家咖啡馆坐下来。这个季节游客少，咖啡馆里放的是 *When you know*，懒洋洋的。

庄暖晨趴在桌子上昏昏欲睡，头偏向窗外，半响便看到一辆车子缓缓停在咖啡馆外。车子停好后下来一男子，冬日细碎的阳光打在他身上，身姿颀长挺拔。

透过窗子他看见了她，微微一笑，眸底深处是温暖。

她没动，看着他朝这边走过来。直到他在她对面坐下，伸手支起下巴："黑咖啡是你喜欢的吧？"

江漠远含笑，不消会儿服务生上了杯黑咖啡。他又顺势给她点了杯果汁，撤走了她面前的咖啡杯。

"胃不好就不要喝咖啡了。"

"嘴馋。"庄暖晨嘟囔了一句，"事情办完了？"

"嗯。"服务生又上了份蛋糕，他摘去包装袋，切成小块放在她面前。

庄暖晨微微偏头："我怎么闻到全是钞票的味道，满身铜臭的商人，说的就是你这种吗？"

江漠远故作沉思："也许吧，不过别忘了，你是满身铜臭商人的太太。"

庄暖晨瞪了他一眼。

"买什么了？"

"一件好东西。"庄暖晨从包里拿出个精致的包装盒递给他，深蓝色像是安徒生童话中的鸢尾，"打开看看。"

江漠远打开一看，微愣："给我买的？"

她嗯了声，下巴拄着双手，慵懒得像只猫。

他有配搭袖扣的习惯，刚刚逛街的时候正巧看到了这款袖扣，挺喜欢便买了下来。

江漠远眼似有惊喜滑过，再抬头微微挑眉："自己没买东西？"

"给你省点钱。"

江漠远无奈低笑。

"能配你衣服吗?"

江漠远收好:"能,很漂亮。"

"喜欢就好。"她喝了一口果汁,看着他欲言又止。

"有什么要问的?"江漠远明了。

庄暖晨也不隐瞒:"你是不是要给我一个解释呢?"

"是我欠了他们的。"难得江漠远没遮掩。

"为什么?"

江漠远沉默,静静地喝着咖啡,许久后道:"其实我有个弟弟。"

"啊。"她冷不丁想起南老爷子的话,果然。

"之所以对不起父母,是因为弟弟的死跟我有关。"

"你弟弟死了?"庄暖晨惊得掩住唇。

"是,在他上大学的时候。"他的眼窜过一抹悲痛。"我曾经介绍个女孩儿给他认识,他是因为那个女孩儿自杀的。他的死跟我有直接关系,如果我没有介绍那个女孩儿给他认识,他就不会死。"

庄暖晨听着心惊肉跳:"是那个女孩儿要离开他吗?"

"不。"江漠远的眼像深不可探的海,"那个女孩儿死了,我弟弟他接受不了这个打击后也跟着自杀了。"

"所以,你父母怪你?"

"他们怪我是对的。"

实情来得太突然,令她接受不了:"难道我跟那个女孩儿长得很像?"

江漠远迟疑,但很快说:"不,你俩一点都不一样。"

庄暖晨觉得他的反应有点奇怪,但没来及回应,就听他继续道:"我承诺过家人,在婚姻方面会听从他们的安排进行联姻,一旦违背承诺就要接受惩罚。"

庄暖晨听明白了,想来这江家父母也是真能狠得下心,心疼的同时也有担忧:"那以后怎么办?"

"我会说服他们,至少他们还没有狠心到打死我吧。"

因为江漠远还有些手续要办,所以他们还得在苏黎世待上几天。

入了夜的苏黎世更安静了,光着脚踩在厚重柔软的地毯上,听着火苗在壁炉里噼里啪啦地燃烧,庄暖晨窝在宽大的摇椅上昏昏欲睡。

江漠远去健身了,丝毫不在乎背后还有伤,一小时后回了屋,她回头,正好对上男人健硕赤裸的上半身,赶忙转回头做喝水状,脸不经意红了。

江漠远简单地冲了个澡,下了楼见她还窝在椅子上,便走过来。她心里有点慌,犹豫着要不要给他腾地方时,被他从后面轻轻揽住:"想什么呢?"

"没什么。"她干笑,"这个壁炉挺好的,我们回去也装上一个吧。"

"北京用不上壁炉。"江漠远拥着她一同挤在宽大的摇椅上,她只能紧贴着他的胸膛,"不过你要喜欢,回家安一个也行。"

"嗯。"她轻轻应了一声,不敢乱动。

江漠远收紧手臂:"以后无论怎样都不能再说离婚两个字了。"

她的心被他的话掀开,轻轻点头。

江漠远动容,靠近她,嗓音略显喑哑:"很晚了,该休息了。"

她一颤,这句话透出明显的讯息和渴望,她懂。

她支支吾吾,脑子里想的却是他为了她在江家挨打的场景,此时此刻被他这么搂着抱着,一种类似情感的东西蔓延得很快。

"怎么了?"江漠远含笑看着她脸颊发烫发红的模样,心里也被柔软的情感塞得满满的,他想到的全都是她在父母面前承认爱他的那个"是"字,他情愿选择相信。

"我、我还不大困。你该上药了吧?我给你拿药。"她终于说了句完整的话。

江漠远有些克制不住,一把抓住了她:"这点小伤不碍事。"

"江漠远,你弄疼我了。"男人的手劲有点大。

"不准连名带姓地叫我。"江漠远笑着一把腾空将她抱起,径直朝着二楼卧室走去。

卧室的灯光比楼下客厅要暗些,江漠远看着她,竟没勇气逼问她爱不爱他。

他低喃:"暖暖,今晚……"

窗外的雪下得更加密,江漠远的要求直截了当,她的心跳跟着他的气息骤然加速,鼓动着她的耳膜,她低头不再看他,用沉默来顺应了他的意思。

喜悦顿时充塞了江漠远的眼,覆在她脸上的手指都几乎带着颤抖。

温度熨烫了彼此,江漠远低低落了句:"暖暖,我爱你。"

意外的爱语令她大脑空白一片,像是被抽走了灵魂,身体已然消失,剩下的只有喘息声。

再醒来已是午后了。

下了一夜的雪,窗外是皑皑白色。卧室里是暖暖的气流,有种松香气味。

她枕边空空如也,江漠远已经起床。

卧室门被推开了，她赶忙拉高被子靠坐床头。江漠远穿得很随意，见她醒了走上前坐下："睡得好吗？"

她瞪了他一眼，脸腾地红了。

"你快出去。"

"出去干吗？"

她皱眉，他明知故问。

江漠远唇畔展笑："好，我出去。"

她下意识松了口气。让她在他面前换衣服，若无其事走进浴室，这种事至少现在还做不出来。

等他出了门，她才扶着床边起身。

"哦，忘了问你……"

去而复返的声音吓了庄暖晨一跳，转头，对上门边那双男人含笑的眼。他颀长的身躯斜倚门边，双臂环抱，一副悠闲自在姿态。

她惊叫，又缩回床上："干吗又回来？"

"想问你吃什么。"江漠远懒洋洋说。

"随便。"

"有家当地人开的餐厅不错，一会儿可以带你去尝尝。"

她盯着他，既然都决定了，还假模假样问她？男人笑着又离开了，这次她等了近十分钟才敢下床。

旧城区有不少怀旧餐厅，各有各的风格。这家，安静优雅，照亮餐厅的是一尊尊足有男人手腕粗的白色蜡烛，头顶上、四周乃至走廊都悬挂着蜡烛，浓郁的中世纪气息。

餐食的口味都是庄暖晨喜欢的，红酒醒好，江漠远问她："有没有想过把工作辞了？"

"顾墨曾经也这么要求过。"刀叉一滞，她抬眼平静地看着他。

江漠远眉头一凛："我是我，顾墨是顾墨。"

"我知道，只是想跟你说，我很喜欢我的工作。"

半晌，她的手被他轻轻攥握："好，我只是怕你太累。"

庄暖晨心头泛暖，为刚刚误会他感到尴尬。

"以后时间多的是，而且你也要忙公事。"

江漠远轻笑："是。"

正吃着，一道女声扬起："你怎么在这？"

庄暖晨循声抬头，眼见着两位女子走上前，大包小包地挂在胳膊上，开口说话的是个欧洲女孩，热情洋溢，另一个是黑发黑眼的亚洲女孩，一脸震惊地盯着她看。她一颤,这种眼神在江母身上也见到过。

欧洲女孩只对江漠远感兴趣,将东西往旁边一放就坐到他身边。江漠远抬眼看了一下,相比女人的热情,他很平静:"米歇尔?"

米歇尔拉着他的胳膊:"你是什么时候回苏黎世的?"又看着亚洲女孩,"吉娜,为什么不告诉我?"

被叫作吉娜的女孩子耸耸肩膀,意味深长地看了一眼庄暖晨后又看了看江漠远,笑道:"介意我们坐下吗?"

江漠远漫不经心地喝着酒:"介意。"明显的逐客意味。

吉娜却毫不客气地坐了下来,米歇尔说:"我来这里买款限量版胸针,漠远,我真希望自己早到几天。"

庄暖晨低头,叉子摆弄着盘中的小牛肉,暗叹这个米歇尔真是个败家的主儿。

"方便给我们介绍一下吗?"是吉娜的声音。

江漠远淡淡道:"这是我妻子庄暖晨。"

米歇尔震惊:"天,你结婚了?"

江漠远没做任何回应。

"庄暖晨?很好听的名字。"吉娜这次说的是汉语,冲着她一伸手,"你叫我吉娜就行,我算是他的远房妹妹。"

庄暖晨伸手与她相握,吉娜仔细打量着她:"你长得,"见江漠远的神情一凛马上道,"挺好看的。"

她疑惑,这话听起来怪怪的,目光又落向米歇尔,她总不会是江漠远的妹妹了吧?那种脉脉含情的小眼神打死她都不信。

吉娜像是看穿了她的心思:"她叫米歇尔,一线名模,我是她的经纪人。我哥他以前跟米歇尔好得很呢。"她笑得很坏。

庄暖晨面色微微一怔。对面男人有了愠色:"你很闲是不是?"警告意味。

吉娜不见惧意,笑得很开怀,庄暖晨一时间竟同情起江漠远来,就这么被自己的妹妹给卖了。

江漠远抬眼看了她,见她面色平静,他眉头微凛,下巴略显紧绷。米歇尔大半个身子近乎贴他身上,却是跟庄暖晨说话:"不介意借你老公几天吧?我和漠远好久没见面了,想好好叙叙旧。"

江漠远没迎合米歇尔,却也没推开她,仍旧盯着庄暖晨。

庄暖晨心里多少惊讶,这年头真是什么人都有。便道:"我去趟洗手间,你们继续。"

米歇尔诱惑嗓音又起:"人家好想你。"

庄暖晨突然停脚,她改主意了,这个米歇尔好死不死地激起她的斗志。面带微笑又返回来:"老公,这家东西不是很好吃换一家吧,我先去洗手间,你处理一下闲杂人等?"

江漠远好半天才反应过来,连连点头:"好,好。"他第一次听她叫老公,这种感觉说不上来的舒服和满足。

吉娜眼里透着兴味。

庄暖晨声音更柔:"那一会儿你还陪我逛街吗?如果忙,改天也行。"

"不忙,我陪你,想逛到几点都行。"江漠远眼里闪烁光亮。

米歇尔和吉娜都惊呆了,她们认识的江漠远哪会陪女人逛街?

"米歇尔是吧?"庄暖晨轻笑与她对视,"看来,你只能继续让吉娜陪着购物了。"

米歇尔气得脸煞白,看向江漠远做委屈状:"她怎么这么说话?"

江漠远的心思全都在她的那声"老公"上,听在耳朵里心都快要化了,哪还有功夫搭理她?

洗手间,庄暖晨看着镜中的自己。脸挺白,心里竟有点酸。她蹙了眉头,其实早就应该猜到会这样,但又一想这跟她有什么关系,就算是夫妻,这场婚姻关系直到现在也还是摇摇晃晃的不真实。

水流温温的,暖了微凉的指尖,再抬头镜中多了张女人脸,幽怨不悦。她被吓了一跳,鬼吗?走路没声音的。

米歇尔专程来找她的,直截了当:"我是他的情人。"

"我相信。"她笑道,"像他那种男人,身边会有很多女人。"

"我才是留在他身边最长时间的女人。"米歇尔攥拳,"你压根就不知道漠远对我有多好。"

庄暖晨一语击中要害:"对你好为什么不娶你?"

米歇尔反击:"别以为他娶了你就能爱你一辈子。"

庄暖晨从容不迫:"就算他不爱我那天,我还是名正言顺的江太太。"

米歇尔瞪着她,咬牙切齿:"我跟他在一起的时候就知道他有未婚妻,不过你俩现在才结婚,看来他也就是走走形式。"

庄暖晨一怔,他有未婚妻?

见她不语,米歇尔乘胜追击,上下打量了她一番,冷笑:"他怎么会喜欢你呢?"

"你是哪年跟他在一起的?"庄暖晨打断她的话。

米歇尔一脸不在乎:"四年前。"

庄暖晨满心狐疑，那边米歇尔还不依不饶的："你根本就不是他喜欢的类型。"

"既然你对他这么了解，那么见过他有吃回头草的习惯吗？"庄暖晨冷言回击。

米歇尔脸色难看。

洗手间的门突然被推开了。庄暖晨一看愣住，江漠远竟闯了进来，身后还跟着吉娜，米歇尔也是一脸惊讶。

江漠远上前一把拉过庄暖晨，一句话没说就出了洗手间。

从班霍夫大街到老城区的圣奥古斯丁巷，再到深藏在街中的铺子，几个小时下来庄暖晨几乎一句话没说。她倒是真的来逛了街，江漠远也倒是真的陪着她一条街一条街地逛。

东西没买，心里想的只有未婚妻一事。江漠远反倒急坏了，暗自打量着她的情绪。

"江漠远，你爱上过谁吗？"回到车上，庄暖晨问出了这句话。遭遇公然挑衅，远不及知道他有过未婚妻震撼。

江漠远闻言没马上开车，转头："什么？"

"在你结婚之前，你爱过谁吗？"

他眉心微微波动一下，然后笑了："米歇尔的确留在我身边一段时间，但我并不爱她。"在服装店的时候，他就很想跟她解释。

"今天的事我很抱歉，是我让你受委屈了。"

庄暖晨静静地看着他。

见她不语他略显急了，大手扒了一下头发叹气："我承认，之前的生活有些乱。"

借着光亮庄暖晨看着他的眼，半晌后开口："你不爱米歇尔，那么婚前你爱过谁？难道没有一个令你动心过的吗？"

"算有吧。"江漠远意外承认。

庄暖晨愣住。

"我曾经喜欢过一个女孩，但喜欢和爱是两回事，我以为那就是爱了，可遇上你之后才发现不是。"

她听着感动，可心里总是疑窦丛生："是你的未婚妻？"

江漠远眸光一缩。

"听米歇尔说了我才知道，你曾经有过未婚妻。"

"是。"

"那她？"

江漠远伸手搂过她:"朋友介绍认识的,当时我们都没觉得什么,后来才发现彼此的性格越来越不合,我喜欢她,也尊重她的选择。"他凝视着她低笑,"现在不是很好吗?我娶到了心仪的女人,她嫁给了心仪的男人,皆大欢喜。"

"她嫁人了?"

"这有什么奇怪的?男大当婚女大当嫁。"他笑,伸手揉了揉她的头。

她略显尴尬。

"换我来问。"江漠远调整了一下坐姿。

"什么?"

"见到米歇尔之后,你有没有吃醋?"他凑她更近,"哪怕只有一点点,告诉我。"

她朝后缩了缩:"别闹了,开车吧。"

"告诉我,我就开车。"他笑,凝视着她晕红的脸。

"我干吗要吃你的醋?"

江漠远沉默不语了,她觉得奇怪,扭头看他,不想他盯着自己瞧,唇角眉梢透着几分阴郁,见他欹身过来。

她惊讶:"江漠……"剩下的惊愕被他吸入口中,他的吻突如其来,强势得很。

周围太安静了,静得只能听到他的呼吸声,扫在她耳膜的时候嗡嗡作响。

江漠远的力道有些重,弄疼了她。她无法挣扎,只能双手抵住他的胸膛。

许是见她痛了,他才放开她。她不知他怎么了,上一刻还笑容以对,这一刻就变得捉摸不透。

许久后就听江漠远轻叹一声,脸颊轻贴她的颈窝,她全身一滞。

"在我怀里不要想着他,好吗?"低沉的嗓音,前一句如同命令,后一句却像是请求。

他最终还是看透了她。男人微微抬头:"试着去忘记他,试着给我机会来爱你,这样才公平。"

翌日阳光不错,苏黎世这座静谧的城被晒得暖洋洋。午后的空气里浮荡着甘甜气息,许是从哪个商铺里传出来。

庄暖晨穿着白色外套,休闲牛仔裤及纯牛皮的马丁靴,玫红色毛线帽下黑发温柔披散,衬得素颜透着干净。她手拿着清单一家家店铺游走。马上要回国了,她想着给家人朋友带些小礼物回去。

半个多小时，买的东西不算太多，毕竟她不是个很会挑礼物的人。正想着再买点什么的时候，肩头被人从后面轻轻拍了一下，回头，对上吉娜的笑脸。

咖啡馆，咖啡掺和着阳光的味道。

吉娜抱着一大杯奶咖看着她，目不转睛的。庄暖晨被她看得不自在，忍不住问了句："我长得很奇怪吗？"

"没有没有，江漠远呢？怎么放心你自己出来了？"

"他去办事了。"

"昨天没吓到你吧？"吉娜喝了口咖啡。

她轻笑，摇头，又有点好奇："你真是江漠远的妹妹？"

"我知道你疑惑，哪有妹妹揭哥哥的短的，但挑战他的忍耐极限是我的乐趣。"

庄暖晨扯了扯唇角："你的乐趣还挺……异于常人的。"

吉娜叹了口气倚在椅背上："是我的生活太无聊了，不过昨晚米歇尔发了疯要去找我哥，要不是我拦着，说不定她就去搅和了。"

"米歇尔说你哥曾经有过未婚妻。"

吉娜眼神收了收："这件事，我想你还是问我哥比较好。有些事是可以拿来刺激我哥，有些事情就不行。比如说影响你们感情的，看得出，我哥很爱你。"

"你觉得，这件事能影响我和你哥的感情？"

"要看你如何看待了，我想我哥会跟你说的。"吉娜十分聪明，点到即止。

"倒是可以先提醒你一句。"

"什么？"庄暖晨见她严肃，心里略微不安。

吉娜低着头想了想："我哥是个占有欲很强的男人，你一定要全心全意对他，否则……"

"否则怎样？"

吉娜身子探前，盯着她的双眼，一字一句："我哥会做出什么事情来我不清楚，但能肯定的是，他会非常可怕，切记。"

吉娜走后，她失去了购物的心情，脑海中始终回荡着那句警告。

不知过了多久，她听到车响，循声看过去，竟是江漠远。车子停在离她不远处的街边，他下了车朝这边走来。

男人逆着光，她只能微微眯起双眼，看着他越走越近，直到在她面前顿步，遮住了大片阳光。

江漠远伸手揉了揉她的脑袋，稍稍用力："怎么不听话？"

"我怎么了？"她不解皱眉。

江漠远在她身边坐下："你还有力气到处乱跑呢。"今天出门的时候他要她在家等他，没想到回去之后"人去楼空"，这丫头将他的话当成耳旁风。

"谁说的？我睡到下午才醒。"她脸一红，微微抗议。

"哦？那明天让你在家睡一天好不好？"他笑了，在她耳畔暧昧落语。

庄暖晨伸手捶了他一下。

"还有力气打我？看我今晚怎么教训你。"

庄暖晨看着他唇角的笑，这么温柔的男人，会是可怕的吗？

飞机划过北京上空，苏黎世之旅算是画上了一个句点。

在家睡了一下午调整时间差，晚上的时候江漠远有应酬，出门之前千叮咛万嘱咐让她吃完晚饭在家等他，但晚饭一过，房东的一通电话令她不得不赶回出租房。临去瑞士之前，庄暖晨便跟房东打好招呼退租，知道房东是个挺斤斤计较的人所以早就做好了心理准备。

果不其然，一进门就见房东跟缉毒犬似的，看她来了就开始算账。下到沙发套，上到头顶的一只灯泡，水费、电费、燃气费这些更是巨细无遗。

两个多小时，房东差点把每块砖瓦都拆下来检查，最后一核算，押金竟然一分钱没剩，全都扣光了。

"您这也太欺负人了吧？"庄暖晨忍无可忍。

"我没让你赔钱就不错了，你看看这墙，你走了我还得花钱刮大白呢。"

"我搬来的时候您就没刮过大白！"

"总之押金我一分钱不退给你，你要不服气尽管去告好了。"房东冲着她直瞪眼。

庄暖晨腰酸背痛实在没力气跟她吵，一抬手："行，你愿意怎么扣就怎么扣吧。"

"嫌委屈啊？嫌委屈有本事自己买房啊，租房就得有租房的规矩，这不还是被你们外地人弄得房价那么高？"

庄暖晨转头，盯着房东。

房东正说着起劲的嘴止住了，原本也只是在嘴上逗逗能，见这下子说话得罪了人也略感不自然。

庄暖晨冷冰冰回了句："没有外地人，你连每个月的房租都没有。"

出了单元楼,房东便跟她分道扬镳。走出来,呼吸冰凉的空气,这一刻她才觉得自己始终像个浮萍。

她要买房!这个念头一蹿出来,全身的热血都在沸腾。哪怕很小,哪怕位置不是那么理想,但那是她的。有了房子,她就可以把爸妈接过来,爸妈不想住的话她就租出去,她恨不得现在就跑到北京各个角落看房子。

月明夜深,她的影子被拉得很长,下一刻停住脚步。

不远处是个男人身影,走起路来踉踉跄跄。庄暖晨忙闪到树后,眼睁睁看着那男人摇摇晃晃冲着单元楼去了。

顾墨。

庄暖晨从树后慢慢走出来,排山倒海的疼痛席卷而来,醉酒后的他竟然找到这里来,还是,这两周他都是这么做的?

足足半个多小时,顾墨才又踉踉跄跄地从单元楼走出来。借着月光,庄暖晨看得很清楚,他的脸颊苍白消瘦。

她跟在他身后,始终保持着几米可见的距离。她不知道顾墨能走多久,更不知道自己能跟多久,除非是确保他安全了,她才放心。

又走了半个小时,一辆车子在前面不远处的街边停住,她猛地勒步。许暮佳下了车,快步跑到顾墨面前搀扶。顾墨推搡了她一下,她却贴得更紧,用力将他拉回了车上。

泪光蒙了眼,她用力眨下,眼泪硬生生逼了回去。这世上谁都可以带给顾墨幸福,唯独她不可以,她和顾墨真的彼此陌路了。

她没回别墅,江漠远打来电话时,她坐在喷泉旁居高临下看着不远处的长安街,数着过往的霓虹。

二十分钟不到,江漠远赶来了,在她面前停住脚步,她仰头看着他。良久后他才坐到她身边,递给她一杯热饮。

庄暖晨接过来暖在手心里,再转头看他,他冲着她淡淡地笑了,眼梢有无奈还有纵容。

"是从家里过来的吗?"这次是她做得不对,应该提前给他打个电话告诉一声。

"结果发现老婆不见了。"间接回答了她的问题。

"对不起,房东给我打了电话。"

"看样子惹了一肚子气。"

庄暖晨低头淡笑,心情不好何止是因为房东。

"这样吧,把房东的姓名、电话和工作单位告诉我。"见她兴致缺缺,他想了想说了句。

庄暖晨疑惑:"干吗?"

江漠远故作一本正经:"敢欺负江太太,活腻了。"

庄暖晨笑出声来,见她笑了,江漠远伸手将她揽入怀中:"还气吗?"

她摇头。

"回家吧,天冷别感冒了。"江漠远起身,将她拉起来。

"你有认识的地产商或是地产公司吗?靠谱点的那种。"

江漠远一边给她系紧围巾一边低笑:"我接触的全都是靠谱的。"

也对。

"怎么了?"

"我……有个朋友想要买房,让我帮着留意一下,但我又不知道目前新开了哪些楼盘,想问问你呢。"

江漠远低头看着她:"你的哪个朋友要买房?"

她赶忙修正:"是个同事,平时能聊得来的。"想必她身边的朋友他都认识。

"这么快就跟同事联系了?"江漠远笑了笑。

"嗯,刚刚正好碰见她了,闲聊了几句听她提到买房的事。"她轻描淡写。

江漠远牵着她的手,轻笑:"行,明天我问问。"

周一,德玛依旧繁忙,庄暖晨给同事手下们带了礼物,大家拿在手里很是高兴。回到总监办公室,抬眼看见桌面上摆了张相片,是夏旅。

正巧办公室的门被推开,夏旅回来了,见她出现在办公室微怔一下又微笑:"你回来了。"

庄暖晨示意了一下相框:"什么时候拍的?好职业。"

"前阵子时尚杂志做专栏,我配合了一下。"夏旅走上前,不着痕迹拿过相框,"玩得怎么样?"

"哪有在玩啊,光是给你和艾念挑礼物就花了整整一天,尤其是你的。"庄暖晨从包里拿出精致的包装盒,"这是你一直想要的吧?"

夏旅接过来打开包装,从中拿出一枚深紫色香水瓶,瓶身高雅纤细,瓶身背后是香水设计师的名字。她惊喜大叫:"你怎么知道我超喜欢这款香水?"

"有这款香水广告的杂志你都快攥烂了。"庄暖晨抿唇微笑。

"亲爱的,我爱死你了。"夏旅紧紧搂住她。

这热情差点让庄暖晨背过气。

夏旅开始八卦了："这次去瑞士，有没有套出你老公身价究竟多少？"

"没你那么无聊。"庄暖晨没多说，要是让夏旅知道江漠远原来就是江峰的儿子，非得又大惊小怪一番，"我跟江漠远的事其他同事不知情吧？"

"知道是早晚的事。"

庄暖晨明白，问回公事："这段时间怎么样？项目跟进没出现问题吧？"

"放心吧。"夏旅轻描淡写了一句。

"刚刚我看了一下，这两周的信件都没通报给我。"

"怕打扰你度假嘛，行，我回头全都转发给你。"夏旅收拾了自己的东西，笑了笑，"现在你回来了，办公室还给你。"

庄暖晨笑着看她，视线不经意扫过相框中笑靥浅浅的女子，心里突然闪过一丝异样，不知为什么，相片中夏旅的笑给她一种陌生的感觉。

程少浅正在批文件，见庄暖晨敲门进来了后笑了笑示意她进来。庄暖晨进来，将一份礼物放到他桌前。

"是什么？"他眉间染笑，拿过来好奇问了句。

"看看不就知道了。"

程少浅将礼盒拆开，拿出一看，笑："不错啊，大卫的高级定制。"一款价格不低的领带。

"怎么样？"

"当然，我一向喜欢深色。"程少浅谢过她，问，"仪式在哪儿办？瑞士？"

"准备在北京。"瑞士之旅不大愉快，在北京算是个折中的地方，江漠远也尊重了她的意思。

程少浅微怔，没再多问："在北京也挺好，至少我方便参加婚礼。"

"谢谢。"

"不用这么早谢我，暖晨，咱俩认识的动机就是有点暧昧。"程少浅眼梢泛起一丝笑意，"如果江漠远对你不好，我随时接着你。"

"这句话听上去怎么那别扭？"庄暖晨笑了笑。

"说白了就是，江漠远未必就是你唯一的选择。"程少浅哈哈一笑，身子朝后倚靠。

有些人说的话会令人心跳加速，有些人说的话会令人厌恶，但程少浅说的话，总会令她心情舒畅。他会毫不遮掩地表达自己的情感，却是那么自然，像上司又像是朋友，是个很坦率的人，就算暧昧的话从他嘴里说出来都不会令彼此尴尬。

"其实你是想让我红杏出墙吧？"庄暖晨笑盯着他。

程少浅两手一摊："行啊，你这枝红杏爬我这道墙里面我乐意啊。"

"哪有骂人是红杏的？"

"我只是嫉妒江漠远那个家伙罢了。"程少浅难得跟她扯皮。

"是吗？"庄暖晨身子探前，"怎么看怎么都觉得你和他是世交。"

程少浅恍然大悟："明白了，给我买这么贵的礼物敢情是来套话了。"

"的确有这个意思。"

"说说看，你想从我这里知道什么？"

"他的未婚妻。"

程少浅含笑的唇一滞："你从哪知道他有未婚妻的？"

"你知道是不是？"

程少浅支支吾吾："算是吧。"

"你见过？她是谁？长什么样？为什么跟江漠远取消了婚约？"不是她不想相信，而是总觉得怪怪的。

"你问了这么多让我怎么回答？我只能说，那个女孩儿当年是要跟江家联姻，长得还不错，但性格不是很好，有点……"程少浅似乎在思量着词语，末了作罢，"我想这件事你还是问江漠远比较好。"

见他不想谈这个话题，她也只好作罢。

"我这儿有你一份文件，秘书拿错办公室了。"程少浅重新谈回工作。

她接过文件，打开扫了一眼，惊愕："齐媛媛工资结算？"

"结算文件上差你一个签名。"程少浅看着她，"夏旅解除了齐媛媛跟公司的聘用合同，这件事你不知道吗？"

庄暖晨一愣，夏旅将齐媛媛开除了？

"这是夏旅给我的书面报告，并且说她跟你打过招呼。"程少浅又递给她一份文件。

庄暖晨接过。

"暖晨？"

她下意识抬眼看他。

"齐媛媛被辞退这件事你知不知道？"

庄暖晨半晌后轻声说："我知道这件事，夏旅已经通报邮件给我，辞退齐媛媛也是我同意的。"

程少浅盯着她看了好半天后才点头："那就好，我还以为是夏旅私自做的决定。"

回到办公室，庄暖晨翻开夏旅递交上来的报告。上面写明齐媛媛就是当时偷取停车场视频的人，不但泄露商业机密，还配合奥斯陷害梅姐，在发布会当天播放了视频。报告列出了齐媛媛与奥斯公关的通话证据，后来齐媛媛老实交代，她当天的确在安琪办公室盗取了视频。这件事被夏旅揪了出来，当天便将她炒了鱿鱼。

短短两周，她没想到竟发生这种事。良久，按了内线："夏旅，到我办公室一趟。"

夏旅敲门进来的时候阳光正浓，这个时间其实更适合两个好朋友聊天放懒，但庄暖晨要面对的，是有可能撕破脸的公事。

她将两份文件推到夏旅面前，夏旅接过来分别看了看，将文件阖上，身子朝后倚靠："没错，我是辞了齐媛媛。她的确跟奥斯公关那边的人联系频密，你不在的这两周，头脑风暴的点子还没形成方案就外泄了出去。"

"我看过报告，你只是找到她跟奥斯公关的通信记录，但这不是确切证据，你没理由一口咬定是她泄露了方案内容。"庄暖晨微微蹙眉。

"除了她，我们团队没有谁再跟奥斯公关联系密切。"夏旅摊开手，"最重要的，是她出卖了梅姐，这是板上钉钉的事实。"

庄暖晨静静看着她："就算真要开除她，也得等我回来吧？至少你要让我知道这个决定，刚刚在程总办公室里我很被动。"

"我还没来得及跟你说。"夏旅皱了皱眉头。

庄暖晨身子前探："就在二十分钟前我问过你这段时间的情况，如果你想跟我说这件事，会来不及？"

夏旅不解地看着她："你为了一个齐媛媛这么质问我，你觉得合适吗？"

"这是两回事。"

"就是一回事。"夏旅起身，高跟鞋踩在毡毛地毯上悄无声息，否则一定会听到烦躁不堪的声音。"齐媛媛以前怎么欺负你的难道你忘了？什么犄角旮旯的活儿都让你去做，加班加到最晚的也是你，还让你这个做方案的去跑现场，结果呢？所有的功劳都是她来领，跟你没有一毛钱的关系。"

庄暖晨看着她，夏旅的脾气一向来得快她是知道的，只是这一次，似乎是压抑了很久的话。

"你以前是她的手下，梅姐赏识你提拔你，你可以跟她平起平坐，现在呢？梅姐走了之后就跟公司推荐你来做总监，齐媛媛能服气吗？"夏旅越说越激动，来回地踱步，"我为你铲除了个威胁，有什么不对？"

"我知道你是为我好，但你这么做等于树敌，这个圈子很小的。"

夏旅不以为然冷哼。

"这段时间的确是由你来打理团队的事情,但我还是那句话,应该让我知道这件事,你不但瞒了我,还跟程总谎称是我同意这么做?你这么办事实在有欠考虑。"

夏旅盯着她:"你的意思就是我欺上瞒下了?"

"不。"庄暖晨与她对视,"你是越权,一旦被程总知道会很麻烦。"

夏旅冷笑:"这两周是我坐在这个位置上,我有权处理一切有关团队的事。庄暖晨,你好一句越权啊,原来在你心里,我压根就没能力坐上这个位置!"

"我没这么想——"

"我不和你吵!"夏旅眼睛冒火地看着她,"人是我辞退的,没通知你也是事实,你喜欢向程总打小报告就去打吧!"

"夏旅!"

砰的一声,办公室的门被狠狠带上。

午后的病房温暖如春,空气中浮动淡淡的百合香。

"曾经我收过不少的花,但女人送的花我还是第一次收。"病床上,梅姐轻笑。

庄暖晨削了个苹果递给她:"早知道我送你一束红玫瑰就好了。"梅姐扁桃体发炎引起高烧住院,倒无大碍。

梅姐笑得开朗:"怎么了?电话里你想跟我说什么?"

庄暖晨想了想,将齐媛媛的事情一五一十告诉梅姐,这中间梅姐一句话没插,等到她说完后梅姐才轻声说:"当初我也怀疑是她。"

庄暖晨一愣:"没听你提过,程总知道你的怀疑吗?"

梅姐接过苹果,摇头。

"为什么?"

"一是当时我的确也没有那个精力查下去,二是,"梅姐看着她,语重心长,"得饶人处且饶人。"

"可如果不开除齐媛媛的话,谁都不知道以后她能做出什么事情来。"庄暖晨试着从夏旅的角度去考虑。

"她再坏总不能去杀人放火吧?不过是利欲熏心,给她适当的提醒,我想再笨的人也明白以后该怎么做。当然也有冥顽不灵的,这种人给过机会后还不懂得珍惜的话,也不必再用。"

庄暖晨若有所思。

"程少浅是个聪明人，我想他早就知道夏旅越权。"

"那怎么办？我不想夏旅惹上麻烦。"

梅姐轻轻一笑："暖晨你要记住，千万别跟你的上司玩斗智斗勇的游戏，他能坐在那个位置上你以为靠的是什么？"

"程总怎么看都很谦谦君子。"庄暖晨说了句。

"男人的厉害不在表面而在内心。他很欣赏你的能力，但他又怕亲自做决定的话会引起部门同事的反弹，毕竟他不是你的直属上司。"

"梅姐，我没明白你的意思。"

"传播公司一向喜欢空降兵，我一旦走了，总监这个职位说不定会外派或外招。程少浅早就看出我有离开公司的心思，也早就拟定了人选，不过是借我的口说出来罢了，这样他便可以名正言顺地提拔心中人选。"梅姐轻拍了一下她的手，"他一直想要升的人就是你。"

庄暖晨听着，如同全身都罩在雾里。

"当你因为我的视频陷入被动的时候，是程少浅一直在压着安琪，而且公司发生那么大的事情，你觉得为什么总部没太多动静？"梅姐笑着看她。

庄暖晨脑中一闪："是程总？"

"没错，活动部出事，他要向总部交代，当时如果不是他在顶着上面的压力，你也不会有那么多的时间来处理危机，说不定早就被安琪抢得先机了。"

庄暖晨拿了个橘子剥开："敢情都是我被蒙在鼓里。"

"跟他周旋，没个百年修行不行的。"

庄暖晨塞了个橘子瓣给她："照这么说，他能不对夏旅有意见啊？"

"程少浅没当面戳穿你就是没打算追究这件事，你可别傻乎乎地再往枪口上撞。"梅姐嚼着橘子叮嘱她，"你要着急的是夏旅，越权这种行为可大可小，她如果不当回事，以后你和她的关系也岌岌可危。"

许暮佳进了卧室，无一例外地又看到顾墨头蒙大睡，周围都是酒瓶。气不打一处来，在厨房弄盆了冰水，冲着顾墨就倒了下来。

冰凉的水猛地激醒了顾墨，睁眼，醉醺醺的眸在看到许暮佳后变得暴躁不悦："你疯了？"

许暮佳气得瞪着他："报社那边打了无数遍电话让你去上班，你怎么不接电话呢？"

"我的事用不着你来操心！"顾墨一把推开她，跟跟跄跄走进浴室，脱了湿漉漉的内衫扔到一边后双手撑在镜子旁，依旧一脸的酒气。

许暮佳跟着进了浴室："我不操心谁来操心？"

"出去，我要换裤子！"他冲着她喝了一嗓子。

"不把话说清楚就别想换裤子！"许暮佳不依不饶。

"你知不知道你真的很烦？"

"这世上只有我才会对你这么好，你嫌烦也得忍着。"许暮佳早就习惯了他这副冷冰冰的德行，"你告诉我，什么时候去报社报到。"

"不去！"他甩了句话，转身走出浴室，去了更衣室。

许暮佳紧跟其后，顾墨原本就头昏脑涨的，被她这么一闹头更疼："大小姐，这是我家，拜托你没事别总是像幽魂一样出现好不好？"

"好啊，那你得恢复成正常人的样儿才行，现在我爸已经在查那个始作俑者了，也没催着你还款，最大报社的工作机会也摆在你面前，我不明白你还有什么想不开的，非要用酒精天天折磨自己！"许暮佳压着气道。其实她心里明白他为什么喝酒。

顾墨懒得管她，拿出条家居裤，当着她的面换了衣服。他虽消瘦了不少，但身体线条依旧结实。许暮佳脸红了，低着头不好意思再看，心跳得厉害。

顾墨换好衣服，看都没看她一眼。

她在身后喊住他，他没停步，继续往楼上走。

"我们结婚吧。"许暮佳突然说道。

顾墨回头，居高临下看着她："好像喝醉的人是我不是你吧。"

"我怀孕了。"许暮佳淡淡说了句。

这次顾墨彻底停住了脚步，惊愕。

"孩子是你的，就是元旦前一晚。"许暮佳攥了攥手指。

顾墨高大的身子一晃，大手猛地扶住楼梯扶手，半响后精神颓废地坐在楼梯上，盯着她看，久久没说话。

"你应该清楚，我跟你那晚是、是第一次。"她说完脸更红了。

顾墨的目光转冷："你想用孩子来绑我？"

"不是我想绑你，而是孩子不能没有爸爸，我是绝对不会打掉这个孩子的。"许暮佳很激动。

"很好。"顾墨站起身，脸寒凉，"孩子生下来我来养，但是许暮佳，我不会娶你。"

许暮佳脸色煞白，失声："为什么？"

"我不爱你。"扔下句冰冷冷的话后他上了楼。

许暮佳眼泪哗地流下来，那晚，她费了多少心思，没想到结果还是一样。

夏旅跟她闹了情绪，庄暖晨想跟她好好聊聊，她干脆请了病假，闭门不见。

标维的年底会议又落回到她的头上，不大不小的会议，江漠远也出席了，这是她跟他婚后第一次以这种形式相处。

因为马上到年底，面临着公司放假，所以在通报了近两期活动总结报告后，庄暖晨又提出明年整体的活动包装建议，江漠远和企划部的人听着都没什么太大意见。

高莹做的是年底最后一笔款项的结算，结算报告拿在手后江漠远淡淡说了句："散会后庄总监到我办公室一趟。"其他人，一如既往的暧昧小眼神。

散了会，庄暖晨打发高莹等人先离开，待跟企划部的几位高层简单聊了几句后便搭电梯到了行政总裁室，敲门进了办公室后，江漠远头也没抬，直接问："不用再回公司了吧？"

"嗯。"

"那正好。"江漠远签完手头文件递给她，"收好。"

她接过，是刚刚最后一笔款项的同意书，他已经签好名字了。

"我们的关系会不会怪了点？"将文件放在包里后她忍不住说了句。她的老公同时又是她的间接老板，给她服务的公司批了款项。

江漠远唇边漾着笑，朝她一伸手："过来。"

她上前，他转过椅子，伸手将她拉坐怀里。

"别这样。"她吓了一跳。

"怕什么？"江漠远低笑，"外面那些人早晚都要知道咱俩的关系。"

"那也总比现在被撞见议论纷纷要好呀。"她想起身却被他圈得更紧。

"别乱动。"耳畔，男人嗓音低低的。

她的脸微微泛红，责怪道："叫我上来就是要这样吗？"

"夫妻间还能怎样？难道我还要跟你讨论一下刚刚的会议内容？"江漠远被她逗笑。

"别闹了，办公室里还这样？以前没见你这么不正经。"

男人深笑："正经都是装出来的，之前那几次把你叫到办公室，表面是谈公事，实际上呢？知道我那时候在想什么吗？"

她盯着他，觉得没好话。

江漠远收紧手臂，脸轻贴她的耳畔，低语了几句。

庄暖晨没料到他会说得这么露骨，抬手就是一下："披着人皮的狼！"

男人张口轻咬了她耳垂一下："再对我动手动脚的，小心我真的不客气。"

"真不要脸，谁对你动手动脚了？"

见她红着脸逃窜，他便不再逗她，拿过桌上的资料："看看有没有你喜欢的。"

她接过来一看，是几处房子的实景图、周边环境图、室内图，还有些内部资料，没想到他真上心这件事了。

"这是现房，小区和周围配套环境都已成熟，不用再等上一两年。这些房产中，红图地产和万基地产可以做重点考虑，地理位置好，有升值空间和居住价值。"

"这几套房子是不是很贵啊？"她抬眼看着他，问了句。

江漠远淡淡一笑："你同事想要买什么价位的房子？"

"性价比高点的房子，楼房就行，以后方便接父母过来住。"

"我选的这几套都很适合老人居住，环境安静又在市区，相当于闹中取静。"

"可是会很贵。"

"你同事没钱吗？"江漠远悠闲地看着她，"她没钱，她老公呢？"

她看着他，从他眼睛里隐隐看出东西来。

"买房是大事，总要两人意见达成一致才行。还有暖暖，你似乎了解你那个同事过了头。"江漠远将身子倚靠椅背。

她敛着眸，再笨也能察觉出自己话语中隐隐的不实。

"我不想瞒着你，其实……是我想买房子。"

江漠远却十分平静，平静到令庄暖晨尴尬和心慌，他应该一早就拆穿了她的谎言。

"你想要房子，可以直接跟我说。"

庄暖晨攥了攥手指，眸底真诚："我想买房真的是被房东给刺激着了，收房的时候她说话很难听。一套房子可能在你眼里不算什么，但我想凭着自己的能力去给父母买房。"

江漠远静静听完她的话后起身，沉落天边的最后一道光影大片落在钢化玻璃上，男人高大身影被扯进半明半暗之中。他拿过茶几上的烟盒，从里面抽出一根香烟，叼在嘴里，点燃，不知在想什么。

她走上前，心里没底，一时间也不知道能说什么。

江漠远转过头，夹烟的手抚在她的发上，有些用力："你有没有当我是你老公，嗯？"

她是第一次见他的神情变化这么大，看来是真生气了。他一直没再说话，她亦没有开口，不知道如何面对这样一个江漠远。

气氛凝重，总裁秘书内线电话进来，她听得隐约，像是有预约的客人要来。闻言，她走到沙发前拿起外套："我先走了。"

"站住。"身后江漠远开了口，"坐下。"

就这样，客人进来后，两人坐在旁边的小会客厅洽谈，中途对方还时不时不自然地看着庄暖晨，她干脆将自己缩在一边。

等了他足足两个小时，其实他挺忙的，这段时间里他的手机响了好多次，都被转到了总裁秘书那儿。想到每次她遇上困难他都会出现，庄暖晨心中歉疚，因为她会耽误不少事吧。

窗外黑透的时候，客人离开了。秘书将做好的会客期间的来电人员记录送进来，见到庄暖晨后愣了愣。

"周年人呢？"江漠远头也没抬，淡然问。

"周助理已经到酒店了。"

庄暖晨看了一眼手表，晚八点了。

江漠远又签了几份文件后交给秘书，命她出去。见他似乎忙完了手头上的事，庄暖晨也赶紧起身，腿都麻了。

他伸手拿起外套穿上，她见状又拿起旁边的围巾，踮着脚给他戴上，观察他的神情。

女人的故意示好令他唇角牵动了一下。

庄暖晨敏感捕捉到，说了句："别生气了。"

"穿好衣服，走吧。"江漠远没笑，可眼里的严肃少了些。

没想到，江漠远命司机开到了钓鱼台附近的饭店，北京深秋最美的地方也在这儿，金黄色的叶子会铺满整条街巷，车子从中穿过，带起几片银杏叶。

最开始，庄暖晨以为他们两人的晚餐要在这附近吃，但进了包厢才发现里面坐满了人，个个西装革履，见江漠远进来后纷纷起身。她吃惊，他怎么带着她参加这种商务饭局了？

"不好意思各位，有事耽误了。"江漠远脱了外套，服务生上前接走。

庄暖晨发现所有人的目光都聚在她身上，一桌子全都是男人，就她一个女人。

"哪里哪里，江总贵人事多，再说，我们几个老朋友聚聚，多等也没关系。"其中一人开口，其他人也纷纷笑了。

江漠远拉过她的手，一同坐下，她身边是周年，一脸的惊愕。

"这怎么好意思？要不要我自罚三杯？"江漠远半真半假说了句。

"我们可不敢让江总自罚三杯，这样吧，既然人到齐了，大家先碰一个。"

服务生们上前逐一为大家斟酒。轮到庄暖晨的时候，江漠远伸手压住了酒杯："给她换果汁。"吩咐完便举起杯子，跟大家笑谈了几句后一口喝光。

很快果汁上来了，江漠远接过来代劳，亲自给她倒了一杯。

"江总，这？"席上有人察觉这两人关系不简单。

"是我太太。"

众人皆惊，庄暖晨也愣住，没想到他会介绍得这么自然。

"你这太不够意思了，都结婚了才告诉大家？"正对面一男子说道。

"婚礼还没办，到时候一定通知大家。"江漠远伸手搂过庄暖晨，指了下在座的各位，"给你介绍一下，这位是齐行长，挨着他的是万基地产的老总王总，还有那位是……"他逐一介绍，她逐一微笑打着招呼。

这些人或多或少她都听说过，尽是些商场上的大鳄，能让这些人和颜悦色，可见江漠远在投资界的影响力。

"原来是弟妹啊。"万基王总一拍腿，"江老弟，你这就不对了。咱们什么关系啊？还用得着弟妹和你去亲自咨询楼房？我手头正好有一处，无论是周边配套还是户型设计，在北京绝对是这个。"他竖了下大拇指，又笑呵呵看向庄暖晨，"我叫人将最好的房型留出来，弟妹，你看怎么样？"

她一愣，下意识看向江漠远，他却始终含笑，夹了菜给她。

"王总客气了，不知在价位上……"

"瞧不起我是不是？就当是我送给弟妹的见面礼。"王总豪爽，"明天我就命助理把钥匙送过去，那房子拎包就能住，弟妹想什么时候过去就什么时候过去。"

"那怎么行？"庄暖晨一听赶忙摆手，白送她一套房子？这世上哪有免费的午餐？

"弟妹这么说就生疏了，你就说喜不喜欢我们万基的房子吧。"

庄暖晨以前跟江漠远出席的都是些宴会，作用就是个花瓶，像是这种商务性质的应酬很少参与，所以王总的这句问话，她答也不是，不答也不是。首先，她不知道这位老总跟江漠远的关系如何，拿捏不好热情的尺度；其次，席上的都不会是友情合作的主儿，推杯换盏间做出的每一个决定都能主导市场上的风云变化，那她，作为江漠远的太太就更要谨言慎行。

正敛眉思量，就听江漠远含笑嗓音："王总，你这就不对了。"

庄暖晨没抬头，却暗自松了口气。

"王总要送套房给我太太，这传出去像什么话？"江漠远故意扭曲了意思。

王总赶忙摇手解释："江老弟，这话可不能乱讲。"

酒桌上的气氛略显凝重，直到江漠远爽朗大笑，全桌人才松了口气。

"做生意不容易。"江漠远浅含笑容，边说边举起杯，"王总，心意我领了。"

"你又不是第一天接触江老弟，这个礼可不是好送的。"银行齐行长笑着举杯跟王总碰一下。

王总呵呵一笑，举杯，将话题搁浅不再提及。这边庄暖晨察觉出深浅来，她还真要感谢江漠远的提醒。

待菜上齐后，男人们的话题围绕着某处公路建设和立交桥来进行，有很多的专业术语她听得不大懂，但大致的意思还是听明白了。

这个项目原本是政府牵头，江漠远看了评估报告后有意要投资，与此同时银行这边也要出面担保，他们在逐一分析这个项目的可行性和最后收益的获取，而万基的王总似乎也有意要参与其中。

庄暖晨这才明白，他送房的目的不过是想拉近与江漠远的关系，方便他能在此项目中分杯羹，但很显然王总参与其中有点勉强，与在座的其他几位相比，不过是小巫见大巫。

席间江漠远最沉默，大多数时间在倾听，唇角始终保持淡淡笑容，心思如海令人捉摸不透。看着他，庄暖晨总会想起一句话来：一群人中最安静的人往往最有实力。看得出，那名官员和齐行长是很想促成这件事，他们两人说得最多，齐行长挨着江漠远坐，庄暖晨能听到齐行长借着碰杯在他面前窃窃私语。

"来来来，我说句俗的啊，一句话，有钱大家一起赚，留名大家一起留。"王总又举杯。

江漠远浅笑，举杯示意了一下："我倒是喜欢有钱大家一起赚这句话，我太太手里能接多少项目还得靠大家帮忙。"

庄暖晨一愣，怎么将话题转到她头上了？

"标维目前对外传播和品牌包装全都交给了我太太来运行，你们如果信得过，欢迎合作。"江漠远轻描淡写间为她搭了桥。

酒桌上的人纷纷感兴趣，不知是真的有需求还是看在江漠远的面子上，庄暖晨一时间竟应接不暇了。

"弟妹，你放心，等我回头就换了乙方公司，就不知道弟妹所在的是哪家公司？"王总最后问了句。

"德玛传播。"

其他人愕然。

齐行长忍不住说了句："弟妹啊，标维总部和德玛总部一向是死对头，怎么……"

还没等庄暖晨回答，江漠远淡淡开口："老齐，这是两码事。"

"远的不提，就拿眼前这个项目来说，南老爷子明里暗里都在争呢。"齐行长打了个预防针。

"南老爷子想要的从来不是名和利，这点，我比在座的都清楚。"他率先将杯中酒一口饮尽。

其他人也不敢怠慢，均一口干了。

酒过三巡，庄暖晨借去洗手间的工夫长长地松了一口气。纯粹商务洽谈实则就是一场虐心大战，每人笑里藏刀绵里藏针，揣摩人心还真是个劳心劳力的活儿。

应酬到了将近十二点才结束，其他人等江漠远上了车才散。

夜色薄凉，路灯交织着车灯被拉成了淡淡光影。江漠远似乎喝醉了，靠在车座上闭目养神。庄暖晨坐在他身边，看了半天后伸手过来，刚碰到领带，他无声无息睁眼。

幽暗中他与她对视，她轻叹一口气："我想给你松松领带。"

江漠远没说话，默许她这么做。却一直在看着她，看得她心慌。她从旁拿了瓶水，打开递给他。他接过喝了几口，盖上瓶盖扔到一边又闭目养神，从上车到现在一句话没说。

她只当他是喝醉了，身子刚靠椅背，他却朝着她一伸手。她转头看他，他又闭着眼。轻叹一声，手放他掌心，还在生气吗？怎么执拗得跟孩子似的。

到家已经十二点半，庄暖晨简单冲完澡出来，见江漠远一动不动地坐在卧室的沙发上吓了一跳，走上前："头晕吗？我给你煮点醒酒汤吧？"

江漠远摇头，捏了捏额角。她想了想，到浴室拿了湿毛巾给他擦擦脸，他没拒绝。

鹅黄色灯光下，他看着她，看得她挺不自然："我去给你拿睡衣。"

江漠远淡淡说："不用管我。"

庄暖晨见他这么说了点点头，走到梳妆台前，漫不经心地吹头发，镜中男人的视线始终没有离开自己。

她刻意不去看镜子中那双眼，可心里愈发慌乱，干脆关了吹风机，走到床边整理被子。男人的沉默和注视在无形之中产生了莫大的压力，压得她喘不过气来。正想打破这种僵局，眼角的余光扫到沙发上的男人起了身。

下意识松了口气，她以为他进浴室，紧跟着腰蓦地被男人搂住，她惊愕，整个人被劲力转了过来。

"你——"刚说出一个字，唇被男人低头堵住。

他发了狠，她眉头紧蹙，唇齿之间尽是酒气。没等反应过来，她被他一把推倒在床，紧跟着他也压了下来。

她没见过江漠远这样，双手抵在他的胸膛上。他却箍住她的两只手腕拉至头顶，另只手用力一扯，她的睡裙就散了。

"你弄疼我了！"她惊愕盯着他。

他的眼燃着熊熊烈火，她被他的目光惊到，而她像是被钉在床上似的一动也动不了……

夏旅趴在吧台上，一杯接着一杯。醉眼隔着杯子看着舞台中央的男男女女。这期间她已经打发走了不下十名男性打扮的女性朋友，她不感兴趣，感兴趣的只是这环境。

又点了杯马提尼，刚要喝，杯子被男人的大手夺去，顺势看过去，一张英俊的脸，他一仰头把酒喝光。

夏旅伸手要来抢："孟啸，你穷到要抢女人的酒喝吗？"

孟啸伸手稳稳接住她摇晃的身子，顺势搂住："投怀送抱？"

"你个变态！"夏旅挣扎，却被他搂得更紧。

"伊娃，有人对她感兴趣吗？"孟啸转头看着女调酒师。

伊娃耸肩："都被她骂跑了，这个场子里八成也只有你和她算是另类。"

"什么叫另类，我们是性取向正常。"孟啸皱了皱眉，"你赶紧换个场子，要不是你妈妈哭着喊着让我过来劝你，打死我也不会来这，乌七八糟。"

伊娃笑得开怀："你跟我妈妈是同事，跟我又不是，管那么多干吗？再说了，你不来怎么捞到一美女呢？"

孟啸低头看着醉醺醺的夏旅，瞳仁沉了沉。夏旅一把推开他，跟跄离开吧台。

"干吗去？"孟啸上前一把扶住她。

"回家。"夏旅甩开他的手。

"喝得这么醉你还打算开车？"孟啸惊讶说了句，又蹿上去一把拉住她。

夏旅原本就心烦，被他这么一盘问后更没耐性："我搭计程车不行吗？

你烦不烦啊？酒吧里多的是美女，你去玩你的，干吗总是来烦我？"

孟啸站在原地，气氛略显尴尬。夏旅也意识到自己的话过分了，压了压语气道："对不起，我不是冲你发火，只是这阵子很烦，我可以回家，再见。"

孟啸没料到她会道歉，怔了怔，却又在看到她摇摇晃晃差点跌倒后无奈摇头，大踏步上前将她腾空抱起。

夏旅吓得惊叫。

"闭嘴。"

回到家，夏旅将手包扔到了沙发上，到洗手间洗了把脸，头脑稍稍清醒。出来时见孟啸没离开，反倒在屋子里溜达。

"喂，你别瞎看。"

卧室的门开到一半儿又被强行关上，孟啸笑得很暧昧，伸手把她压在墙壁上，低问："卧室有什么秘密？"

男人的气息激得她心头揪了一下，蹙眉淡淡说了句："卧室是私人空间，你这么做不礼貌。"

"你要不要这么刻薄？我可是好心好意送你回来的人。"

"谢谢你。"

"这种态度还差不多。"孟啸笑了笑。

夏旅一直靠着墙，淡淡的酒气在两人之间流窜着，横生若有若无的暧昧。想提醒他已经很晚了该回去了，可撞上他的目光，夏旅的心像是被什么东西狠狠撞击一下似的。

同样地，孟啸看着她，怀中女人醉眼迷离，妖冶美艳，他轻抚她的脸，紧跟着头低下来。

铺天盖地的吻落了下来，是热情与索取，她的心跳骤然加速，下意识回应，得到回应的男人愈加热情。

空气里充斥着暧昧的气息，当他再来寻她的唇时，夏旅蓦地别过脸，孟啸一愣。

"很晚了，你该回去了。"她努力平息着狂跳不止的心。

孟啸伸手扳过她的脸："怎么了？刚刚不是好好的吗？"

夏旅知道他的想法，一把推开他，自嘲："你不能碰我。"

孟啸尴尬："对不起，刚刚是我太冲动，你别误会，我不是那种是女人就碰的男人。"一时间他竟找不出合适的言语。

"是你误会了。"夏旅淡笑，"你之所以不能碰我，是因为我脏。"

孟啸没料到她会这么说，愣怔。

"我已经跟了别人了。"夏旅轻描淡写，对上他愕然的双眼，"这样一个女人，别连带地把你也弄脏了。"

孟啸猛地明白她口中"跟了别人"的意思，眉头倏然皱起："为什么这么糟蹋自己？"

"为了钱。"她坐在沙发上，"这世上什么都可以骗你，但钱不会，它会死心塌地成为你的，给你安全感。"

"你说什么？"孟啸像是听到笑话似的。

"在说事实，我本来就是个生活得一团糟的人，所以这样也好。"

"好什么好？你完全可以好好谈场恋爱。"孟啸眉头拧得更紧，不悦。

"这世上没那么多的爱情童话。"

"你可以换种方式，任何方式也好过你做现在的选择。"孟啸走上前，居高临下看着她。

"我认了，如果生活就是这样的话，我也宁可这样。反正，我根本就不在乎别人怎么看我。"

下巴被男人捏住，她被迫抬头，他的眼深邃而认真："夏旅，等你真正爱上某个人那天，就会知道自己现在多荒唐。"

待孟啸的脚步声消失半天后，她蜷缩在沙发上。自己已经走上了一条不归路，这条路上，她只有自己。

吃过早饭天气有点阴，衣帽间，落地镜子中映出男人和女人的身影，女人在给男人打着领带，脸上憔悴。

她的视线与领带垂直，男人看着她，稍许伸手圈住她的腰："暖暖，昨晚是我不好，我喝醉了。"

庄暖晨没说话，昨晚他的确吓到她了。

见她沉默，江漠远心里没底，将她搂在怀里，温柔低语："你这样会让我一天都心神不宁，工作起来也没心情了。"

庄暖晨的脸贴他怀里："我没怪你。"

江漠远窝心了一下，情不自禁吻了她的额头："我爱你，真的很爱你。"

她闭上眼，感受他的温柔。只是他每说一次爱她，她的心就会感到沉重，这份爱她能够回应吗？

时间过得很快，快到庄暖晨还没来得及跟夏旅缓和关系就到了年根底下。夏旅请了年假，加上过年的假期总共大半个月，虽说她的态度不好，但做事很利落，将手头上的项目全都盯完才提前回老家了。庄暖晨走得最晚，陪着她垫底的还有程少浅。

员工们都放假走后,她和程少浅又重新将项目整理罗列了一下,做个详细的卷宗和案例简报。大年三十前一天上午,程少浅坐上了飞往国外的航班,她亲自送的机。

江漠远这两天忙得不可开交,每天都应酬到很晚才回家,不过他承诺,除夕夜要跟她一同回古镇去过,并且他已经拟定了婚礼的日子:立春之前,艾念婚礼之后。

年三十的清晨,他便早早出了门,庄暖晨收拾好东西后等着他中午回来接她去机场。

上午的阳光很好,阳台上满满都是她在花市上买的花,浇灌了一番,又修理了一下枝杈。做完这些后看着窗外,别墅区也有了过年的喜悦气氛。按下开关,倾斜透明的天窗下方亮了彩灯,是她从灯饰城里买来的。江漠远不大了解过年习俗,但还是乖乖听话爬高将灯挂满了天窗。

中国人过年的习惯,点灯要从年三十到正月十五,她自小就喜欢过年,现在也不例外。

前两天她偷着去医院看了一眼顾阿姨,欣慰的是病情稍稍稳定了,但她只是远远地看着,直到看见顾墨的身影后落荒而逃。

顾墨依旧那么清瘦,他身边跟着许暮佳,穿得很乖巧,目光柔和地看着顾墨。这个年夜,许暮佳应该会陪在顾墨身边吧,这样也好,至少他不是孤独的。

正想着,门铃响了。她还以为是江漠远,开门却愣住了。门口的女人微微勾唇:"不请我进去吗?"

她这才反应过来,赶忙侧身:"您快请进。"

女人换了鞋走了进来,环视了一下四周。

"您请坐。"

女人看了她一眼,坐在沙发上,将包放在一边。庄暖晨站也不是坐也不是,一时间不知道该如何招呼她。来的不是别人,正是在苏黎世令她做了回噩梦的神奇婆婆,江漠远的母亲。

"您想喝点什么?茶、咖啡还是果汁?"她有点慌。

江母平静地看着她:"茶就可以。"

"您稍等。"庄暖晨一边忙活着一边琢磨她来的目的,很快沏了杯茶放到她面前,又拘谨地站在一边。

"我有那么可怕吗?坐吧。"

庄暖晨坐下。江母将视线落在杯子上:"漠远平时喜欢茶艺,你旁边也留着一套茶具，怎么，没学会？"

庄暖晨抿了抿唇："对不起，我没学。"

江母端起杯子，皱眉头："漠远什么时候喜欢喝猴魁了？"

"这是我给他买的。"

"你买的不是上品，我儿子我了解，他从来不喝这种级别的茶。"

庄暖晨一愣，劣质吗？挺贵的啊。

"看来他为了讨你开心连口味都变了。"江母没喝，将杯子放在茶几上。

庄暖晨尴尬，她知道江漠远喜欢喝茶，有次路过茶庄就买了些回来，他喝得也挺开心的啊，之后他也经常喝她买来的猴魁。

"我打个电话，叫他回来吧。"她真不知道如何相处。

"不用，我到北京是陪漠远的爸爸见见老朋友，路过这说几句话就走。"

庄暖晨点头，坐在她的对面保持沉默。

"婚礼安排在近期？"

"是，正月过后。"

"在北京？"

"嗯。"

江母若有所思："我和漠远的爸爸会参加婚礼。"

庄暖晨一愣，好半天才说了句："我不明白……"

"我们参加婚礼，只不过不想让江家难堪。"江母说话直接。

庄暖晨心口堵堵的。

"来这有两件事，一件是婚礼的事，另一件，我不明白你要怎么跟漠远相处。"

她没明白江母话中意思。

"换句话说吧，我儿子爱你，但你并不爱我儿子。"

庄暖晨一颤。

"有关你的事我查得一清二楚。"江母看着她，"所以我很好奇，你在一个自己不爱的男人身边是什么感觉？"

庄暖晨有口难辩。

"你了解我儿子多少？"江母甩出了句话。

庄暖晨艰难说了句："他，是个好人。"

江母一愣，打量了她好半天。拿过包起身，淡声道："替我向你父母问好，看样子只能在婚礼当天见面了，还请他们不要见怪。"

"他快回来了，您要不要等他一下？"

江母走到玄关："我想他也不愿见到我，就这样吧。"又补了句，"听说漠远动了点关系买了套四合院给你。"

"您别误会,那套房子我不会要的。"庄暖晨赶忙解释。

"房子倒也没什么,买了也就买了。"江母看着她眼神漠然,语气很轻,"他已经将四合院转到你名下了,所以我劝你还是收下吧,这样才符合你们互惠互利的婚姻关系。"

庄暖晨惊愕。

机场。

江漠远又帮着她检查了一下该带的东西,叮嘱:"一下飞机马上打给我,记住了吗?"

她点头,看着他:"今天你能赶回古镇吗?"

"能。一会儿还有个应酬,忙完我就赶回古镇。"江漠远低头亲了她,"放心,不会耽误年夜饭。"

她拿过包后想了想:"其实上午的时候江夫人……呃,妈来过。"

江漠远微怔。

"我本来想给你打电话,但妈说,她坐坐就走。妈说是陪着爸回北京见见老朋友,我想这个时候他们都没走呢,你应该陪陪他们。"

江漠远低问:"跟你说了什么?"

"她问了婚礼的时间,还说会和爸来参加婚礼。"

江漠远若有所思,稍许微笑:"这样挺好的。"

"你没事吗?"庄暖晨迟疑。

"没事,时间差不多了,进去吧。"江漠远轻拍了一下她的脑袋。

关于房子的事庄暖晨压了又压,虽然挺着急,但现在追问相当于间接出卖了江母,他和父母的关系已经很不融洽了,她不能再火上浇油,她决定日后找机会问个明白吧。

飞机划过北京上空,江漠远没走,良久后拿出手机拨了出去。那头接通了,却没说话。他暗吸了一口气:"谢谢您和父亲能来参加婚礼。"

"我们只是不想丢江家的脸,你清楚的。"江母的嗓音冷淡。

"我知道,但还是感谢。"江漠远又问,"您和父亲目前还在北京?"

"已经离开了。"

"那你们一路顺风。"

江母沉默片刻:"既然你打来了,有些话我就不得不说了。"

"您说。"

"你有多爱沙琳,以至于她死了你还念念不忘,甚至可笑到娶个跟她长得很像的女人做老婆。你不是不知道我和你父亲看到这张脸心就疼,你这么做是在往我们心口上扎刀子。"

"我娶庄暖晨不是因为沙琳。"江漠远揉了揉太阳穴。

"只要我看见她那张脸,哪怕只有一点点相似,我都会想到你弟弟是怎么被你们两个给逼死的。"

江漠远大手攥紧。

"还有,庄暖晨的走投无路跟你没关系吗?"

"我没明白您这句话的意思。"

"你是我儿子,我了解你的。"

江漠远紧抿着唇,瞳仁缩了缩。

"总之,好自为之吧。"

古镇的除夕总是热闹的,集市直到除夕中午才收,等庄暖晨到家后,爸妈已经买了大包小包的年货回来。左邻右舍这一天相互走动得更频繁,瓜子、干果等小零食相互赠送。古树下,孩子们围在一起做简单的灯笼,各家各户也备了零零散散的红包,都是要发给孩子们的。

庄家整个白天就没怎么闲着,来串门提前拜年的邻居们不少。庄暖晨简单吃了点饭便帮着庄妈包饺子,庄爸坐在院子里悠闲地做着精巧的花灯,嘴里还哼着京腔小调,院门开着,会有邻居家的孩子们嬉笑经过,庄爸便会将做好的花灯发给孩子们一两个。

小调传到屋子里,庄妈笑着对庄暖晨道:"瞧瞧,你爸这辈子就只会哼哼一首歌。"

"又在背后说我什么坏话呢?"房门开着,庄爸耳朵尖听到了嚷嚷了一嗓子。

庄暖晨跟庄妈忍不住大笑,院里,庄爸哼调子的声音更高了。她将手里的饺子捏好放到一边后由衷说了句:"还是咱家最好。"

想到江家家大业大却少了这份简单的快乐,她不由得心疼江漠远。回家后爸妈问过江家情况,她将好的一面说出来,隐瞒了惊心动魄的那幕。

庄妈擀着饺子皮儿:"江峰这个名字我和你父亲都听说过,没想到现在成了你公公。你那个婆婆也不简单,是叫林琦吧?"

正在塞馅的庄暖晨一愣:"我还真不知道。妈,您认识?"

"不是我认识,是早年在新闻上了解的。"庄妈利落地压着饺子皮儿,又将盆里的白面拿出来在案板上用力揉了揉,"江峰林琦,那可是一段传奇的爱情故事。"

"妈,您讲给我听听呗。"庄暖晨听着心痒痒的。

"江峰我不用多说你也知道，他是国内最早富起来的那批人。听他在采访时候提过，他是在一次国外交流会上认识林琦的，国内知道林琦的不多，她是华裔，一家都是搞科学研究的，尤其在量子物理学上。江峰为了她放弃了在国内的一切，在当时轰动不小。我曾经读过林琦的论文，当时她的论文在国际上获了奖，很厉害。"

庄暖晨被震到了，江漠远从没跟她说过这些事。

"你呀，做了别人家的媳妇言行举止就要注意了。"庄妈叮嘱着，"听说林琦这点就做得不好，江峰的母亲出了名的难伺候，我早年的时候还见这老太太上过报纸呢，这次你见到她没有？"

"没有啊。"庄暖晨诧异，江漠远还有奶奶？

"应该还活着，听说那个老太太一天到晚云游四海，经常做慈善事业。"庄妈拿着擀面杖轻敲她一下。"江家产业盘根错节的，你怎么这么不上心呢？"

庄暖晨一头雾水："妈，您想哪去了？"

"女人啊要给自己留条后路，虽说你不贪江家的资产，但也要多少留点私房钱。"

庄暖晨抿唇一笑："您这如意算盘精呀。"

"我是未雨绸缪。"

"那您跟我爸也未雨绸缪啊？"庄暖晨打趣。

"你爸？这世上哪有几个像你爸这么老实可靠的？"

庄暖晨迎合："是是是，这世上最好的男人已经娶了我妈。"

"那是。"庄妈忍不住笑出声来。

冬季天短，没到吃晚饭的时候天就冒着黑，微暗的天空被古镇长串的红灯笼点亮，有小孩子迫不及待结伴放鞭炮礼花。

庄暖晨出来买盐，空气浮动着礼花火药的味道。有小孩子嬉笑着跑过，手里拿着冷烟花在打闹，她看着停下脚步，不由得想起自己小时候提着灯笼挨家挨户串门的情景，那时候她是接压岁钱的，现在轮到她给了。

看着远近高低的烟花，眼前似乎又现出顾墨的脸，那是高考前夕，顾墨拿着烟花来找她，他们放了一个又一个烟花，那一年的除夕夜也跟今晚一样月朗星稀，没有下雨。

爆竹声打断了她的思绪，看着那群早就跑远的孩子，她微微一笑继续前行。庄爸将最好的酒拿了出来，声称要跟江漠远一醉方休，庄妈时不时念叨着这么晚了还没回来。

她借着买盐的机会出门，其实是想给江漠远打个电话。刚掏出手机，没成想手机响了,是江漠远。按下接通键:"到了吗?"

手机那头是江漠远抱歉的嗓音:"对不起,我这边有事耽误了,除夕夜回不去。"

她停住脚步,一手揣在衣兜里攥了攥钱:"事情很棘手吗?"

"有点。"

她咬了咬唇:"没事儿,我跟爸妈说一声,你安心忙公事吧。"

"生气了?"江漠远的嗓音柔和。

"没有。"她轻声,"那你还回古镇吗?"

"这个要看情况。"

"哦。"

"在家好好过年,我尽快处理手头上的事回古镇。"江漠远叮嘱了句。

"嗯,不过你别太着急了,这边真没事。"

"好。"

买完了盐,慢慢往家走,心口有点闷。转了个弯,不知谁家的烟花,天空满满地被点亮,恍似白昼。

她腾出手来挡眼,却还没来得及动作的时候,夜空中烟花之下,男人静静地站在那,身后跑着几个欢笑的孩子。

她蓦地停住脚步。

夜色与烟花中,他穿着烟灰色大衣,里面精致的商务装,风带动了他的衣摆。他一手提着礼品盒,含笑看着不远处的她。

她误以为眼花,直到男人朝她伸出双臂。一股难以言喻的激流在心头奔涌,下意识地加快脚步。

男人唇边有笑,一直漾进庄暖晨的眼睛里。等她上前,他顺势将她圈住。她竟也听到了他沉稳有力的心跳声,这种感觉奇怪极了,就在这么一瞬,她觉得自己的心和他的心贴得很近。她才清楚地意识到自己是多么高兴,这个除夕夜因为他的出现似乎才完整。

"你怎么骗人呢?"良久后她从他怀里抬头。

江漠远低笑:"给你个惊喜。"

"都这么大了还这样?"庄暖晨心头感动,嘴上却不饶人。

江漠远将她搂紧:"否则我怎么知道你很急着见我?"

"我才没有。"庄暖晨心一慌,烟花在空中绽放,清晰地映出她脸颊的红晕。

江漠远没逼着她承认,扬唇笑着。

"别笑了。"她不好意思,伸手捂他的嘴。

他握住她的手拉至唇边轻吻了一下:"出来买东西?"

庄暖晨摇了摇手里的盐袋:"家里的盐没了。"

江漠远笑着接过来,一手牵过她:"出来也不戴个手套。"

"很近啊。"她笑。

江漠远连带地将她的手一同揣进衣兜里:"走,回家。"

年夜饭,庄家二老吃得很开心,江漠远精准地给二老买到了心仪的礼物。年后的婚礼,江漠远在一手准备,庄家二老也没什么太大意见,对于彩礼方面的习俗江漠远也逐一提及。这个年,大多是绕着婚礼进行,然后便是江漠远家里的意见,他跟庄家二老说清楚了家里的情况,当然,在苏黎世发生的事他没有讲,这也是庄暖晨的意思。庄家二老听说对方父母对这场婚事也没什么意见后放心了,至于其他也没多问。

"漠远啊,这是你第一次在中国过年吧,中国人过年讲究守夜,等凌晨一过,你可以跟着暖晨去摆花灯,这可是咱们古镇的习俗。"庄妈越看这个女婿越喜欢,不停往他碗里夹着菜。

守岁是中国人过年的传统,十二点一过便是新年伊始,辞旧迎新就是这么来的,目的是为家人朋友祈祷新一年的幸福健康。午夜之前,古镇的烟花更绚烂,邻居们相互拜访比白天更频密了些,家家户户敞着院门,随便哪个孩子进来都有糖果和干果之类的小玩意吃。

古镇的河边亮若白昼,江漠远一手牵着庄暖晨的手,一手拎着袋子,袋子里装了花灯。

通往河边的小路,左右都摆满了花灯,各式各样的,庄暖晨手里拿着的是蜡烛花灯,是庄爸用蜡烛浆捏出来的,中间带有灯芯,通体白色精致好看。

将一枚花灯放在通往河边的路上后,她弯下身点燃,解释道:"南北过年习俗不同,但都会除夕祭祖,古镇跟其他地方烧纸上香的形式不一样,我们是将花灯照河水走向放在河边,给先祖们回家过年照亮。"

江漠远拿了枚花灯,点燃后放在河边,她继续道:"古镇每家每户都会这么做,家中有人去世的会多放些花灯,没有亲戚朋友去世的住户也会放上花灯,这是相互帮助的习俗。"

"那你们家呢?"

"我们家已经没什么亲戚了,除了在北京的姑妈一家。每一年爸爸都做很多花灯来帮助乡亲们,我们不需要其他人也会需要。"

江漠远的目光落在河边摇曳着烛光的花灯上:"这个地方很好。古镇虽然小,却自成体系,就拿今晚来说,家家户户都敞开大门欢迎左邻右舍,孩子们可以任意进谁家讨吃的,像个大家庭,很融洽。"

庄暖晨点头:"这个你倒是说对了,而且你知道吗,古镇里家家户户都会用花来酿酒,外人喝不到,这里的人不会拿自家酿的酒出去卖,都是等到过年的时候拿出来喝。"

"就是今晚我喝的?"江漠远惊讶。

庄暖晨嗯了声:"我爸亲手酿的,桃花酿。如果到邻居家的话也会喝到杏花酒和李子花酒,古镇一到酿酒的季节,空气可好闻了。"

月光下江漠远凝视着她,她的笑温婉恬静。他轻轻捧起了她的脸:"我一直都很想知道,是什么环境养育了你这样的女孩,到了古镇接触了你家人后我终于找到了原因。暖暖,你就是上天赐给我的最好礼物。"

她低头笑:"我有很多缺点。"

"你很真实。"江漠远拉过她,轻轻揽入怀中。

远方又响起一连串的爆竹声,手机嗡嗡作响,江漠远拿出一看,竟有数十条未读讯息,笑:"没想到我在中国的人缘还不错。"

庄暖晨凑前一看全都是祝福短信。"显摆什么呀。"她也拿出手机朝着他晃了晃,满满的朋友同事们的祝福。

"快到午夜了。"

她笑着点头,拉着他走回古镇。古镇大多数居民都跑出来为跨年倒计时,庄暖晨也跟着大声数着:"五,四,三,二,一!"

高空之上万种烟花齐放,夜空瞬间被染成五颜六色的。

"新年快乐。"她笑着祝福。

"新年快乐。"江漠远将她圈紧。

艾念和陆军的婚礼在老家举行,没出正月。

新娘房里,艾念一大早便被化妆师拎起来化妆,这期间庄暖晨试着多跟夏旅说几句话,夏旅却有心回避。

待化妆师出去了,艾念拉过庄暖晨问:"你和夏旅到底怎么了?"

庄暖晨原本不想告诉她实情,但想了想还是和盘托出。

听完艾念轻笑:"夏旅什么性子咱们还不清楚吗?放心吧,今天我最大,她不给你面子还能不给我面子?一会儿我说说她就好了。"

庄暖晨笑了笑。

"不过话说回来,夏旅跟孟医生什么时候好上的?"艾念奇怪地问了句。

"他俩?不可能吧,没听说啊。"

"我看孟啸也来了,跟夏旅一起来的。"

"啊?我没看见他。"她一愣。

"跟你老公一起到酒店帮忙去了,是夏旅跟我说的,我还在想是不是办错事了,你知道伴郎找的是陆军那边的朋友。"艾念担忧,因为夏旅是伴娘。

"也许他们只是普通朋友呢。"

"你看夏旅拿的包和用的化妆品全都是大牌,说不准就是孟啸给她买的呢。"艾念神秘兮兮。

庄暖晨略有所思,艾念还想说什么却脸色一变跑到洗手间,干呕了起来。庄暖晨跟上前,待她稍稍好受些拿过纸巾递给她,叹了口气:"你说你到底是'奉子成婚',还是为爱而嫁呢?"

艾念怀孕这件事她也是临近婚礼才知道的。

"两者也没区别啊。"艾念虚弱地坐了下来,拍了拍胸口。

庄暖晨搂过她:"你是我最好的朋友,我只希望你能幸福啊。"

"我知道。"艾念轻声开口,"这也是我对你的最大祝福。"

一道声音插进来:"艾念,你还是顾着你自己吧,轮不到我们来操心暖晨。"夏旅忙完手里的活又回到新娘房,她穿着伴娘服,很美。

庄暖晨抬眼看她。

夏旅坐在她俩中间,似笑非笑看着庄暖晨:"我没说错啊,干吗用这种眼神看着我?你现在是大名鼎鼎的江太太嘛,但有件事你可能不知道,有关你老公江漠远的。"

艾念看了看庄暖晨又看了看夏旅道:"说什么呢?"

"你听到什么了?"庄暖晨轻声问。

"我也是来的路上听孟啸无意提了一嘴,大致是说你老公江漠远跟南老爷子的女儿曾经谈过恋爱,这件事你知道吗?"

庄暖晨愣怔半天,摇头。艾念不可思议地开口:"江漠远和南优璇?"说着一把拉过庄暖晨的手,"你现在都嫁给他了,真要好好查明白他到底跟哪些女人有过关系,怎么这么乱啊?"

庄暖晨困惑难解,江漠远不是有未婚妻吗?他什么时候又跟南优璇在一起过了?他从没提过。

"那孟啸最后是怎么说的?"她问了句。

夏旅摇头:"就说了这么一句,我再问他死活就不说了。"

艾念见庄暖晨情绪不对,开口安慰:"说不定是场误会呢,别多想了。"

庄暖晨摇头："如果出自孟啸的口，那就八九不离十了。"

"总之你看好你老公吧，不是所有幸运都得落你头上。"夏旅不客气地说了句。

话说得不好听，庄暖晨无奈，与她对视："我们要不要因为一个齐媛媛就搞得这么僵？"

夏旅皱了皱眉头："齐媛媛的事已经过去了，我不想再提，你是不是小题大做了。"

"是你这阵子说话太阴阳怪气了。"

"我担心你有错吗？"

艾念被她们两个吵得头疼，出声阻止："行了行了，你们两个别吵了，好端端的怎么说个话也能吵起来。"

庄暖晨没再出声，但手指微颤，看来气得不轻。夏旅不悦起身："算了，我也懒得多说什么。"走到门口的时候她又看了一眼庄暖晨，"你口口声声说珍惜我们的友谊，结果呢？别把自己表现得多委屈似的，庄暖晨你记住，我不欠你什么。"说完开门离开。

艾念听得一头雾水，转头看着庄暖晨："你做什么了？"

"她在为齐媛媛的事情怪我，除了这件事我实在想不出还有什么惹得她不满的了。"

"算了，她就是那个性格，三天晴两天雨的。"艾念轻声安慰。

"对不起啊，在你大婚的时候还让你操心。"庄暖晨感到抱歉。

"是我要说对不起才对，还说给你们调和呢，结果还让你们吵起来了。"艾念叹了口气，"慢慢来吧，夏旅很感性，好好聊聊。"

婚礼现场很温馨。

不知为什么，当司仪念到了两人要牵手一生、相互信任、不隐瞒不欺骗这些字眼的时候，庄暖晨就红了眼眶。

夏旅作为伴娘的出现着实令人眼前一亮，旁边的伴郎一个劲地拿眼睛瞄她，夏旅没看伴郎一眼，整个过程都是轻浅的笑容。

席下坐着孟啸，跟江漠远庄暖晨他们一同坐在主位席。庄暖晨碰了碰江漠远，压低嗓音："孟啸是不是对夏旅有意思？你听说他们两个交往了吗？"

江漠远转头看了一眼孟啸，孟啸的两眼全都在夏旅身上，显然也看到了伴郎不停地拿眼睛打量着夏旅，脸色略显不悦。

他又转过来头："看样子挺像，不过没听说过他们两个交往。"

"那孟啸怎么来了？他跟艾念又不熟。"庄暖晨不解。

"刚才孟啸告诉我,他和夏旅是半路遇上的,他过来是想凑凑热闹。"

庄暖晨抬头看他:"你相信?"

"相信,这是孟啸的风格。"江漠远轻轻一笑,但话锋转了,"不过,我觉得他们两个不大合适。"

庄暖晨眉梢泛疑惑:"为什么?"

"没有诋毁你朋友的意思,夏旅目的性太强。"他一针见血。

庄暖晨低头,心里有点堵:"你是觉得她在男女关系上有点过吧?"

江漠远笑了笑,不置可否。

"人都是被逼出来的。"庄暖晨看着台上的夏旅,眼神轻柔,"以前的夏旅比任何人都相信爱情,对男人好到连我和艾念都要笑话她。她的初恋在大学,是我们学长。夏旅对他百依百顺,每次上自习都为他备好最爱喝的橙汁,他复习到多晚她就陪到多晚,他穿脏的衣服她帮着洗,知道他想吃家乡菜就冒着大晚上回不来的风险跑到市区的餐厅给他去买,你知道我们的校区是在郊区啊,那时候地铁没现在这么发达,很容易错过末班车。"

江漠远看着她,认真听着。

"结果呢?那个学长一毕业就分手,原因是夏旅帮不了他什么,他很快找了个富家千金,留在北京又有了份好工作,夏旅当时都快疯了。"庄暖晨一想起这些事情心也跟着疼,"之后是她刚工作那会处了个对象,那男的提出同居,她没同意,但只要节假日就跑去对方家里帮着做做家务收拾房间。那男的工作不顺利的时候,是夏旅一直用自己的工资养着他。后来呢,他偷了夏旅所有的存款退了房离开北京了,还倒打一耙嫌夏旅太保守。"

庄暖晨越说越气,看着江漠远:"你说这种还算是男人吗?夏旅把自己关在房间里整整一个星期,我和艾念一直陪着她。她一滴眼泪都没掉,跟我们说:'从今以后我再也不相信爱情了。'"

江漠远听后叹了口气,将她搂在怀里:"对不起,我收回刚刚的话。"

庄暖晨眼神柔和,将视线落在孟啸身上:"所以,其实我挺希望孟啸能改变夏旅。我了解她,她只是怕自己再受伤。"

江漠远低笑:"他可是个花花公子。"

"孟啸这个人平时看上去玩世不恭了点,但做事严谨认真,这样的男人其实很有责任感的,只是没遇上能让他动心的女人罢了。"

"这倒是没错,从我认识他那天开始到现在就没见他正儿八经谈过恋爱。"江漠远若有所思。

"你们是什么时候认识的?"

江漠远笑了笑:"穿一条裤子长大的。"

庄暖晨叹了声真好，又看着夏旅。其实在新娘房的时候她是有点生气，但必要的时候她发现自己还是在帮着她说话。她、艾念和夏旅的家庭背景都差不多，只能靠自己打拼，所以夏旅的不容易她是看在眼里的。

想到她刚才的话，略微思考了一下后问江漠远："你知道南优璇最近的消息吗？"

"南优璇？不清楚，怎么了？"他跟她向来没什么交情。

"哦，没什么，就是觉得同学一场，今天也没见她来参加婚礼。"庄暖晨边说边暗自打量着江漠远的神情。

他一如平时平静，只是笑了笑没接话。

"你觉得南优璇这个人怎么样？"她又试探性问了句。

"什么怎么样？"他不解。

"就是如果有人想跟她交往的话。"她想了这么个借口，"既然你跟南家有交情，应该对她很了解。"

江漠远唇角含笑，拉过她的手轻轻把玩："我对她真的不大了解，不过南优璇再怎么说都是南家千金，她的眼光会很高，应该不会接受你们来给她介绍男朋友。"

庄暖晨张了张嘴，发现他误解了自己的意思，想着怎么继续这个话题的时候新郎新娘礼毕了，全场响起如雷般的掌声，江漠远也跟着鼓起了掌。看着他含笑的侧脸，她不由犯嘀咕，孟啸说的话究竟是不是真的？

年后，又是一年初始的忙碌。

标维一切项目的正式运营都转为元宵节之后，正月十五之前公关公司做些维护工作就可以。其他甲方公司也没有立刻紧张起来，但庄暖晨没有放松，每天的工作量丝毫不见减少。

值得高兴的是，夏旅跟她言归于好。艾念婚礼过后便是她和江漠远的婚礼，这期间江漠远询问了她的意见，后来就没再多问，全程都由他来安排了。

对此庄暖晨不是不感动，于是这一晚早早下了班，买了大包的食材回来，将自己关进了厨房。江漠远回到家，刚准备换鞋就隐约听到一声响，他一惊，放下公文包冲进厨房。

是炒勺砸在大理石地面的声音，肇事者是庄暖晨，见他进来，她尴尬地冲着他笑了笑："新换的铸铁勺没用顺手，滑了。"

"你这是，"江漠远看了案板上的五颜六色，"做饭？"

"是啊，今晚我给你做点高难度的。"庄暖晨自信满满，又看着他低叫一声，"你怎么穿着鞋就进来了，赶紧去换鞋。"

江漠远心头泛起暖流，转身去玄关换了鞋，厨房里又是一阵乒乒乓乓的声音。他换好鞋又换了家居服，折回厨房门口看着她忙来忙去，良久后实在忍不住开口："你确定你能做？"

庄暖晨低头看菜谱："当然，以前我都是自己做饭。"又看着他解释了句，"我呢，手艺是比不了大厨，但家常菜不在话下。就是今晚的菜比较特殊，没做过。"

"菜单给我看看。"江漠远伸手。

庄暖晨递给他，他拿过扫了一眼，忍不住笑："做法挺繁琐，你行吗？"

"当然行，你饿了吗？饿的话先吃点别的填下肚子。"

江漠远摇头，走进厨房。

"你干什么？"

"帮你啊，万一你把厨房炸了怎么办？"江漠远洗了下手。

"不用不用，你快出去吧，你在这儿我反而发挥不好。"庄暖晨将他推到了门口，"你这厨房工具是繁琐了点，但我已经熟练掌握了。"

"都是做西餐的，保姆会偶尔做做。"江漠远解释了句。

"哦。"庄暖晨拿出了橄榄油，回头看了他一眼，"你快出去吧，都是油烟味儿。"

"我观战也不行？"

"不行。"

江漠远唇边泛笑，她系着围裙的模样他还是第一次见。长发简单扎了个马尾，穿着米色家居服，围裙新买的，浅色格子，干净清爽。他忍不住从背后将她轻轻搂住："谢谢你。"

他从未有过这种感觉，下了班回家，妻子在厨房忙活着晚餐，房间里是鹅黄色的光，这光就像是心中的这种感觉似的，温暖而令人满足。

自他懂事之后，看到的就是家里厨师忙前忙后的样子，他的父母很忙，忙到连回家吃顿饭的时间都没有；他读书的时候，所有生活琐事都是他自己打理，时间一长，他就习惯了亲力亲为。

在庄暖晨身上，他看到了妻子的样子，他给了她房子，而她可以给他一个家。

庄暖晨心里隐隐悸动，缩头浅笑："谢什么？还不出去？你在我会紧张的。"说着将他推出厨房。

这种生活状态是大部分家庭都拥有的吧，傍晚过后有饭菜的香，小孩子坐在地毯上玩玩具。江漠远在等饭的时候若有所思地看着沙发位置，要是有些孩子，让他们在那儿玩就很好。暖晨喜欢壁炉，那他就在客厅开通个壁炉，火光映着孩子们的身影，很惬意的一幕。

一小时后，晚餐终于好了。庄暖晨摘下围裙坐上餐桌，为江漠远介绍了一番菜品的名字。江漠远边笑边点头，动了筷，吃得挺开心。

"怎么样？"

"很好。"

庄暖晨乐得快合不上嘴了："我就说这些菜根本就难不倒我，想当初我学做家常菜的时候也没费多少功夫。"

江漠远的心情也不错："嗯，我老婆一向聪明异于常人。"

庄暖晨被夸得近乎上了天，夹了一口菜塞进嘴里，嚼了几口脸色就变了。

江漠远笑而不语。

她放下筷子："我忘放盐了……"

"挺好的，少吃盐对身体也有好处。"江漠远笑着拉住她，"原汁原味。"

"明明不好吃还说好吃。"

"我尝着很好啊。"江漠远温柔笑着。

酒店房门打开的时候，男人只身围了个浴巾。夏旅走进来，神情淡淡的。男人拉住她："想我了没？"

夏旅没躲闪，但也没开口说话。

"我给你带了礼物。"男人将一个礼盒递给她，笑眯眯道，"看看喜不喜欢。"

夏旅接过礼盒，连看都没看放到一边。男人轻哼一声："里面可是价值连城的礼物，是我竞拍回来的。"

"我不要。"夏旅淡淡说了句。

男人笑："这又闹什么性子呢？行，不喜欢的话我再给你换别的，去洗个澡吧，我在北京能待上一周，这周好好陪陪我。"

夏旅没动弹。

"怎么了？"男人皱眉看着她。

夏旅低下眼沉思了会儿，从包里掏出一样东西来放到他面前："这些，是还给你的。"

男人一看竟是张支票："什么意思？"

"这张支票里的钱包括你给我买的车、名牌包包、鞋子、衣服之类的，我全都给卖了，现在都还给你。"

"你这是要跟我分道扬镳？"男人不以为意笑了笑，拿出根雪茄，点燃后坐在沙发上看着她。

"是，这种生活我已经过够了。"夏旅面无表情。

男人冷笑："你的胆子够大的了，知不知道，只有我甩女人的份儿，从没有哪个女人敢甩了我。"

"我知道。"

男人眯了眯眼睛，吐了个烟圈出来，好半天问了句："他是谁？"

"什么？"

"现在你想跟谁？"他陡然提高声调，脸上明显不悦。

夏旅皱眉头："我现在只想一个人生活，没有男人。"

男人冷笑："怎么，现在才装清高？乖乖告诉我他是谁，否则被我查出来给他好受！"

"随便你，我来见你除了还你钱外就是想跟你一刀两断。"夏旅深吸了一口气，"你身边不止我一个女人，所以少我一个也没什么。"

男人起身走到她面前，猛地掐住她脖子，越来越用力。她没动，脸涨得通红，闭着双眼。快窒息的时候，他猛地松手，一把将她甩到床上。夏旅趴在床上大口喘着气，每呼吸一下气管都要裂开似的疼。

"当初是你想人前显贵，怎么，吃钱的日子过够了？想离开我，行，我倒要看看你有没有这个决心。"他抽了一口雪茄后递给她，"来，证明给我看。"

红彤彤的烟头狰狞着像是张嘴的兽，她呼吸急促，抬眼看了一下男人不屑一顾的脸，一咬牙夺过雪茄，朝着自己的肩头按下去。

烟头直杵肌肤，是皮肤被烫伤的声音。夏旅疼得汗都下来了，愣是连叫都没叫，死死咬着嘴唇。

男人惊呆了，站在原地忘了动弹。直到烟头被血给熄灭了，夏旅才将雪茄扔到了他面前，眼泪一个劲地打转硬是没掉下来："现在我可以走了吧？"

男人瞪大双眼看着她。

"以后你是你我是我，咱俩谁都不认识谁。"夏旅捂着肩膀，决心有时候很可怕，可以令人忘记疼痛。

男人看着她好半天才说了句话："疯子，真是个疯子。"

正月十五一过，各行各业又忙碌起来。而这一周庄暖晨收到了太多同事和朋友们的"问候",大抵都是有关她的婚礼。请柬一发,别人想不知道她和江漠远的关系都难,连标维那几个经常在她背后说三道四的三八女们也一改长舌妇的嘴脸,笑着打来电话祝贺。夏旅遵守了当初在学校时候的承诺做了她的伴娘,这次伴郎是孟啸。

婚礼定在周六,提前一周,江漠远就将庄家二老接过来,不但接了他们一家,还有古镇里平时跟庄家走动频密的邻居们也都派专机接来,又安排住进了酒店。

考虑到有人是第一次来北京,江漠远和庄暖晨又安排了人带着他们四处去玩。怕让父母觉得置身事外,庄暖晨建议江漠远留些小事情给二老做,像是酒席上要摆的糖果、水果、糕点和喜筵前餐等准备工作,二老忙得不亦乐乎。

江家二老比庄家稍晚两天到,酒店老总亲自迎接,可见江峰在商界的影响力。面对婚事,江峰一改沉默寡言,跟庄父整天争论不休,两个老人一个是商界精英不容异见,另一个又是军人出身也是说一不二,为了一张婚庆台布要放什么颜色的都能争执个半天。

就连庄暖晨和江漠远也在担心他们的相处问题时,两位老人找到了共同爱好,下象棋,谁赢了就听谁的。

就在江漠远和庄暖晨都松了一口气的时候问题又出来了,两位老人只顾着下棋了,结果一堆琐事统统交到了庄妈和江母两人手上,幸亏江母汉语不大灵光,庄妈又是上海人,骨子里刻着骄傲和承担的主人翁意识挺强,带着江母逛得倒也是挺乐呵。

江家还有其他亲戚陆续赶到北京,还有忙着在全球各地飞的,但都承诺当天赶到。一场婚礼声势浩大,庄暖晨粗略算了一下,光是喜筵的花销就令她目瞪口呆。

婚礼前一天,定制婚纱和在瑞蚨祥定制的新娘礼服全都到了,艾念和夏旅陪在她身边试装。

"暖晨,你说明天江漠远来接亲的时候我们为难他一下好不好?"艾念边吃话梅边盯着镜中的她笑。

庄暖晨穿着礼裙前后照了一下:"你们随便吧,不过也别太过分了。"

夏旅顶了一下艾念:"瞧见没,这么快就向着她老公了。"

"我哪有?"

艾念笑呵呵地看着她:"还说没有,脸都红了。不过话说回来,明天你要一桌桌敬酒吗?一圈敬下来天都黑了。"

"他说了整体敬杯酒就行,来的人太多,我也不可能每个人都照顾到。"庄暖晨轻声说了句。

艾念皱着鼻子："我嫉妒死你了，你看你的婚礼办得多隆重啊，我要重嫁！"

"好啊，你重嫁，这次我来当你伴娘。"庄暖晨试衣服试得有点累，坐下来打趣。

夏旅无奈看了她们两个一眼，切入重点话题："说真的暖晨，你打算一直吃避孕药？"夏旅问了句。

庄暖晨收敛了笑，轻声叹："我没做好当妈妈的准备。"

"这件事你也不能瞒太久，时间一长他肯定会怀疑。"艾念深思熟虑。

夏旅拿过个苹果，咬了口点头："这件事你还是提前跟他讲明白。"

"我打算仪式办完后就跟他说。"关于孩子的话题他们从来没有认真讨论过。

夏旅几口就吃完了苹果，将苹果核一扔："还有个人你忽略了。"

庄暖晨一怔："谁？"

"顾墨。"夏旅看着她，"你跟江漠远举行婚礼这件事都成了热门话题了，他不可能不知道，你说他明天会不会到场？"

庄暖晨的心口被撞击了一下，好半天无力说："他那么骄傲的人，不会的。"

"但愿吧。"艾念也跟着担心，"明天那么重要的日子，如果真的被顾墨弄砸的话，江漠远说不准连杀人的心都有了。"

"我总有点不安啊。"夏旅看着庄暖晨分析，"顾墨爱你爱得死去活来，南优璇见了江漠远又分外眼红，明天南老爷子他们不是也来参加婚礼吗？到时候来了个顾墨，再加上个南优璇，一个抢新娘一个抢新郎，那婚礼上可就热闹了。"

庄暖晨摇摇头："江漠远应该没跟南优璇谈过恋爱，在艾念的婚礼上，我试探过。"

"孟啸明明说他跟南老的女儿谈过恋爱。"夏旅皱紧眉头。

"他原话就是这么说的吗？"庄暖晨问了句。

夏旅想了想："他是这么说的：'南老的女儿在漠远心里很重要，他们好过。'"

艾念咽了一下口水："怎么也想象不到南优璇跟江漠远在一起是什么样子。"

说实在的，庄暖晨也百思不得其解。

庄暖晨终于明白艾念结婚当天的辛苦。

化妆师上门了，她还在蒙头大睡，庄妈将她从被窝里揪出来的时候她双眼迷离，困得直点头，迷迷糊糊间就忘了结婚这件事。庄妈也挺狠，一条冰冷的毛巾甩到她脸上。

从起床坐在化妆镜前的那一刻起，庄暖晨就像是个木偶，被化妆师、造型师、服装师挨个摆弄来摆弄去，再困也不敢闭眼了，生怕庄妈再一盆冷水浇下来。

七点刚过江漠远便来接人，一身笔挺的新郎服衬得眉眼英俊。姐妹淘们发挥了重要作用，江漠远有所准备，出手大方，每人给了个大红包。

一群人拥着江漠远到了卧室门口，艾念和夏旅严严实实地守住最后一道关口，见了江漠远先朝着他伸了伸手，他二话没说拿出两个红包。两人美滋滋地收下，江漠远以为风平浪静了便要往里进，谁知被艾念一下子拦住了，前进的步伐猛地刹住，他可不敢直接撞在这个大肚婆身上。

艾念笑得很"和善"，一副一夫当关万夫莫开的架势，夏旅倚在门框，懒洋洋看着这一幕。

"两位，人家新郎官都交红包了还为难啊？俗话说得好，拿人家的手短，不好这么过河拆桥的。"身后是孟啸嚣张的嗓音，他和跟上前的几个兄弟都是江漠远的后援团。

"别说得好像我们是一条线上的蚂蚱似的，想要接走新娘，行啊，过了我们这关才可以。"艾念笑嘻嘻。

江漠远忍着笑轻声道："两位想怎么为难我？"

"很简单，要么拿钱，要么立刻做五十个俯卧撑。"夏旅说了句。

江漠远又掏出个红包，艾念和夏旅却纷纷摇头："我们要的可不是这些钱。"

江漠远不解地看着她们，孟啸钻上前笑嘻嘻道："不是吧？你们要狮子大张口啊？"

"怎么，孟啸要不你代劳？"夏旅瞪了他一眼。

"算了。"孟啸赶紧将江漠远推了出去。

江漠远干脆："我拿钱，多少钱可以让我进去接人？"

"一分钱。"夏旅说了句。

"什么？"连同江漠远在内，男同胞们全都大吃一惊。

艾念补充："没错，就是一分钱。江总，要么你就马上拿出一分钱来，纸币或硬币都可以，只要是一分钱。"

江漠远愣了愣，反应过来后转头对身后的人道："谁有一分钱？"

所有人都摇头。孟啸凑上前："这样，你要么用最快的速度去银行换，或是开车到最近的超市,超市一般都有零分钱可以找。"

"喂,时间只有一分钟啊,别想作弊。"艾念和夏旅都听到了孟啸的鬼点子,"好心"提醒了句。

江漠远无奈投降:"两位,我真没有一分钱。"

"那就甘愿受罚吧。"艾念抿唇笑着。

江漠远脱去外套,没浪费一点时间在讨价还价上面,当场做起了俯卧撑,身后的人全都欢呼起来,艾念和夏旅忍着笑开始数数。

也许她们都忽略了江漠远本身就爱健身,没一会儿便真是做了五十个俯卧撑,呼了个长气出来,接过外套直接穿上,笑了笑:"现在我可以进去了吧?"没等两人同意便直接闯了进去,艾念和夏旅全都傻眼了。

卧室里庄暖晨笑得前仰后合的,江漠远进来后,站在原地好半天才反应过来。都说女人在穿上婚纱那一刻是最美的,这句话用在庄暖晨身上丝毫不为过。

她天生丽质,化妆师选了裸妆来配合她的皮肤,似出水芙蓉,清新淡雅。长发绾髻,长长的拖尾婚纱将她娇小身躯包裹甚好。

江漠远缓步上前,俯身,伸手轻轻捧起她的脸颊,低语:"暖暖,你好美。"

庄暖晨低头,红霞悄然染上脸颊。

太阳穿透云层,阳光从落地窗射进来。

镜中的男人英伟不凡,他仔细打了个领带,精致的西装穿在他身上勾勒出硬朗的线条。看着镜子中的自己,渐渐地,眼眸最后一丝的忧伤不见,取而代之的是殊死一搏的坚决。

许暮佳走进来看到这一幕后大惊了一下:"顾墨,你要干什么去?"

顾墨没说话,转身走出更衣室。许暮佳眼尖地看到一本杂志,封面上就是一张江漠远的照片,内容是他今日大婚。不好的预感油然而生,她赶忙追了出去。

"你想去婚礼现场?"她冲着正在下楼的顾墨大喊。

男人的脊梁僵硬了一下:"我的事,你少管。"

"我不能让你去!"许暮佳快步下楼拦在他面前,"你醒醒吧,庄暖晨早就嫁人了,都这个节骨眼了她不会跟你走。"

"就算是抢我也要将她抢回来!"顾墨双眼猩红,攥了攥拳头。

"你疯了吧?"许暮佳被他的想法吓了一跳,"你不能去,江漠远那种人你惹不得。"

顾墨眯了眯眼睛，盯着她："你很了解江漠远？"

"我……"许暮佳意识到自己说得太多，收敛了些，"这不是了解，他那种有钱有势的人是惹不得的。"

顾墨听得厌烦，一把将她的手甩开。

"顾墨。"许暮佳从身后一把将他搂住，眼泪掉下来，"别去，求求你别去，就算你不爱我也要想想我肚子里的孩子啊。"

顾墨僵住。

"求求你，别走。"

"许暮佳。"顾墨干涩开口，"我已经说得很清楚，我不会跟你结婚，更不会为了孩子跟你结婚。"说完扳开她的手。

"顾墨！"

他的手刚碰到门把手，手机响了。掏出手机接通，却在听了没几句后脸色一变，他大步冲出了家门。

到了酒店，时间尚早。

化妆室留给新娘，化妆师忙着给庄暖晨补妆。镜中的她看上去紧张，手指攥上又松开。化妆室的门开了，探进张女人脸，冲着庄暖晨挤了挤眼睛，一脸笑意。

庄暖晨从镜中看到后一愣，这人脸生得很，不认识。

女人却热情走了进来，一把拉过她的手："你和江漠远终于修成正果了，我就说嘛，你俩是天造地设的一对儿。"

庄暖晨听得一头雾水，化妆师以为她们是熟络的朋友，便悄声离开了。女人更是无话不谈："我是听说了江漠远结婚的消息，想着凑凑热闹，没想到看到新娘照片真就是你。"

庄暖晨赶紧打住她的热情："不好意思，我们认识吗？"

"沙琳，玩笑开得过分了啊。"

"沙琳？"

女人哀嚎了一声："不是吧？你真不认识我了？我是黛妤啊。"

庄暖晨愣愣地看着她，脑袋里嗡嗡作响。

黛妤瞪着她："你可真行，咱们不就几年没见嘛，你至于一点印象都没有？"说完从包里拿出钱包来打开，"看见没，这张合影我到现在还保留着呢，这可是咱俩在埃及玩的时候拍的。"

庄暖晨低头一看惊愕，照片上的女人怎么那么眼熟？

"现在还敢消遣我？"黛妤将相片拿出来，塞她手里。

庄暖晨拿起相片，呼吸近乎停止，照片上跟她相似的面孔，她在镜中看了这张脸26年。

"怎么样，感动吧？没想到我还留着咱俩的照片。"黛妤笑道，"看到新娘是你我真是乐疯了，不过我早就猜到你和江漠远肯定会结婚，还记得咱俩在埃及认识的时候你就跟江漠远很好，那时候你们都订婚了吧？现在有情人终成眷属，真好。"

庄暖晨的后脑像是被人狠狠捶打了一下似的，指尖冰凉。

"我看到南优璇也来了。"黛妤嘻嘻笑着，"你说你跟南优璇是同父异母的姐妹，感情还这么好，换作是我，早晚都得闹翻天。"

庄暖晨整个人都石化了，婚礼前的紧张、喜悦和对日后的期待瞬间被凝结，不好的预感愈演愈烈。

"沙琳？"

庄暖晨微微抬眼，所有的震惊被深深压在心底："我和她……早就闹翻天了。"

黛妤愣了一下，半晌后叹气安慰："其实也难怪，像你跟我说的，南优璇是前任生的，你妈妈的脾气倔，死活让你随她姓沙，当年已经惹得你爸爸很不高兴，当然南优璇更受宠些了。不过她今天能来，证明你俩的关系还差不到哪儿去。"

庄暖晨不语，突然之间想起很多事。

她想起江漠远第一次见她愣怔的样子；想起刚入学的时候南优璇第一次见到她的时候；想起南老爷子奋不顾身来救她，然后又疑惑看着她莫名其妙说她跟他的女儿长得很像。

她跟艾念、夏旅都想错了，跟他好的不是南优璇，而是沙琳，那个跟她长得很相似的女人，为什么会这样？

"照片能给我吗？我想留个作纪念。"她开口，嗓子却如刀割。

黛妤点头："你没事吧？"

"没事。"庄暖晨对上她的眼，唇角微勾笑容，"黛妤，谢谢你今天能来看我。"

她走到落地窗前，脚下是车水马龙的世界，阳光从她头顶掠过，将身影拉得很长很长，成了幅很美的画。

黛妤看着那道影子，眸底窜过不安，半晌后她悄然离开化妆室，正如她悄无声息地来。

酒店贵宾休息室。

推开门是淡淡的茶香，程少浅坐在沙发上悠闲地泡茶，每一道工序都走得十分熟练,见休息室的门被推开后头也没抬。

"辛苦了,坐下喝杯茶吧。"将一杯茶轻放对面,语气轻描淡写。

黛妤走了进来,坐在程少浅的对面,茶没喝。

"她看上去很难过。"

程少浅淡淡开口:"换作谁知道自己是替身都会难过。"

"沙琳已经死了,这么做又何必呢?"黛妤不解。

照片是真的,她也真的是沙琳的朋友,她们算是驴友,同样爱好旅行,但后来沙琳就出事了。

告诉她这件事的人就是程少浅,她不知道程少浅跟沙琳究竟有什么关系,但看得出,他对沙琳的事很清楚。

程少浅拿杯的手滞了下,半晌抬手,将最后一口茶呷进嘴里:"就是因为她死了,才更有必要这么做。"

"那为什么一定要是我?"

"江漠远不知道你的存在,你和沙琳不是至交,只是在旅行中认识的朋友,混进婚礼现场再容易不过。"

黛妤打量着程少浅,突然问了句:"你这么做是因为痛恨新娘?"

"不,我跟庄暖晨无冤无仇。"程少浅轻轻一笑,轻抿茶香。

"那我真的就不明白了。"

程少浅放下茶杯:"至少我要让她清楚地知道,她爱上的是个怎样的男人。"

黛妤半晌后问:"她们两个是不是……"

程少浅摇头,知道她想问什么:"她们两个没任何关系,只能说老天喜欢捉弄人,又或者说江漠远的命太好。"

黛妤听得一知半解,不明其中因由,但也不想知道太多,起身:"程先生,事情我已经办妥了,我该离开了。"

她拿起包,突然想到什么:"这段时间我是不是要去国外躲躲?"

程少浅不解。

"我怕江漠远找到我,那张照片在庄暖晨手里。"她强调了句。

"打到你账户里的钱足够你环游世界了,随便你。"程少浅勾唇一笑,"不过你放心,他不会去找你,江漠远是个聪明人,自然会找到我这里。"

护士们急匆匆在走廊穿来穿去。

医生办公室里,顾墨的咆哮近乎要掀开整座医院:"为什么不能马上用新仪器?"

"您先冷静一下。"副主任医师一个头两个大。

"你让我怎么冷静?"顾墨一把揪起医师的衣领,眼神近乎冒火,"我妈现在什么情况你不清楚吗?"

"顾先生,现在想用这个新型仪器的人很多,就算您想现在用也不行啊,您母亲的主治医生没到,我们只能先给别人来用。"医师一脸的为难,"而且,新仪器的确还没送到医院呢。"

"不行,一个月前我妈就在排这个仪器,凭什么要给别人先用?"

医师无奈:"我明白你的心情,但仪器不是我们这边着急就能用上的,再说了,目前还有老仪器可以用。"

许暮佳上前拉住顾墨,轻声安慰:"你先冷静一下,阿姨目前用旧仪器不会有大碍的。"

顾墨攥了攥拳头,二话没说冲出了办公室,副主任医师擦了擦额头上的汗。

"顾阿姨的主治医生到底去哪儿了?"许暮佳瞪着医师,"还有那个新仪器,怎么还没送到呢?"

"顾老太太的主治医生本来就是下午的班,说实话啊,老太太用旧仪器真没什么问题,根本不会像顾先生想的那样有危险,我真的是实话实说。"

"实话实说?我看你就是在推卸责任!"许暮佳也怒了。

"许小姐,你可不能乱讲话,我也要为我的病人负责,就算新仪器来了也要先给最需要的患者,这么简单的道理你不是不明白吧?哪个病患最需要我们就会先给哪个病患去用。"医师的语气稍稍提高,实事求是说了一番话。

"可刚刚顾阿姨都昏过去了。"许暮佳咬了咬牙。

"这是病情引起的,就算有新仪器也会这样。"医师无奈说了句。

重症室,顾母吸着氧气闭着双眼,顾墨站在门外,脸颊一半陷入暗影之中。

许暮佳看到这幕后心疼得要命,退到了走廊的窗子前,眼底因一丝大胆的猜测而泛起惶恐,拿出手机拨了个号出去,对方久久未接。她紧紧攥着手机,看了一眼顾墨转身离开。

黛妤走后,庄暖晨始终没动地方。相片上的女人笑靥如花,亲昵地搂着黛妤,皮肤晒得有点黑,许是长期旅行的原因。

她也有着跟她一样的长发,与黛妤坐在沙漠上比划着剪刀手,她的发也被映成了美丽的金黄。

她才是江漠远心中的那个女人,就像孟啸说的,南老的女儿在江漠远心中占据了重要位置，正因为这张脸，江漠远才这般温柔吧，他的深情，他的体贴，只为一人，却不是她。

一切的偶然不过是必然的安排，手指一松，相片轻飘落地。

顾墨守在病床前，看到顾母睁眼时，脸上陡然泛起惊喜："您醒了。"

顾母渐渐恢复了意识，良久后嘴巴动了动。顾墨犹豫着将氧气罩摘了下来："您感觉怎么样？"

"我没事，只是觉得很累。"

"您休息一下，别说话了。"

"放心吧，我现在清醒得很。"顾母说话的语气很微弱，"今天穿得很正式啊，是要去做什么吗？"

顾墨心头一酸："没什么，我哪儿都不去。"

顾母看着他，泛起心疼："刚刚很奇怪，我梦到了很多人，梦见了你的外婆，你奶奶、爷爷还有你爸，最后竟梦见了暖晨。"

顾墨一愣。

"我梦见了暖晨，还是她上大学时候的模样，穿着白裙子，长长的头发随风飘呀飘的，就站在你们校园的梨花树下，风轻轻一吹的时候，别提多好看了……"

顾墨红了眼眶。

"暖晨呢？她怎么没来？"

顾墨哽了嗓子，半响后才稍稍压下心头莫大的难过："她不会来了。"

顾母一愣，久久的，眼神黯淡："这一阵子，在你身边的那个许小姐，我知道你不爱她。"

"去找暖晨吧，如果彼此相爱就在一起。"顾母轻拍着他，"去找她，告诉她，是我对不起她。"

顾墨愣住。

顾母陷入莫大悲伤，拉着他的手："这件事我早晚还是要告诉你的，否则连做梦都做得不安呐。"

"妈，您想说什么？"

"其实，当年是因为我去找了暖晨，央求着她离开你，怕你不接受便演了一出我下跪的戏。你信了，你相信当年是我苦苦哀求她不要跟你分手，你相信当年是她狠心抛弃你。"顾母哽咽。

顾墨蓦地起身，不可置信地摇头，急喘着气："不可能。"

"事实就是，当年是我逼走了暖晨。"顾母咳嗽了几声，艰难道，"是我拆散了你和暖晨。"

"为什么？您为什么要这么做？"顾墨低吼。

顾母流泪了："如果不这么做，当年你就不会跟着我们出国，我以为这么做是为你好，也以为等你出国了之后会很快忘了暖晨。"

顾墨全身都颤抖："从初中到高中，再大学，直到现在，我爱了她足足十二年，妈，您怎么可以这样？"

顾母含着泪看他："我不能看着一个女人耽误了你的前途啊，你是我的儿啊。"

顾墨红了眼眶。

"暖晨是个好孩子，直到现在她都没说出当年的事情，我很感谢那个孩子，也感谢庄家，当年的事情他们也知道。"顾母将事情全都说出来了。

顾墨身子一晃。

"去找暖晨吧，去找她。"顾母用尽力气转头看看他，"只有她在你身边，你才会笑，才会快乐。"

庄暖晨从化妆室出来的时候，正好跟夏旅打了个照面，见她脸色不对，夏旅疑惑地问出什么事了。

庄暖晨停住脚步，目光游移。

"暖晨？"夏旅见她脸色有点苍白，疑惑轻唤了她一声。

庄暖晨嘴唇微微动了动："江漠远呢？"

"应该在休息室吧？"

她二话没说朝着休息室的方向走去。

"哎，"夏旅拉住她，"不是吧？这么一会儿也要见？"

庄暖晨勉强勾了勾唇角。

休息室在左侧走廊的尽头，跟贵宾区和宴会厅不在同一侧，所以这条走廊很安静。休息室分会客、更衣、用餐三个区域，江漠远不在会客厅里，更衣区隐约传来声音，她攥了攥手指，循声走过去。

门口与更衣室的沙发有一段距离，江漠远坐在那儿，从她这个角度恰巧可以看到他的侧脸。

雪茄在他指尖幽幽泛着烟，他的脸隔着光，又陷入隐约的烟雾中，看上去既遥远又陌生。还有个女人，因为角度，庄暖晨看不到她的长相。

两人的声音有点小，再加上放着音乐，庄暖晨听不清两人在说什么。可紧跟着情况变了，女人蓦地起身，气急败坏地说了句，"你会害死顾阿姨的！"

熟悉的嗓音像是支冷箭嗖的一声穿过庄暖晨的胸膛——许暮佳。
　　许暮佳和江漠远，他们两个是认识的？庄暖晨的手指死死扣在门板上。直到女人的脸完完整整落进她的视线里，那个梦魇般的时刻再次冲出被她深埋的记忆墓地。
　　她说，只有她才能帮顾墨；她说，只有她才能许顾墨一个美好的前程；她说，只有她才能配得上顾墨；她可以让顾墨一夜之间翻了身，条件是，她要拥有顾墨。
　　就是因为她的话，她将顾墨卖给了她，可她为什么会在这里？她口中的"顾阿姨"，庄暖晨心蓦地一蹲，难道是顾墨的妈妈？
　　江漠远平静地抽着雪茄，良久后淡淡说了句："回去告诉顾墨，只要他安分守己，我保证他妈妈没事。"
　　"顾墨根本就不会来捣乱，他在医院。"许暮佳的声音又急又促，"我求你，赶紧命人把仪器送去吧。"
　　"还不到时候。"江漠远语气依旧冷淡，"等婚礼结束后。顾老太太的身体状况我比任何人都清楚，目前使用的仪器不会有问题。"
　　"可万一呢？顾阿姨今早都昏过去了。"
　　"那是因为她的病情，跟使不使用新仪器没关系。"
　　"你不能这样，这件事一旦被庄暖晨知道，你以为她还会跟你在一起？"许暮佳撕破了脸，声嘶力竭。
　　将雪茄放在烟灰缸上，江漠远朝后倚靠，平静的眉间悄然染上了戾气。西装的一派文明努力遮掩着男人天生残酷的本性，可那冷，从男人的周身散发出来，连躲在门口外的庄暖晨都感觉到了这份寒凉。
　　"顾墨是我让你得到的，如果这场婚礼办砸了，你不会从中得到一丝好处。"良久后他开口。
　　许暮佳冷笑："那我是不是还要谢谢你？真正的赢家是你不是我。你要让庄暖晨心甘情愿来找你，来求你。你成功了。你将顾墨推进巨大的债务危机，利用我来迫使庄暖晨离开。顾墨可能连死都想不到，他付出巨资想要的新型仪器原来就是你投资的。今天你又延迟了新仪器送院时间，医院里只有一台新型仪器，医生们自然会先照顾到急需的病患，你让顾墨脱不开身只能在医院里周旋。江漠远，你每一招都筹谋得很远，所以还有什么好顾忌的？你就放顾墨一条生路吧。"
　　庄暖晨无力地贴在门板上，冰凉席卷周身，紧扣着门板的指尖近乎泛了白。她和江漠远的距离，只有几米远，却像是隔着千山万水。
　　她始终在等着，看着江漠远，希望他还能像从前一样，含着笑，温柔地说上那么一个字,"好"。因为他不是江漠远吗?他一向一诺千金不是吗?

许暮佳也同样看着江漠远,死死盯着他。他陷在耀眼的光线中,一字一句:"不可能。"

许暮佳身子一软,跌坐在沙发上。庄暖晨绷不住眼泪,滑落脸颊,最后的希望,也尽数湮没在他绝情的回答中。

"你忘了,主治医生刚好上午放假。"江漠远优雅地将左腿叠放在右腿上,轻描淡写说了句。

"这是你算好的,你早就知道主治医生今天上午休假,江漠远,你混蛋!"

"怎么,你才知道?"江漠远冷笑。

许暮佳低吼:"如果你不马上让新型仪器入院,我现在就去找庄暖晨,将你做过的事全都告诉她,你不让顾墨好过,我也绝不会让你好过!我不但要告诉她你是怎么一步步逼得她嫁给你的事实,还要告诉她,当初你是怎么收购颜明酒店的!"

门外,早已被打击到麻木的庄暖晨再次颤抖——表哥的酒店。

江漠远盯着许暮佳,微微眯了眯眼,薄唇抿成了一条线。

"当初你为了收购颜明的酒店,不但摸清了他们酒店的运营,还利用管理上的漏洞和资金链的断裂来达到你强行收购的目的。你做得顺风顺水,谁都不会想到携款潜逃的人是你安排的。不过颜明也不傻,还是闻到了不对的苗头,只可惜他做事太冲动,在没有任何证据之前就去找你算账,我真是替他可惜。"许暮佳咬牙切齿。

江漠远依旧好耐性,待她说完,眼底的戾气不减分毫:"好啊,你试试看。"他身子微微探前,双臂支在大腿上,双手交叉在一起,漫不经心中却带有威胁,"但你最好有能承受我怒气的能力,后果怎样,想过没有?"

许暮佳嘴唇抖了抖,没说什么。

"貌似你父亲的公司还没完全周转过来,一旦我撤资……"剩下的话,江漠远没再继续说下去。

果不其然,刚刚还像只斗鸡似的许暮佳听完这话后全身僵硬,整个人像是泄了气的皮球。

门外,庄暖晨看着江漠远那张脸,这还是她认识的男人吗?她是那么相信他啊。

"回去好好跟顾墨过日子。"江漠远冷沉了语气,"也别再来招惹我。"

许暮佳良久后才无力说了句:"江漠远,算你狠!"

江漠远没拦她,拿过雪茄靠坐在沙发上。许暮佳开门时庄暖晨没躲闪,四目相对时,许暮佳惊叫了一声。

惊叫引起江漠远的注意,他转头,在看见庄暖晨后手一松,雪茄掉在地上,他倏然站起。

空气像是凝固,良久后许暮佳嘲笑:"真是天意弄人。"说完侧身避过庄暖晨离开更衣室。

有急促的脚步声朝这边过来,见了这两人的样子后略感奇怪:"磨蹭什么呢?赶紧准备吧,婚礼马上开始了。"

今天的孟啸穿得西装革履,潇洒英俊。庄暖晨转头看着他,一时间疑惑,孟啸,会不会也是这种人?

孟啸被庄暖晨这么一盯顿时吓了一跳,怎么了这是?

江漠远大步上前,跟孟啸说:"先让现场乐队盯一会儿。"

"啊?怎么——"话还没说完,更衣室的门就关上了。

更衣室,庄暖晨一句话都没说。江漠远抬手扒了一下头发,又松了松领带,半晌后双手箍住她的肩膀,眼神懊恼:"暖暖,对不起,我可以解释给你听。"

她始终盯着他的眼,没说话。他张了张嘴,一时间不知道该说什么:"我……"

她压下想哭的欲望,嗓音颤抖:"既然你说不出来,那就回答我的问题。"

江漠远低头看着她,薄唇微抿。

"你真的以新仪器为要挟,只是为了不让顾墨来婚礼现场?"

江漠远点头。

"那么我表哥的酒店呢?"

"我的确是利用了酒店的运营漏洞进行了收购。"他如实告知。

庄暖晨悲痛地看着他:"我和你的婚姻,也是你使手段得来的?"

江漠远箍紧她,沉默。

"为什么?"

"因为我爱你。"江漠远铿锵有力,"因为他根本就不适合你。"

庄暖晨与他对视,忽地苍凉笑了:"好一句'我爱你'啊,江漠远,是你亲口说,你是君子不夺人所爱!"

江漠远压低脸:"可惜我是个小人。"

一记耳光掴他脸上,落手时,庄暖晨的眼泪下来了。手颤抖,火辣辣地疼,生平第一次打人耳光,不成想却打在了这个令她温暖的男人脸上。

江漠远僵硬地站在原地,搭在她肩头上的大手倏然攥紧,却慢慢地无力滑落。

再开口,他嗓音略显沉冷:"你以为,你跟顾墨走到今天完全是因为我?"

庄暖晨抬头盯着他,咬牙切齿。

"我不是没给过你们机会,我也曾试着放手。"江漠远一字一句道,"结果呢?顾墨的疑神疑鬼差点害死你,就算没有我江漠远的出现,他同样可以为了其他假想敌跟你无休止地争吵。"

庄暖晨颤抖着嗓音:"那是我的事,你凭什么要管?"

"我不能不管,我不能眼睁睁地看着我心爱的女人一次次为别的男人掉眼泪。"江漠远陡然提高声调。

"我不止一次看到你们在争吵,我远远看着,看着他跟你争吵时候的那张狰狞的脸,恨不得立刻下车扭断他的脖子;我看着他跟你争吵完头也不回离开,就恨不得马上牵过你的手带你走。我每次都在想,怎么会有男人混蛋到将自己的女人扔在大街上?我每次也都在想,如果你是我的女人,就算有你杀了我的那天,我也决不会是掉头先走的那个。暖暖,你知道那晚我有多紧张,我开着车沿路找你我都快疯了。我生怕找不到你。"

他的手微颤,眼里都是心疼:"我从来没有这么害怕过,庄暖晨,我从来没有这样过。当我在雪地里找到你的时候,那一刻我就决定不再放手,你是我的。"

她泪眼婆娑,仰着苦笑,哽咽道:"江漠远,你口口声声以爱为名,我很想知道,你是以爱谁为名?"

江漠远一怔。

庄暖晨拿出快要被她攥成团的照片,展开:"你爱的只是这张脸吧。"

江漠远眉头一凛:"照片谁给你的?照片上的女人?"

"怎么,你还想找她兴师问罪?"庄暖晨一字一句,"我要怎么称呼她?沙琳?你的未婚妻还是跟我相似的女人?"

江漠远死死盯着照片。

"一年前,我以为是我幸运找到高薪的兼职,那时候的你目光是不是就关注了我这张脸?我在会议室里提案,所有人都在质疑我,只有你给了我鼓励,那时候是不是这张脸让你念了旧?你开车带我找遍了整个北京城,最后整夜不睡给我拍日出,那时候的你是真心地为我还是在回顾你跟沙琳的过往?我父亲生病,你二话不说就安排了专机直飞北京医院,那时候的你究竟是因为我还是因为我像她才动了恻隐之心?宴会上,你挡着我才没让我挨刀子,是不是当时你也是这么保护沙琳的?江漠远,我想过忘记过去试着来接受另一段感情,可笑的是,竟让我在婚礼当天知道这么多,你觉得,我还可能会相信你吗?"

"你是你,沙琳是沙琳,我从来没将你当成是她。"江漠远眉头深蹙,放低了语气,"现在所有的宾客都在等我们,举行完婚礼我会跟你解释清楚一切,好不好?"

庄暖晨不可置信地看着他,甩开他的手:"我不会跟你在一起。"

江漠远的脸色变得难看,一阵急促的敲门声响起,是周年,进来直接张口:"江总,出事了……"接下来的话在看见庄暖晨后咽下去了。

庄暖晨突生不祥,颤唇问:"出什么事?谁出事了?"

周年不知该如何回答。

"是不是顾阿姨?"庄暖晨急了,"快说。"

周年下意识看了一眼江漠远,江漠远眸光暗了暗:"说吧。"

"是顾墨,对面的房间能看到。"

庄暖晨一愣,反应过来后冲了出去。

对面也是套休息室,透过落地玻璃窗是高楼林立。隔着高架桥,顾墨就站在对面楼的楼顶。距离的缘故,看不到楼顶有没有围栏,冬日寒风吹得男人的身影略显单薄。楼下站满了人,冲着上面指指点点。

对面这边,庄暖晨吓得双腿都软了。江漠远脸色铁青:"怎么回事?"

周年道:"听说是来婚礼的途中听到了顾老太太掐断仪器的消息。"

江漠远一怔,庄暖晨倏然回头,惶恐地盯着周年,二话没说就要往外跑。紧跟着被江漠远一把箍住手腕,一用力将她拉进怀里。

"放开我!"

江漠远搂着她不放,转头看向周年:"院方那边情况怎么样?"

"正在抢救。"

江漠远低头看了看庄暖晨,又看了一眼楼顶上的顾墨,寒凉说:"报警,叫救护车和通知消防队。"

"警察和消防已经到了现场,救护车正往这边赶。"

江漠远箍紧她:"你听到了?顾墨他死不了。"

"你疯了。"庄暖晨牙齿在打战,"人命在你眼里不值钱是不是?"

"你庆幸我是站在这里,我要是站在顾墨身边,就会一脚把他踹下去。"江漠远语调像是凝成了冰,"他的能耐就只有跳楼吗?"

"江总。"周年欲言又止。

"说。"江漠远低喝。

"顾墨进不来婚礼现场，他打来电话，要求夫人去见他。"

庄暖晨听了更着急，拼命挣扎，奈何江漠远的手劲更大，转头冷冷对周年道："告诉他，她不会去见他，他想跳楼，随便。"

"江漠远你——"

"你给我听好了。"江漠远低头盯着庄暖晨，冷冷打断她，"就算今天顾墨死在对面，我也决不会让你走出婚礼现场半步。"

"你还是不是人？"庄暖晨红着眼瞪着他。

"你想见他跟他说什么？想跟他走？"他微微眯着眼，露出骨子里深藏的强势，"你休想，我告诉你，你休想。"

她仰脸，转为哀求："江漠远我求你，顾墨的性子很烈，如果我不去见他，他真会跳下去。"

江漠远攥她的大手倏然用力，一字一句："如果我是他，绝对不会这么做。我会好好活着，活得更好。"

"顾阿姨已经出了事，他怎么振作？他不是你，江漠远，你会害死人的。"庄暖晨冲着他大吼。

江漠远一怔，深藏在脑海中的痛楚排山倒海压下来，眉心一凛，这些话曾经也有人对他说过，他下意识地手一松。

庄暖晨趁机挣脱，却听周年惊呼一声。

"不！"一声凄厉，庄暖晨扑到玻璃前。

对面的顾墨双臂展开，在凛冽的寒风中坠落。

江漠远上前将她的双眼蒙住，她瘫软无力，连哭的力气都没有，可在这么一瞬有了反抗的力量，她拼命推搡着他，用力捶打他的胸膛，声音却死死堵在了喉头，他始终不松手，任由她捶打。

终于，庄暖晨找回了自己的声音，大叫一声，用尽全身力气将他推开，转身就要往外跑。

"你敢走出婚礼现场试试。"身后，他低沉的嗓音骇人，"我不好过没关系，你想让你爸妈也跟着不好过？别忘了，今天来的宾客里也有古镇的人。"

庄暖晨搭在门把手上的手一僵，连同她的脊梁。

"我和你在法律上已经是夫妻了。"江漠远一步步走上前，"别试图激怒我，否则我什么事都能做得出来。"

她呼吸急促，莫大悲怆袭来。

他在她背后停住脚步，伸手搂住她："跟我办完仪式，别让嘉宾看笑话，我会保证顾老太太和顾墨没事。"

庄暖晨紧紧攥着门把手，全身颤抖："你威胁我？"

"我可以安排最好的仪器和请来最好的医生来治疗老太太，至于顾墨，有那么厚的救生垫不会有生命危险，但是，"他话锋一转，"救护车晚到那么几分钟，让他落个残疾我也能出口气。"

庄暖晨倏然转身，不可置信地看着他。

江漠远抬手，手指落在她的额角："现在，要么你离开现场，要么跟我举行仪式。"

庄暖晨每呼吸一下都痛得撕心裂肺，良久拭去泪水："三个条件，你答应了，我跟你举行仪式。"

"说。"

她强压了心口的疼，一字一句："第一，保证顾墨和顾阿姨相安无事。"

"我答应。"

"第二，酒店是颜明的心血，你要还给他。"

江漠远盯着她："好。"

周年大惊失色，脱口："江总，不行……"

江漠远抬手打断，看着庄暖晨："最后一个条件是什么？"

她的眼像是不见底的枯井，"从今以后，你不能干涉我的事。"

他沉默良久："好。但我也有条件。"

庄暖晨漠然看着他。

"很简单。"他的手指托着她的下巴，盯着她，"你要百分百忠诚于我，这辈子不能提'离婚'二字。"

庄暖晨自嘲，唇畔又是冷笑："你放心，我不会的，我就是要看看老天爷怎么收拾你这种人。"

他瞳仁一缩，半晌齿间蹦出两个字："很好。"

艾念、夏旅和孟啸在走廊焦急地走来走去，见人出来了，艾念赶忙上前问道："暖晨？"

夏旅站在身后，狐疑地打量庄暖晨和江漠远。庄暖晨轻轻将艾念搂住，一句话都没说，吓了她一跳："亲爱的，怎么了？"

"什么都别问。"庄暖晨哽咽。

艾念察觉她全身都在抖，又惊又慌，眼眶跟着就红了："你怎么了？别吓我啊，暖晨。"

江漠远脸色阴霾，孟啸不动声色打量着他。夏旅察觉出不对劲来，走上前轻声问："怎么回事？"

艾念一红眼就止不住，哑着嗓子一个劲询问情况。庄暖晨终于压下哭的欲望，松开艾念，勉强挤出一丝笑容："我没事，就是太紧张了。"

"你真没事？"艾念还哽咽着。

"没事。"庄暖晨又紧紧搂了艾念一下，"不是也有那种习俗嘛，叫作什么'哭嫁'的，你是我最好的朋友，就算用这种方式送我出阁了。"

艾念见她笑了，安心了："刚刚吓死我了，知道吗？"

庄暖晨轻笑，泪水倒流回了肚子里，该哭的，艾念已经替她哭了。

沉默良久的江漠远走上前，朝她伸手："走吧，别让大家久等了。"她顺从，任由他握住自己的手。

婚礼现场，如她想象中的一样隆重而盛大。席下宾客云集，有些是在电视、杂志上见过的脸，有些干脆就不认识了，有来自古镇的乡亲们，也有来自全球各地的朋友们。

整个过程，她笑得从容雅致，做宴会陪同的时候，她已经知道什么样的笑容最标准最好看。看着席下的父母，她委屈再多也得到了舒缓。艾念说得对，有些婚其实是为老人结的。

宣誓环节时，庄暖晨耳畔一直回荡着"忠贞不渝"这四个字，察觉到手挽着的男人臂弯明显紧绷着时，她说："我愿意。"

身边的男人似乎松了口气，但也许只是她的错觉。

交换戒指的环节赚足了别人的感动，江漠远将戒指戴在她的无名指上时轻声说："我给你这枚代表爱和幸福的戒指，这是你我婚约的信物和见证。"

她的心隐隐颤抖，也许顾墨说的对，她违背了誓言，这辈子都得不到真正的幸福。

越是盛大的婚礼，就越是一场精心布置的人际关系网铺展活动。本身"江漠远"这三个字已经代表了这场婚礼的价值。对于上前敬酒的商贾名流，就算他们不说什么，庄暖晨也能从他们的眼睛里看到金币翻滚的样子，连杯中红酒都充塞着金钱的味道。

看到江母和妈妈相聊甚好，庄暖晨不禁在想，也许当初一心搞学术研究的林琦也不是一下子学会商场应酬，谁天生就喜欢戴着一张假面孔生活？

抛花束的时候，未婚的姑娘们都挤到了前面。孟啸在一旁捣乱："扔给夏旅，扔给夏旅。"

一把糖果冲着孟啸就砸了过来，夏旅瞪着他："用得着你多管闲事？"

庄暖晨看着夏旅轻轻一笑，瞄准了她的位置后转身，花束被高高抛起，在空中打了个转。

夏旅眼睁睁地看着花束离自己越来越近，竟紧张地咽了下口水，下意识去接。岂料被抢花的姑娘们撞了一下，身子一偏，花束落在旁人手里，那姑娘乐得尖叫一声。

艾念走上前撞了夏旅一下："想什么呢？花束不去抢怎么能拿到手？"

庄暖晨轻叹一声拉住夏旅："不好意思。"

夏旅耸耸肩膀："又不关你的事。"

"艾念说的对，有些东西光靠等是等不到的，需要去抢。"江漠远手端红酒杯走上前，跟孟啸碰了一下酒杯。

庄暖晨听得出来话里深意，敛下眼眸淡淡一笑："不过还有些东西是抢也抢不来的。就算抢到手，也不属于你。"

江漠远嘴角一滞。

又是一轮应酬后，江漠远揽过她的腰，举了举杯子："我们是不是该喝个交杯酒？"

庄暖晨没挣脱，不少人看着这边呢。拿过一杯红酒："也对，有些功夫的确要做到家才能保证你的脸面。"

江漠远与她交杯，压了压嗓子低笑："我从来不知道我老婆还是个伶牙俐齿、说话尖酸刻薄的人。也对，我差点忘了，能够从奥斯公关陆珊手里夺到项目的人，嘴上功夫自然犀利，只是平时被温柔的外表遮掩住了。"

"被温柔外表遮掩住的何止是我一人？"庄暖晨语气冷淡。

江漠远倏然低头，低笑暧昧："今晚开始，我要好好领教领教。"

"神经病。"

"从刚刚交换完戒指的那一刻，你已经完完全全嫁给了我这个神经病。"江漠远伸手搂紧她，在她耳畔低语。在外人看来，两人亲昵极了。

庄暖晨由他搂着："你答应我的事呢？"

江漠远挺直身子："放心，顾老太太已经用上了新型仪器，孟啸也联系了最好的骨科大夫给顾墨。"

"速度真快啊。"庄暖晨嘲讽地笑。

江漠远放下酒杯，大手沿着她的发丝落在后颈上："你要记住你的身份，他是死是活以后都跟你无关。站在你面前的才是你老公，这辈子跟你同床共枕的男人也只能是我不是他。"

"说完了吗？"庄暖晨抬头看着他，"我要去吃东西，很饿。"

婚礼结束后，宾客们散得差不多的时候，夏旅离开了酒店。身后艾念叫住了她，她在原地等着，无奈摇头："你是个孕妇啊，怎么还连跑带颠儿的？陆军呢？"

"他还在里面交换名片呢，真不知道一个公务员还交换什么名片，我在外面等他，顺便透透气。"艾念埋怨地说了句后挽上她的胳膊，"哎，你有没有觉得暖晨怪怪的？"

"没觉得，我倒觉得陆军挺怪的。"夏旅摇头说了句，"陆军现在跟他在大学的时候变了很多，升小科长了，刚刚跟我说话还打着官腔，真看不惯。"

艾念笑嘻嘻看着她："你管他说话怎样呢，又不是让你跟他过日子。"

"白给我都不要。"夏旅瞪了她一眼。

"咱不聊他了行不？你真没觉得暖晨有哪里不对劲？"艾念岔开话题。

夏旅仔细想了想："真没有。"

"可能是我想多了。"

陆军从酒店出来了，艾念说了句："我先走了啊，你们有什么事随时打给我。"

夏旅冲着她摆摆手。待艾念和陆军上了车后，她懒洋洋晒了会儿太阳，正打算走，身后扬起戏谑的嗓音："你的车子该不会又被撞了吧？怎么没开车？"

夏旅转头对上孟啸似笑非笑的眼睛，没搭理他转头又走。

"哎，怎么回事儿啊？我至于娇小到让你看不见吗？"孟啸追上来。

夏旅紧了一下衣服，快走了几步："不好意思，我是视而不见。"

孟啸一听更乐了，紧跟在她身边："夏旅同学，你这就不对了啊，看见人要打招呼这是最起码的礼节，上幼儿园的时候老师就教过咱们要讲文明懂礼貌。"

"我没上过幼儿园。"夏旅冻得全身凉。

孟啸见她鼻子都冻红了，拉住她："行了别走了，你是回家还是去哪儿，我送你。"

夏旅停住脚步："孟啸，你能不能别总是三天两头像只鬼似的缠着我？"

"我有那么讨厌吗？"

夏旅站在原地跺了跺发冷的脚："我不用你送，谢谢你的好意。我还有事，再见。"

路人行色匆匆，天寒地冻的季节也没几个喜欢轧马路的。这个时间不是早晚高峰，坐地铁的人尚算不少。夏旅快到地铁口的时候，手臂被人猛地箍住，惊叫一声回头，发现还是孟啸。

"你干什么？"夏旅不可思议地看着他。

他没穿外套，冻得打了几个哆嗦，却一直在打量着她。

她被看得发毛："你不会就这么跟来的吧？外套呢？"

孟啸朝着不远处指了指，她顺势看过去，他的车子停在路边。

他问："你到底出什么事了？"

夏旅一头雾水："什么意思？"

孟啸上下打量了一下："来坐地铁还不算，连名牌包都没了，你是不是被打劫了？"

"你才被打劫了呢。"夏旅抽出胳膊，"我怎么就不能坐地铁？怎么一定就要背名牌包？别多管闲事了，管好你的车吧，停在那违章。"

"跟我上车我就不烦你。"孟啸典型一贴狗皮膏药。

夏旅疑惑地看着他："你对女人都这样吗？"

"哪样？"

"死皮赖脸。"

孟啸一愣，随即哈哈大笑，周围人纷纷回头张望。

"笑什么？"

孟啸好不容易止住笑："夏旅有你的，我还第一次听女人用这种词来形容我。"

夏旅一瞬不瞬地看着他，良久后叹了口气："走吧。"

"走吧？"这回轮到孟啸惊讶了。

夏旅捋了捋发凉的双臂："我能省下地铁钱干吗不省？"说完朝着他的车子走了过去。

孟啸呵呵笑着跟了上来。车内很暖，隐约还有男性身上清冽的气味，他拉过夏旅的手。

夏旅斜眼看着他："上了你的车不意味着你可以对我动手动脚。"

"别对我横眉瞪眼的，我好怕怕。"

手机铃声响了，夏旅做呕吐状，抽手接了手机。手机那头声音很小，她闻言后说："好，看完我打给你。"很简短的对话，一说一答就结束了。

"爱心奉献一下呗。"夏旅看了一眼他手腕上的表，"这个时间北二环不会塞车，现在出发，半小时能到顾墨所在的医院吧？"

孟啸不解挑眉："顾墨？你和那位跟壮士断腕有一拼的家伙还有关系呢？"

"是。"夏旅懒得解释，"那你是载我去还是不载？"

"刚才是庄暖晨给你打的电话？"孟啸疑惑地看着她，"还是，你也暗恋那个家伙？"

夏旅打量了他一眼。

"不跟我说清楚我就不开车。"孟啸笑眯眯倚靠在车座上。

"不开拉倒。"夏旅一点没惯着他,伸手开车门准备下车。

孟啸将她一把扯住:"还真生气了?行行行,我现在就带你去还不行吗?现在就走。"

夏旅唇角勾了勾:"还不开车?"

孟啸耸了耸肩膀,对女人言听计从倒是第一次,发动了车子:"看完顾墨呢?"

夏旅看了他一眼,淡淡道:"看完顾墨时间随你安排。"

"这么好?"孟啸笑了笑。

夏旅扭过头看着车窗外不再说话了。

婚礼现场是江漠远收尾,庄暖晨陪着爸妈一起安顿古镇的亲朋好友。

会馆里,空气中若隐若现地掠过缭缭茶香,环境静谧。黑色沙发上,程少浅悠闲地坐在其中,大片夕阳映在窗子上,红艳逼人。

十几分钟后江漠远来了,在他对面坐了下来。

"看样子,我越来越了解你了。"程少浅倒了杯茶给他,"为了这点,咱们也得以茶代酒干一杯吧?"

"你在我的婚宴上喝得还不够多吗?"江漠远倚靠沙发靠背,抬手松了松领带。

"就是喝得太多了,所以要来这里解酒。"程少浅指了指茶水,"特意为你点的,不过茶艺比起你是差远了。"

"是我教你的茶艺。"江漠远探身拿过茶杯呷了一口,放下,"果然功夫还是没学到家。"

他从西装兜里掏出张照片来,扔到了茶几上:"趁着茶香还没散,我还是有耐性听你的解释。"

程少浅拿过照片,晃了晃:"江漠远,暖晨有知道真相的权利。"

"为了一个长得跟她相似的女人,值得再掀起一场风暴吗?"

"那个跟她长得相似的女人曾经是你的未婚妻,而现在的南家,还认为是你害死了她。"

江漠远却笑了:"至少你的态度还不算太肯定。"

"那是因为我没有确切证据。"程少浅收敛了语气的寒意,"我很想知道当年你怎么逼得沙琳走投无路的,是不是就跟今天的顾墨一样?"

江漠远的目光冷下来。

"别误会,我也是没事溜达到了走廊才看到那么热闹的一幕。"程少浅轻笑。

江漠远没说话。

"看到顾墨从高空掉下来你是什么感觉？情敌坠楼的快感，还是一直压在心底深处那股子野性嗜血的感觉又出来了？这个顾墨是想置之死地而后生啊，以后每到结婚纪念日庄暖晨都会想起那一幕，这招真狠呐。"

程少浅不咸不淡的语气，却说出了江漠远的心中所想，话锋一转，一字一句："正如当年的沙琳。"

夕阳的余光落在江漠远身上，有淡淡金子般的光影浮动，他终于有了表情："说了这么多，你的目的是什么？"

"我不会让你将暖晨当成是沙琳。"他直截了当。

"那你呢？"江漠远反问。

"暖晨跟沙琳不同。"

"很难得，我们达到了意见统一。"江漠漠然说了句。

"但是，"程少浅不再兜弯子，"你要将沙琳的情况都告诉我。"

江漠远淡淡一笑："程少浅，知道为什么我永远不担心你会做错事吗？即使今天发生了照片事件。因为你是个讲证据的人，没根据的话你绝对不会乱说，没根据的事你也绝对不会乱做。"

程少浅拿过茶杯攥了攥，故作自嘲："被人看透的滋味真是不好受啊。"

"没错。"江漠远往后一倚，双臂展开搭在沙发背上，"正如我走进这家会馆看到你果然在这里等着我一样，这种滋味真是糟糕透了。"

"我不会看着悲剧重演，要让我知道你对暖晨不好，我绝对不会放过你。"程少浅冷下脸。

江漠远轻轻勾唇："我随时欢迎你的友爱心泛滥成灾，但是这份友爱千万别变了质，因为你已经没有机会得到了。"

端起茶，喝尽，放下茶杯一笑："今天多谢你的茶，改天回请。"

程少浅叫住了他，江漠远顿步，回头看他。

"关于沙琳的事，你真不打算告诉我？"程少浅皱眉。

"她的事，我没必要跟你解释些什么。"

一切都打点好后，江漠远和庄暖晨回到了家。江家二老没在北京逗留，以拜访老朋友为由早早就飞走了，庄爸庄妈被暖晨的姑妈请了去。

一路上庄暖晨都在纳闷，按理说江漠远收购了表哥的酒店，姑妈自然对江漠远态度不会很好，那么连带着她和她的家人也会受到挤对，可没想到姑妈的态度令她大吃一惊。不但是姑妈，连颜明也谦和了不少。江漠远不可能那么快办好手续，就算他的速度快，颜明也不会这个态度，应该更理直气壮才对。

到家后，江漠远换好了鞋，坐在沙发上不知在想着什么，庄暖晨一路都没跟他说话，直接上了二楼。

进了更衣室，她看着镜子里的脸，眼前总会闪现照片中的女人，一时间她分不清这张脸是自己还是沙琳，实在太可怕了。

从化妆棉盒里抽出化妆棉，擦拭唇瓣残留的唇蜜。她又想到了顾墨，今天这一幕她这辈子都无法忘记了。

江漠远进来的时候，她停了擦唇的动作，伸手摘下项链，放到了旁边的首饰盒里。他倚靠门框，一动不动地看着她来回走动。

见他没离开的意思，她也不打算换衣服了。打算经过他出去，手腕蓦地被他箍住，二话没说拉着她就出了更衣室。

她惊了一下："江漠远，你要干什么？"

江漠远铁着脸一言不发地将她拖进卧室，窗锁死，跟她说："从今天起不准离开这个房间。"

"江漠远，你这个疯子！"

"别以为我不知道你在想什么。"江漠远箍住她，冷冷道，"你想去看顾墨是不是？休想。"

庄暖晨听他这么说反而不挣扎了："那你打算关我多久？"

"关到你打消念头为止。"

庄暖晨冷笑："哪怕是今天之前，我都绝对不会相信你能做出这种事。"

"你想骂我尽管骂，渴了我喂你水，饿了我喂你饭，但绝对不会让你走出这个家门。"

庄暖晨冷静下来了，没有过多反应。

江漠远觉得不对劲，眯了眯眼："你在想什么？"

"你阅人无数，不是能看出我在想什么吗？"她反问。

他俯下身，脸几乎贴近她，眼睛对着她的眼睛："我问你，你在想什么？"

她平静地看着他，一句话没说。

"你在想顾墨，在想着怎么离开我。"

"你都想到了，干吗还问我？"庄暖晨淡淡说了句。

他盯着她了大半天，突然笑了，捏住她的下巴："很好，跟我斗智斗勇是吧，你有没有想过吃亏的是你自己？"

说完松手站直身，将领带扯了下来，一边松着衬衫的扣子一边转身上了楼。

房门果然被锁死，庄暖晨晃了半天门把手无济于事，干脆作罢，她的新婚第一天竟过得如此"精彩"。她陷入了沉思，脑中再度回现白天跟母亲的谈话。

"妈，您听过沙琳这个名字吗？"

"沙琳？是个英文名？"

"不，她就叫沙琳，姓沙。"

"不知道啊，怎么了？"

"妈，您只有我一个孩子吗？"

"当然。"

庄暖晨拧着眉，看样子妈妈不像是撒谎。其实她也仔细分析过，她跟沙琳只是长得有些相似而已，并不是一模一样，可这种感觉真的挺难受。

江漠远洗了澡换了身家居服下了楼，看上去清爽极了。进了卧室，居高临下看着她："想吃夜宵吗？"

"你不用锁门了。"她淡淡说了句。

"想开了？"

庄暖晨与他对视："你不会是想关我一辈子吧？我还得上班。"

他叹了口气，抬起她的脸："别去见顾墨，行吗？"

她的目光平静安详："我从没说过去见他。"当初是她主动提出离开，当然不能见，现在她又害得他跳楼，明知道已经不能再在一起了，那她就更不能见了。

江漠远松手，似乎在考量着她这句话的真实性，半响："难道你不想知道他现在怎么样了吗？摔得重不重？顾老太太用上新仪器后会怎样？这些你都不想知道？"

"我已经知道了他全身包裹得跟个粽子似的，拜你所赐，生命没有大碍。"

"你怎么知道的？"江漠远脸色蓦然一冷。

"找人替我去看他，我不想给你任何再来威胁我的机会。"

江漠远盯着她，半响后低笑："庄暖晨，我真是低估你了。"

她没理他，出了卧室。

"站住。"身后，江漠远命令了句。

庄暖晨停住脚步。

"到现在你还爱着顾墨?"

庄暖晨没回头:"一个可以为我去死的男人,最起码我能保证他是最爱我的。"

"他是想让你内疚,这是爱吗?"他严厉道。

庄暖晨转头看他,对视了良久后突然笑了:"是啊,你成熟你稳重,所以才跟你的未婚妻分道扬镳。既然如此你干吗还要对她念念不忘,非得找个跟她有相似面孔的女人回来自虐?"

江漠远没回答,盯着她的目光透着一股子令人看不透的深邃。

"她死了。"等她走到楼梯前的时候,他冷不丁开口。

庄暖晨一怔,愕然转头看着他。

"她是自杀的,就死在我面前。"江漠远语气沉重,"是我间接害死了她,如果我当初可以试着多关心她一下,有可能她就不会死。"

庄暖晨惊呆了。

现在她终于明白,为什么南优璇见了江漠远总是一副咬牙切齿的样子,两人再不好也都是姐妹。

许久她开口:"江漠远,原来不止我一人是活在内疚里的啊。"

见她态度冷淡,江漠远攥了攥手:"我娶你,是因为我爱你。"

"你的爱我承受不起,而且我也不相信这句话。"

浴室中庄暖晨卸了妆,换好了浴袍,浴缸的水在慢慢填满,浮动着舒缓神经的精油气味。

她吸了下鼻子才忍住想哭的欲望,这种没由来的悲伤不知是因为自己还是其他。就在刚刚那一刻,她还是相信了江漠远,她相信沙琳是自杀,相信江漠远的内疚。

看着镜中的自己,她恨恨地说了句:"庄暖晨,你也够贱的了。"

浴室门被一把推开,她看了一眼,不悦皱眉:"出去,我要洗澡。"

江漠远置若罔闻,大步上前将她一把拉了过来:"我知道你心不甘情不愿,但你已经是我老婆了。"

"我没有心不甘情不愿。"庄暖晨语气轻,"婚礼之前我就说过,你答应了我三个条件我就是心甘情愿,现在,我只想好好泡个澡睡觉。"

"这就是你心甘情愿的态度?"他低头,沉声。

庄暖晨看来真是累了,也懒得跟他多说什么,从他身边绕走。江漠远被她的态度弄得一头雾水,跟了出去。刚进卧室的门,他怀里便被塞了个东西,低头一看,枕头。

"你睡客房。"

江漠远愕然:"为什么我要睡客房?"

"因为我不想委屈自己。"她回应了句,上了床盖了被子。

江漠远走进来,将枕头往床上一放,俯身盯着她:"我的意思是,为什么要分开睡?"

庄暖晨没睁眼:"契约三忘了?别来打扰我。"

江漠远不急不躁,俯下身,脸贴在她的耳畔:"你的人生可不包括你的身子。"

暧昧的话毫不忌讳地从他口中说出,她吓了一跳,一下坐起来:"下流!"

"再一本正经的男人在床上想的都是下流的事。"江漠远笑得意味深长。

"我警告你,这世上还有种犯罪叫作'婚内强奸'。"要她一整晚都像只刺猬似的跟他斗嘴她可没那么多的精力,便下了床想要离开卧室。

希望落空,江漠远起身钳住她的手腕,紧跟着拦腰将她抱起,把她又扔回床上。

她只觉得天旋地转,站在床边的男人居高临下地看着她,一手慢悠悠地解开衣扣。

"江漠远,你别太过分了!"这个时候他竟然还能想着这种事?

江漠远温和优雅:"你都给我定了个'婚内强奸'的罪名了,我再不配合有点不识抬举。"

庄暖晨朝后缩了缩,猛地摸过床头柜上的书,一本一本地朝他砸过去。江漠远利落偏身躲闪。最后一本砸到墙上时,她已经退到了房门口窜了出去。

江漠远忍不住笑出声。

顾母从重症病房转到了特护病房,窗帘拉开是大片的落地窗,透过窗子就是风景如画的小花园。阳光正好,明晃晃的不会太刺眼,更不会太薄凉。

所以当庄暖晨推门进来的时候,病房里的阳光细碎得柔和,是淡淡的暖香。

顾母合着眼,旁边是借以维持生命的新型仪器。她放轻了步子上前,在旁边的椅子上坐下。

许暮佳跟她说,顾母并不知道顾墨跳楼的事。是她违背了和他的约定,所以他才会用最极端最严苛的方式来惩罚她、提醒着她是个薄情寡义的女人。

轻叹了一口气，没成想顾母醒了，在见到她后变得激动："暖晨？"

庄暖晨将身子探前："顾阿姨，是我。"

顾母抬手颤抖着伸向她："阿姨还以为再也见不到你了。"

"我就在您面前呢，怎么会见不到我呢？"她赶忙握住顾母的手，心里难受极了。

"顾墨呢？他知不知道你来？"

庄暖晨心口一酸，强忍悲痛挤出笑容："他知道，不过这阵子他出差了。"

顾母点点头："这孩子出差得还真不是时候啊。"

"顾阿姨，您找我来是要说什么吗？"

淡淡的光亮映在顾母的脸上，她的精神看上去的确要比重症病房时好得多。"其实我就是想问问你跟顾墨到底是怎么了，这阵子又无缘无故多出个许小姐来，暖晨，是顾墨对不起你了吗？"

"不，顾墨他很好，他没对不起我。"庄暖晨赶忙否定，"是我，对不起顾墨。"

顾母愣了几秒，握紧她的手："你的性格阿姨还不了解吗？顾墨的脾气坏，你就不同，你是绝对不会主动跟他生气的。我看得出那个许小姐很爱顾墨，你们可不能因为吵架而便宜了其他女人。"

见她不说话，顾母还以为是说进了她的心坎里，叹了口气："我能看出来顾墨压根就不喜欢那个许小姐，但我问他他也不说，只说你不再来了，阿姨听着着急，又不知道你们发生了什么事，所以没办法只能把你叫过来问清楚。"

庄暖晨喉咙紧紧的，像是有根皮筋狠狠勒住脖子喘不上气来。

"年前你跟顾墨不是还张罗着要结婚吗？"顾母看着她关切道，"阿姨希望你们能够赶紧结婚，这样啊，我就算是哪天真走了也没有任何遗憾了。"

"您别说这些不吉利的话了。"庄暖晨赶忙道。

"人都有死那天，自从我住进这个医院，生老病死已经看得很开了。"

"既然这样，您为什么要断掉仪器呢？您这么做让顾墨多担心啊。"

"我就是不想成为顾墨的拖累啊。"

"您不能这么想，您活着才是顾墨努力下去的最大动力。"

顾母点头："幸好那天顾墨出差，要不然被他知道了肯定担心，我已经叮嘱小许和医生都不要告诉顾墨。"

庄暖晨这才反应过来，那天顾墨八成就是要去婚礼现场，结果顾阿姨这边出了问题他不得不先来医院，原来顾阿姨以为那天顾墨出差了。

"跟顾墨和好吧，我知道那孩子倔，但阿姨敢保证他爱的就是你。"顾母苦口婆心。

庄暖晨抿了抿唇，良久后轻声道："有些事情我不想再瞒着您，不过您得答应我您不能情绪激动。"

顾母似乎感觉到不是什么好事，点了点头。

"其实在年前的时候，我和顾墨已经分手了。"

"什么？你们两个分手了？"顾母呼吸急促。

"顾阿姨，您这么激动我真的不敢跟您再说了。"

"好好好，我不激动。"顾母调整了呼吸。

庄暖晨咬了咬唇："是我对不起顾墨，我爱上了别人。"

原本她就错了，顾墨应该有个美好前程，他应该快乐幸福地生活着，哪怕他没再回北京也是好的，可是他回来了，他又遇上了她，是她带给了他悲剧。

顾母看着她良久，摇头："你不是这样的孩子。"

"阿姨，人会变的，我真的受不了每天都跟顾墨争吵个不停，起初我以为是他不够信任我不够包容我，最后才发现其实问题在我，是我已经变得不够爱他了。"

"你怎么会不够爱他呢？别人不清楚难道阿姨还不清楚吗？如果你不爱他当初就不能牺牲自己来成全他的前程，也不会宁可委屈自己也不告诉他实情。"顾母死活都不相信庄暖晨是这种人，"这世上没有哪个女孩子再能为顾墨这么付出了。"

庄暖晨狠下心，举起另只手："我已经结婚了。"

顾母蓦然大惊，瞪大双眼盯着她无名指上的戒指。

"我知道您很希望我和顾墨在一起，但感情确实不能勉强。我现在很幸福，所以也希望他能够幸福。"

顾母闭上眼，半天后才又睁开，重重长叹："是我耽误了你们，如果当初没有让你们分手……"

"跟您没关系，如果我跟顾墨爱得不够深，任何事都能成为导火线促使我们分手。"说完这话，庄暖晨心咯噔一下。

深爱的话怎么分都分不开，爱得不够深，任何事情都能成为导致分手的导火线？她跟顾墨真的爱得不够深？她没由来地惊恐，一直以来，她都认为自己跟顾墨的爱情固若金汤，哪怕现在不能再在一起了，他和她还是深爱着彼此，可现在为什么会这样？

她无法接受这个事实。

从病房出来，许暮佳已经在草坪等她多时了，在被大片阳光晒热的木椅上，她坐了下来。庄暖晨这才发现她双眼尽是疲倦。

"其实我不想麻烦你，但没办法，顾阿姨一大早就嚷着要见你，顾墨他又……"

"你等我就是想跟我说这些？"庄暖晨没有坐下，踩了踩脚底下的枯草。

许暮佳仰头看着她，苦笑："你是不是挺想骂我的？"

"是，我甚至都很想打你。"庄暖晨看向她，咬牙，"为爱筹谋，你们拿别人的幸福甚至生命来下赌注，来满足一己私欲。"

许暮佳看着脸色苍白的她，眼里有内疚，喃喃道："对不起。"

庄暖晨看了她良久："你是主动找到他的还是他强迫你的？"结婚那天，是她亲耳听到江漠远在威胁许暮佳。

许暮佳问："为什么要知道这个？"

"因为我想知道你到底是不是真心爱顾墨，还是只为了江漠远的威胁不得不赔上自己的感情。"

许暮佳自嘲："如果不是深爱顾墨，我根本就不会跟江漠远合作，可后来他威胁我的话的的确确是真的，正如你听到的。"

庄暖晨黛眉一皱："我不明白你的意思。"

"你见过魔鬼吗？"

庄暖晨淡然与她对视："见过，江漠远。"

许暮佳站起身走近她，一字一句："你说对了，江漠远就是个魔鬼。"

"还有你。"

许暮佳摇头："我只是个跟魔鬼做交易的人。一旦跟魔鬼做了交易，你没资格谈条件，他只会掠夺。"

她低叹："我曾经想过放弃，可再回北京看到顾墨还是放不下啊。那时候江漠远注资了父亲的公司，成为第二大股东，是我主动找的他。"

庄暖晨紧紧攥着手指。

"江漠远跟我一样，是真心想要得到一个人。只是论狠心，我远不及他。"许暮佳重新坐回到椅子上，低语哀求，"请你以后不要再见顾墨。"

庄暖晨压了怒火："当初是我主动放弃了他，你认为我可能还会回头吗？我已经结婚了，我跟他更不可能，所以我不知道你还有什么好担心的。"她懒得多跟她费口舌，转身要走。

"事实上是，"身后许暮佳开口，"我已经怀了顾墨的孩子，我要跟他结婚，所以你不能再去找他。"

庄暖晨蓦地回头，不可思议。

"孩子是元旦前一晚怀上的。"许暮佳轻抚小腹，"那晚我在酒吧碰上顾墨，他喝得很醉，后来我们一起回的家，再后来我们上了床。"

庄暖晨下意识后退了两步，不，顾墨不是这种人。

"说实话，我不在乎做任何人的替身，哪怕这辈子他心里想的都是你也无所谓。"许暮佳看着她，眼神坚定，"我就是爱他，无论如何都要跟他在一起。"

庄暖晨什么都听不进去了，脑子一直嗡嗡的，耳畔总是回荡着许暮佳刚刚的话：元旦前晚他们上了床，她有了顾墨的孩子……

记忆像是炸开似的，她记得那天顾墨来家里找她，那么急切地跟她说"我们结婚吧"。原来，那一晚上内疚的不单单是她一个人。

"我希望，你不要再来打扰我和顾墨，还有孩子。"

庄暖晨这才找回飘忽的意识，眸光对上她的，渐渐清晰："你放心，我不会打扰你们。"

这次她真的离开了，头也不回走出了医院，身影被阳光拖得很长很长。

午后空气里浮动着薄凉，街边银杏树的叶子全都掉光了，只剩下光秃秃的枝干，黄金铺路的秋季，这条街最美。街边的商铺很多，有的店开始挂上春装的海报，有的店则开始冬装打折。

庄暖晨在一家店铺前停住脚步，小小的门脸，是家卖爆肚的。老店了，每次经过都似乎人满为患。

她在南方长大，吃不惯那种东西。顾墨也吃不惯，却经常被同学拉着到这家店一吃就吃到大半夜，后来他就爱上了这口，有事没事就拉着她来这家店吃。渐渐地她也喜欢上了这家店，喜欢的原因不是爆肚，而是顾墨。

庄暖晨看着眼前的铺子，似乎又见到了她跟顾墨进进出出的身影。他俩是这家店的常客，每次来市里准到这家店吃吃喝喝，老板也自然弄得脸熟，每次见他们来都多给上那么一些，有时候他们时间来不及了，便带上一碗边走边吃。

眼眶红了，她紧了紧大衣进了店。店里的摆设一切如初，只不过老板老了，他的女儿倒是长大了。

老板人爽快乐观，虽然忙得不可开交但还是认出了庄暖晨，惊喜打量着:"这都多少年没见了,嗯,长大了,更漂亮了。"

庄暖晨轻轻笑着,看了周围一眼,人很多,空气中还是熟悉的气味。

"留在北京了?"老板让女儿招呼着其他客人,热情洋溢地看着她。

她点头。

"结婚了没?"

她又点头。

老板笑得开心:"当初看见你们两个就知道是天生一对儿,多好呀!你们可不够意思了啊,就算不来吃东西,咱都算是认识这么多年了,来看看我总行吧。"

"这不是来了吗?"庄暖晨动容,心底又酸楚。

"真是的,咦,你老公呢?怎么没来?"老板问。

庄暖晨轻轻敛眸:"他这阵子很忙。"

"来来来,坐下边吃边聊,别站着怪冷的。"老板赶忙拉过她。

"不了,我今天……打包带走。"她原本也只是想在门口转转就走。

"行,你等着马上。"老板赶忙命人去做。

"你老公,那人啊真不错。"老板亲自为她打包,"小伙子一看就是有出息。来,拿着。"

庄暖晨赶忙掏钱。

"啥呀?算我请你吃的。"老板赶紧压住她的手。

"不行不行,您这开门做生意的——"

"你和你老公多来我这儿几趟就行了,一份爆肚能多少钱?拿着拿着,要不下次不让你们进门。"老板心热嘴快。

庄暖晨鼻头一酸,差点哭出来。

冬日温暖的时段不长,她却像个魂魄似的在街上飘个不停,周围人纷纷回头张望。也难怪,天寒地冻,一个女孩子手里却捧着份爆肚,边走边吃,自然成了焦点。

在一处长椅旁,庄暖晨停住脚步,越吃心里越堵得慌,越吃就越想哭。她不知道自己为什么想哭,为了一份再也找不回感觉的爆肚?还是为了一份再也回不到从前的绝望?更或者是为了这种强烈的,原本执着却在现实生活中悄然逝去的改变?

眼泪落在碗里,一滴滴的尽是苦涩。凉风吹尽了爆肚的热,她哭得茫然。十几分钟后,她才起身,用力擦了眼泪,走到垃圾桶旁。手里的爆肚已经凉透了,手一松,整份儿爆肚跌进了垃圾桶里。

再见了,她曾经的爱。

庄暖晨找了家咖啡馆暖和身子，靠窗位，身后是占据了整面墙的书架。服务员端了杯玫瑰热茶过来，她刚想说上错了，就瞧见了男人身影，不用问也知道，是他换了她的咖啡。

服务生离开后，男人坐在了她对面，将她的外套放到了旁边。

"喝完这杯茶回家吧。"他的语气温和如初，像在宠溺着孩子。

庄暖晨眼睛没抬，看完一页书后又翻了一页："你不打算喝点什么吗？跟了我那么久该累了。"

江漠远笑了笑，抬手叫了一杯咖啡后看着她："我以为你见了你的新婚丈夫能有惊喜。"

她没说话，拿起杯子喝了口玫瑰茶。

很快咖啡上桌，美式。

江漠远伸手阖上她的书："我是太爱你了才会那样。"

拉过她的手缓缓攥紧。看着她从医院里出来，看着她在街上闲逛，看着她进了一家很小的爆肚店抱着一碗爆肚出来，看着她边走边吃，边吃边哭。他看着心疼，她的眼泪，看在他眼里比拿刀子杀了他还让他疼痛。

"你去见顾老太太了？"他低问。

"为什么不认为我是去见顾墨了？骨科就在楼下。"说完这话的时候又突然意识到了什么，她轻笑，"我知道了，在医院的时候你就跟着我，就算你没跟着，许暮佳也会给你打电话。"

江漠远摇头："我不在医院，许暮佳也没给我打电话。我相信，你不会去见顾墨。"

"为什么相信？"

江漠远拉过她的手，薄唇轻贴在她的手指上："不知道，就是很想去相信你。就正如你如果问我，我为什么会爱你，我也同样不知道为什么，但就是爱你。"

她抽回手，拉过玻璃杯抱在手心里，垂下睫毛。江漠远也没再说什么，耐心等着她喝完玫瑰茶，然后默默地为她穿上外套，牵过她的手离开了咖啡馆。

两人在外面吃完晚饭回的家，江漠远上楼打了个电话。庄暖晨窝在沙发上给父母打了通问候电话，二老在姑妈的安排下玩得很好。家常唠完后，江漠远也正好下了楼："暖暖，过来。"

庄暖晨不知道他要干什么，走上前，他伸手将她拉坐下："这两张银行卡你收好。"

她疑惑。

"这张是给你办的金卡，以后想买什么就用这张卡里的钱，另一张你也收着，用来支付家里的一切花销。"江漠远将两张卡塞进她手里。

"什么叫用来支付家里的一切花销？"

江漠远低笑："我们现在是过日子，柴米油盐需要钱，亲戚朋友走动应酬需要钱、这套房子要前前后后清理总不能你一个人，总得请零工吧？春天很快来了，花园需要打理，这也要用钱雇人。"

他搂过她："你是这个家的女主人，家里的一切都要你来说了算，或是找固定的小时工或者请保姆，又或者雇个管家，这些事情都要你来安排，钱从这个卡里出就行。总之一句话，家交给你来打理，赚钱养家、养你和养咱们的孩子，这些都是我的事。"

庄暖晨听着他的话，心头窜过难以言喻的感觉。"一张卡就够了，这张金卡为什么给我？"

"每次你生我的气，出去消费也是一种发泄嘛。"

她愕然看着他。

"我是指，一旦你欲求不满的时候可以这么做。"他坏笑。

庄暖晨怒瞪着他，脸却红了，将银行卡收好："好，你可别怪我花得你破产。"

"放心，我真破产那天也不会放你走。"江漠远笑得更炽烈。

"神经。"

"难得啊，我还以为你会拒绝。"他箍住她，低头亲吻她的发丝。

她轻颤一下却不敢挣扎，经过几番较量她发现越是挣扎就越能激发他的征服欲望，倒不如乖乖地任由他腻了。

"干吗要拒绝？我不花你的钱，难道便宜别的女人来花吗？"

"是啊，外面的小三那么多。"江漠远轻吮她的耳骨，低沉笑着，"有时候看好老公的钱包比看好老公的胃更立竿见影。"

庄暖晨拨开他的手。

"没说完呢。"江漠远拉住她，又塞给她样东西——是把钥匙。

"那套四合院我已经转到你名下了，就别让爸妈回古镇了，在北京吧，住在那挺方便的。"

庄暖晨晃了晃钥匙："你觉得我会收吗？"

"银行卡都收了，也不差这套房子了。"江漠远朝后倚靠，悠闲看着她，"万一我用这套房子包养情妇怎么办？你是业主的话就不同了。"

庄暖晨似笑非笑："虽然你这个人作恶多端，但招惹小三的事，我想以你的性格做不出来。"

江漠远饶有兴致，浓眉微挑："男人有钱就变坏，这不都是你们女人说的？"

　　庄暖晨冷哼："你这种人想包养女人还需要偷偷摸摸？连偷偷摸摸都没了，何必需要捉奸？"

　　"这是夸我还是贬我？"

　　"你自己想吧。"庄暖晨说着上了楼。

　　没一会她又下来了，手里多了份文件，扔到他面前。江漠远拿过一看，陡然一僵。

　　"你的钱也不是大风刮来的吧？钥匙你还是好好收着吧。"庄暖晨将钥匙推到他跟前。

　　"这不可能。"

　　"你可以打个电话问问。"

　　江漠远看了她半天，拿过手机起身。庄暖晨去了餐厅，倒了杯水慢慢喝。

　　很快，江漠远打完电话走了进来："我真是小瞧你了，竟背着我神不知鬼不觉办完了过户手续。"

　　"过奖了，比起你的能力，我简直是小巫见大巫，不过恰巧是有个要好的同学帮着走了下关系而已。"庄暖晨转过身，柔唇微扬，"赠与真的很麻烦，转来转去的，契税你来报销。"

　　"什么时候去办的？"江漠远真没想到。

　　"婚礼举办前啊，我也没想到我同学的办事效率会这么高，找个空闲时间一定要请她吃饭了。"庄暖晨故作思考。

　　"你根本就没看到房产证，在我没告诉你的情况下怎么会知道那处房子已经转到你名下了？"他是个聪明人，自然会想到这点。

　　"怎么知道的重要吗？另外，我已经订了一套房子，用来日后给爸妈住，分期付款最适合我，省下的钱正好够再买辆车。"

　　她笑得越无辜，他的脸色就越难看："你的私房钱还真不少。"

　　"那不叫私房钱，是我自己的存款。"庄暖晨皱了下眉，"你忽略了我所在的行业是个高薪行业，更忽略了我现在是在个拿年薪和分红的职位。"

　　江漠远还要说话，她抬起手指抵住他的唇："补充一句，我拿分红最多的不是你们标维。"

　　他拉过她的手，低叹："你想买房可以跟我说，让外人知道我江漠远的太太买房子还要分期付款这像话吗？"

　　"房子是买给我爸妈的，这是我的事。"她敛下眼眸。

　　"你爸妈不是我爸妈吗？"

"房子的事不是小事，我只想让他们住得心安理得点。"

江漠远盯着她，半响后无奈地笑了笑："你这个女人真奇怪，到手的东西竟然还往外推。那套房子如果折合成人民币，你知道你退还给了我多少钱吗？"

"不知道，也不想知道。"

江漠远也没打算说出个数字来吓她："你忘了夫妻共有财产这么一说了？"

庄暖晨从容淡定："就算结了婚，那套房子从严格意义上来讲跟我也没有一点关系。"

江漠远微微一怔，半响后说："暖暖，有时候我真的希望你能在我面前说些鸡毛蒜皮的事，我晚回来你会跟在身后喋喋不休，甚至偷看我手机，趁着我洗澡的时候偷闻我衣服上有没有女人香水，而不是像现在这样，你对我永远是客客气气的，我不想我和你的甜蜜就只是在床上。"

庄暖晨敛着眼："当你用尽了手段来获取幸福的时候，幸福已经走远了。"

"我们才刚刚开始，现在说这句话还太早。"他压低了嗓音。

她却轻轻笑了："可是我不能再去接受你的好。"

江漠远的眼变得冷沉："为什么？"

她推开他，将案台上的水杯轻轻刷了一下放好："因为你对我越好，我就会越觉得你是在补偿沙琳。"

江漠远下巴绷成了僵硬的弧度，见她出了餐厅他也跟了出去。"我对你的心思，你到现在都猜不出来吗？"

庄暖晨手握着扶手，听得真切，心脏跟着隐隐地疼痛。"你的心我不敢再猜了，因为我怕……"

江漠远站在一楼，看着她的背影："你怕什么？"

"没什么。"

她怕的很多，怕再次受到伤害，怕再次由希望变成失望，怕自己，彻彻底底爱上他。

Chapter 6

正月一过，北京又忙碌起来了，年初是招聘的黄金时段，德玛传播的人事电邮里每天堆满了应聘人员的简历。

夏旅敲开了门，将两份简历往她桌上一放，叹了口气坐下来。

"怎么了？"庄暖晨拿过简历看了一眼，"只有这两个？"

"每天来应聘的人都很多，但真正合适的很少。"

庄暖晨大致扫了一眼："学历背景不错，名校研究生，新闻专业。"

夏旅无奈："也不知道人事部是干什么吃的，每天招些绣花枕头给我。这两个只能说还算可以，人事谈完我也看了，先试用吧，让她们两个写了篇公关稿。"

"稿子呢？"

夏旅看了一眼表，双手一摊："还在办公区憋呢，老天，四个多小时了，新闻专业的啊。"

"传播行业的节奏本来就快，总要给新人锻炼的机会。"庄暖晨将笔记本一收，"时间到了，通知大家开会。"

夏旅和高莹在年初的时候正式升职，她们两个算是公司的老人，庄暖晨将两个最重要的项目交给了她们。其中一个是标维的，夏旅负责，另一个是美亚的，目前由高莹负责，除此之外还有些零散的快消品活动项目，由其余的三名客服经理来负责。

美亚也是庄暖晨亲自谈下的项目，接触这个项目时间不短了，几乎是跟标维同期，只是美亚的老总没有江漠远那么爽快干脆，所以项目一谈再谈，几乎是做了六套方案后才拿下。

美亚以女性服装为主，总部在法国，旗下囊括青春系的大众品牌到高端一线品牌，与此同时女性珠宝设计、腕表、化妆品等附加产品与服务也开始陆陆续续进军中国市场。

庄暖晨与中国区总经理直接对接，因为总部秉承小心谨慎的态度，以至于到目前为止，美亚与德玛传播的合作只限于其中一个名为"L"的服装品牌及今年即将推出的限量款香水。

不过，单单是这两个已是数额不菲的项目，梅姐之前的底子打得好，庄暖晨接手后更是抱着"死咬着不放手"的精神，活动一部所创造的业绩已超出安琪的团队很多。

待夏旅谈完标维项目的进程后，高莹也通报了美亚的情况："负责人希望能通过秀展来推出L新装和限量版香水。"

庄暖晨思考一下："你没有跟那边交涉吗？线下活动这么做很容易让消费者品牌混淆。"

"交涉了，但对方坚持这么做。"高莹无奈道，"而且对方要选一名最具中国女人味的明星参与。"

庄暖晨没感到奇怪，看向夏旅："将你手头上的明星资源提供一些给高莹。"

夏旅点头。

"暖晨，美亚有指定的人选。"高莹叹了口气。

庄暖晨一愣："谁？"

"凌菲。"

大家惊愕。没等庄暖晨开口，一道愉悦的声音扬起："天哪，是要邀请她吗？她可是目前最火的影视明星，太好了！"

又吓了大家一跳，循声看过去，是一张陌生年轻的脸。

"她是新员工，还在试用期。"夏旅尴尬地介绍了一下。

庄暖晨皱了皱眉头，语气淡然："徐晓琪？"

"是。"刚毕业的学生满身朝气，一听叫她的名字赶忙起身。

"先坐下。"庄暖晨看着她，"做传播的首要，先管好自己容易兴奋的性子和嘴。还有，随时随地戴好你的胸牌卡，一旦没戴，你进不了公司，进不去这幢大楼的餐厅，甚至你连洗手间都去不了。"

徐晓琪满脸通红点点头。

"新人培训谁负责？"庄暖晨问夏旅。

"人事部统一安排。"

庄暖晨看了两个新人一眼，叹了口气："叫人事部那边加长培训天数。"

"好。"夏旅点头。

"再谈凌菲的事。"庄暖晨又将目光落在高莹身上，"我想知道美亚邀请凌菲的原因，她不是我们公司接触的明星资源。"

高莹一脸苦状："我知道啊，但对方就好这口，负责人说了，中国区总经理就是喜欢凌菲那种气质，如果请不来，那么美亚会考虑奥斯公关。"

庄暖晨沉了沉气："联系到凌菲的经纪人没有？"

"很难。"高莹摇头，"凌菲炙手可热，她的经纪人也大腕牛气，一听是传播公司来邀请连理都不理，还有我已经查到二十五号那天正好有《新视觉》举办的酒会，凌菲也被邀请了。"

"二十五号？正好跟我们的活动撞车了。"夏旅吃惊，"这样一来，凌菲根本不会参加我们这边的活动。"

《新视觉》是一线时尚杂志，每年举办的明星酒会也被娱乐圈、时尚界所关注，没有哪个明星不给面子不出席。

庄暖晨陷入沉思。

"暖晨，我是真的没办法了，本来跟艺人打交道就不是我的长处，听圈子里的人说凌菲这个人极不好相处。"高莹发出求助信号。

"散会后你把这几天联系的人员名单给我。"庄暖晨果决，"美亚二十五号的活动你继续沟通，我们这边做两手准备，另外，夏旅，"她转头，"你再多提供些资料给高莹，让美亚那边多点选择。"

"嗯，一会儿我发给她。"

"活动执行那边没问题吧？"

高莹点头："美亚对场地没意见，不过在灯光上……"话还没说完，会议室有人敲门，进来的是安琪。

会议室安静下来，安琪上前，将一份租用合同放到庄暖晨面前，皮笑肉不笑："我发现你比穆梅还狠，明知道场地是我们先看上的你却抢走，你让我们的活动怎么做？"

"你们的场地？"庄暖晨故作惊讶，转头看了一眼高莹，"是这样吗？"

高莹支着下巴："不知道啊，也没人通知。"

庄暖晨看向安琪淡淡一笑："不好意思，下次你们租用场地的时候一定要先打招呼，我记性不好。"

"算你狠。"安琪敲了敲合同，"我就看你的这份合同能用多久。"

"等等。"庄暖晨叫住了她。

她转头。

"别说我跟你斗，事实上我真没那么多时间，资料拿去吧。"庄暖晨将一份文件扔到了会议桌一边。"别说我没给你们预留场地。"

安琪拿过文件翻开一看，愣住，没想到她会这么做，不同于穆梅，虽然出手狠但给对方留了余地。

"我不会谢谢你的。"良久后她才说了句。

"我也没打算接受你的道谢。"庄暖晨朝着她一伸手,"拿灯光供应商的资料来换。"

"你——"

庄暖晨看着她的笑意加深。

"好,一会儿我命人给你。"安琪咬牙切齿,原来她玩的是这手。

"高莹,安琪帮你解决了灯光问题,还不道谢?"庄暖晨阖上笔记本,懒懒地倚靠在椅背上。

高莹笑眯眯看向安琪,甜甜地说了句:"谢谢啦。"

安琪气得拿起文件就走,会议室的门"砰"的一声关上。

庄暖晨看向诸位:"继续开会。"

美亚与德玛传播在征用明星上发生了分歧。

庄暖晨看过凌菲的宣传后,认为她的形象不符合美亚,但美亚认为,凌菲极具东方女性神韵,是最合适的人选。为此庄暖晨伤透了脑筋,高莹一次次被凌菲的经纪人拒绝,对方态度很生硬。

进了三月份以后,空气中就浮动着甜甜的味道了,北京最美的两个季节,春季和秋季之一的春季很快到了。

星巴克,午后喝咖啡的人不少,全都是附近公司的在职人员跑下来偷懒的或洽谈事情的。

几口摩卡下肚,困意扫去了不少。梅姐坐在庄暖晨对面:"才几天没见怎么瘦成这个样子了?程少浅折磨你了?还是你老公?"

"你以前从不爱开玩笑的。"

梅姐爽朗一笑:"下次约我见面找个上点档次的咖啡店,堂堂总监和一公司女老总谈事情得是蓝山吧?"

"等我自己做了女老总的话就请你喝蓝山。"庄暖晨取笑。

"瞧你那点出息。"

之后的时间里,庄暖晨将目前遇到的瓶颈跟梅姐说了一下,梅姐是她很好的导师,又在传播行业做了这么多年,想必遇上这类事也不计其数了。

梅姐听完,若有所思:"首先,凌菲这个人你肯定得去接触,其次,你总要满足客户需求吧。"

"连你也认为凌菲适合?"庄暖晨问。

"不适合,但客户喜欢。"梅姐抱着咖啡杯,看着她轻笑,"还记得你们是新人时接受培训,我给你们讲的故事吗?"

庄暖晨敛下眼眸,笑:"当然,这则故事最适合的就是传播公司。有位老板想要选个贴身女秘书，应聘者有三个。老板分别给三个应聘者一百元钱，看她们谁能用最少的钱将整个屋子填满。第一个应聘者将所有的钱买了棉花，可惜房间只填满了三分之一；第二个应聘者买了气球，可惜房间也只填满了二分之一；而第三个应聘者只花了少数的钱买了几根蜡烛，房间里被点亮了。结果，老板最后征用的人却是三人之中最漂亮的那个。"

梅姐搅了搅咖啡："没错，这个故事就是告诉你，了解客户的需求最重要。"

"其实直到现在我都在想，人为什么不去选那个对自己有利的，反而是任着性子选那个只满足欲望的？"

"那你怎么就知道满足欲望的那个不是对自己有利的？"

庄暖晨陷入深思。

"我了解你的坚持暖晨。"梅姐看着她，"但不是每个客户都会欣赏这份坚持，事实上是大多数客户都不会给你机会坚持；再者，凌菲的确年轻了点，不过人家就是火，火了的艺人本身就是价值，这也许就是美亚看中的地方。"

庄暖晨若有所思点头，见状，梅姐也知道她是想通了。

"怎么样？说了这么多有没有想过跳槽？我总觉得咱俩才是最搭的，程少浅毕竟是个男人，还是个对你有意思的男人。"梅姐一针见血，"对于已婚的你来说，很危险。"

庄暖晨的思维还没完全跳出来，闻言愣了一下："为了挖人你也不用连程少浅都黑了吧？"

"程少浅中意你，你不是不知道吧？"

"我觉得他更像是事业上的朋友。"说到这儿，庄暖晨又摇头，"算了，朋友不朋友的我说了又不算，人心难测，还不知道下一步会怎样，顺其自然吧。"她又想到了江漠远。

梅姐听出点门道来，笑了笑："行，那咱们就谈谈跳槽的事。"

"顺便将标维和美亚也带过去？"庄暖晨聪明，反问轻笑。

"标维我想肯定没有太大问题，就算不能全部拿下品牌运营，拿下其中一两个活动合作就可以了，美亚这项合作是你接手，想移花接木也不是不可能。"

"这样一来，程少浅会背上这个黑锅。"

"但你会离成功又近一步。"

庄暖晨玩弄着咖啡杯里的小勺："如果我真这么做，你还敢要我吗？"

梅姐饶有兴致地看着她，对上了她了然的神情，忍不住赞誉："我果然没看错人。"

"只能说跟什么人学什么人。"

梅姐欣慰："暖晨，你要相信我，你一定会做得很好。这世上有太多的诱惑，其中最难过的就是利益这关，太多人能够为了利益出卖自己所拥有的，但你不会，这是最难得的品质。商场是战场，更是杀场，虽没有明刀明枪和血流成河，但风波暗涌的后果不亚于流血丧命。能够坚持一份信念，有一份原则去追求，这样才能在商场厮杀中获得成功。"

"谢谢你梅姐，我记住了。"

梅姐轻轻一笑："谢倒是不用了，我不过是希望我们女人，能够在这场厮杀中从容些罢了。"

分别的时候，她看到了那个男人，南柏坤。星巴克门外，他的车子挡在了梅姐的车子前面，两人在纠缠。后来梅姐走了，南柏坤一直站在原地，高大的背影显得寂寥。

庄暖晨看得出，南柏坤还是深爱着梅姐，可是，她轻轻一叹气，背叛了就是背叛了啊。

回到公司近下班时间，庄暖晨在路上给媒介总监打了个电话，要到了一家媒体主编的电话，再通过媒体主编找到圈子里跟凌菲要好的朋友。

刚走到一部的工作区，还在试用期的其中一位姑娘就走了过来，直截了当问了句，"庄总监，我和徐晓琪同时交上的新闻稿，为什么她的能用我的就不能用？我没觉得她的稿子比我的好多少啊？"

整个一部的人都在加班加点，突然冒出这么个义愤填膺的主儿倒是吓了庄暖晨一跳。

"既然徐晓琪的稿子能用，你最好看完她的稿子再发表意见。"她眼神严苛，"还有，夏经理让你们写的是产品公关稿，你概念都搞错了怎么可能写出合适的稿子？"

"我写不出像徐晓琪那么没有技术含量的稿子！"新员工不忿地嚷嚷。

庄暖晨停步，转头看她："那你认为什么样的稿子才叫有技术含量？"

"我觉得不管是做公关传播还是做媒体，都应该有言论自由吧？"

夏旅听到动静走过来："林跃，你在这儿大呼小叫什么？"

林跃不理夏旅，气呼呼看着庄暖晨。

庄暖晨不怒反笑："首先我很欣赏你的勇气，但先收好你的愤愤不平；其次我来告诉你，也许你的教授、导师在学校教你的就是言论自由，但这里是公司不是学校，下次在你想说什么、做什么的时候最好想明白了；最后，你要清楚你要服务的客户和所在的行业，产品稿说白了就是让消费者能够清晰明了知道这件产品是什么、功能是什么、为消费者带来什么。你想要言论自由，那么我问你你还想怎么个锦上添花？哪都做不到言论自由，自由，永远是相对的。"

"可是——"

"什么叫做有质量的公关稿？客户认可、消费者认可，这就是质量。"庄暖晨语气微冷打断她的话。

林跃嘴巴张了张后舔舔唇："这跟我所认知的不一样，我辛辛苦苦写出的稿子就被贬得一文不值，我接受不了，我不想待在这儿了。"

庄暖晨看向夏旅："明天通知人事部给她办离职手续，还有，通知加班的人开会讨论二十五号的活动。"干脆利落做完决定，她转身离开。

林跃站在原地，没想到就这么被开除了，气得嘴唇发抖。

夏旅看着她语重心长："小姑娘，你现在不是在学校，你的同事和领导也不会像同学导师一样去包容你纵容你。"

林跃一脸的不屑，转头离开。

会一直开到九点多才散。

庄暖晨跟大家说了声辛苦了，又叮嘱诸位临走时收拾好自己的零食袋子。德玛传播对加班员工的福利，导致平时开会的时候零食袋子就满天飞，更别提大晚上了。

她最后一个离开会议室，刚关了灯，高莹气喘吁吁跑过来："你、你老公来了。"

"啊？"

"来接你下班的呀，老天，幸福死了。"

庄暖晨心里怪怪的："他人呢？"

"在大厅呢，好几个部门的员工都围上去了，一群女花痴。"

公司大厅围了一圈女人，有说有笑的。庄暖晨上前才看个明白，江漠远竟带了不少点心逐一发给大家，乐得大伙一口一个江总。

刚挤进去，就被塞了盒点心，没等反应过来，点心盒又被拿走了，江漠远说："哦，给错了。"

他将她拉了过来，点心盒给了后来跟上来的高莹："东西是给同事的，你的回家再给。"

她看着江漠远，这是他第一次以丈夫的身份来公司，很多同事也是第一次近距离看他，人群里少不了花痴的赞叹。

她将他拉到一边，低问："你来这里做什么？"

江漠远低笑："不来接你，万一你不回家呢？"

傻子才会在大家面前表演恩爱画面，庄暖晨转头："行了行了，都散了吧。"

"江总，能跟您拍张合影吗？"媒介部的一小姑娘大胆直接。

其他人也嚷嚷着要拍合照，江漠远一直保持着温和笑意。庄暖晨见状无奈："各位，他这个人别扭不爱拍照，再说了，他是我老公，你们觉得我会让你们发花痴吗？"

"庄暖晨，你太小气了吧？"媒介总监跟她来公司的年头差不多，平日里也交往不错。

庄暖晨笑眯眯看着她："那把你老公先借出来。"

"想得美。"

"时间不早了，大家赶紧回家吧。"

江漠远也笑着跟大家道歉、道别，庄暖晨赶忙拉着他离开公司。

徐晓琪站在原地没动弹，夏旅出门的时候奇怪地看着她："你怎么还不走？"

"刚刚那个男人就是标维集团首席执行官江漠远？"徐晓琪怔怔地说了句。

"是啊，怎么了？"

"我之前只在网上见过他，"徐晓琪一把拉住夏旅，双眼发亮，"怎么能这么帅呢？迷死人了，他真是庄总监的老公吗？"

"是啊。"

"羡慕嫉妒恨。"徐晓琪叹了一声，"我要怎样才能找到像江漠远这种极品男人啊？"

夏旅打了下指纹，淡淡说了句："这个你还真得去问庄总监。"

"唉，这种男人就算没钱也无所谓啊，让我养着我都干。"徐晓琪跟着按了下指纹。

夏旅看向她："江漠远这种男人，不是你想就能养得起的。"

待员工们离开，走廊尽头办公室的门打开，灯光拉长了程少浅的身影，他若有所思，半晌后又摇头无奈地笑了。

地下停车场，还没等江漠远发动车子，庄暖晨将包扔到车座后面后一把扯过他："我看我要加第四条契约了。"

江漠远扬起温润的笑："不可能，作为你的甲方老板，我日后到你们公司开会的次数不会太少。"

"是吗？"庄暖晨掐着他的胳膊暗自用力，"你可真是亲力亲为啊。"

江漠远挑眉看着她的手："谋杀亲夫？"

见他不痛不痒的，庄暖晨松手皱眉："你不是很忙吗？"

"江太太看上去更忙。"江漠远倾压过来，"我得看紧点，好过你坐其他男人的车回家。"

"其他男人？"

江漠远没有解释的意思，拉过她的手："还有，下次再想掐我的时候别掐胳膊，有个地方掐起来手感更好。"

庄暖晨的思维没他跳跃得快："哪儿？"

他拉着她的手笑得暧昧："这儿。"

流氓！

庄暖晨猛地缩手，狠狠瞪了他一眼："你到底开不开车？"

他伸手扳过她的脸："生气了？"

她一张口，狠狠咬住了他的手指头。速度之快令江漠远没反应过来，吃痛了一下将她推到一边："属狗的？"

庄暖晨懒得搭理他，扯起包打开车门就下了车。

上了地面，刚出停车场门口夜风袭了过来。庄暖晨紧了紧衣服，赌气继续往前走，身后不见男人追上来。说心里话，连她都不知道自己在气什么，在气自己还是在气他？真是怪了事了，江漠远他好死不死地来公司搅和一通做什么？

脚步加快，不知不觉倒也走出了很远的距离，直到瞧见街对面，蓦地站住。

身后一双结实有力的手臂伸过来将她牢牢抱住，她惊叫一声。

"叫什么？我又不能杀了你。"头顶上落下男人低沉的嗓音，"跑什么？"

"你等等。"庄暖晨拉住他，"先别走，我好像看见夏旅了。"

"你俩天天见。"

"还有孟啸。"

江漠远停住脚步，庄暖晨指着对街纠缠的那一对："我没看错吧，是他俩吧？"

江漠远顺势看过去，浓眉微微一挑。

"怎么看着像在吵架啊？"庄暖晨百思不得其解，距离又太远，从这个角度只能看见孟啸在拉扯夏旅。

刚想上前，手腕却被男人一把扯住："别管闲事。"

"夏旅是我的朋友，孟啸是你的朋友，怎么就成闲事了？孟啸那副神情跟吃人似的，不知道夏旅又怎么得罪他了，万一急了怎么办？他跟你似的人高马大，一巴掌就能拍死夏旅。"

江漠远哭笑不得："你先看清楚状况再说。"

庄暖晨转头一瞧，就见孟啸紧紧搂着夏旅不撒手。她愕然："这玩得哪一出儿啊？"

夏旅憋足了劲将孟啸一把推开："你能不能别再来烦我了？"

"你需不需要这么避着我？"

"我要说多少遍你才能明白？"夏旅走近他，"我讨厌你，真的。"

孟啸眼底窜过不悦："讨厌我还跟我回家？"这句话几乎是低吼出口，引得路人频频张望。

夏旅还是在意别人的眼光，攥紧拳头，压着气："孟少爷，千万别告诉我你是什么纯情少年，一夜情这个词你最熟吧。"

"那天晚上，你就是抱着这种心思跟我回家的是吗？"他的语气转冷了。

"你不是也就玩玩吗？"夏旅盯着他，"如果你觉得一晚上不够的话，行啊，今晚我可以再陪你一次，你不就是想要这个吗？"

孟啸呼吸急促，目光有点发狠："夏旅，心甘情愿陪我的女人多的是，你算什么东西？"

冰冷讥讽的话像是寒流，倏然钻进心尖，她疼。

"你说的没错，我就是这种人，喜欢陪哪个男人就陪哪个男人，喜欢靠着哪个男人发财就靠哪个男人。所以你随便找哪个女人都可以，只要别来烦我就行了。"

她掉头走开，高跟鞋撞击着花岩石地面，每一声都听着那么干脆绝情。

孟啸抿紧了嘴，在原地僵站了片刻，大步追上她，一把箍住她的手腕："你想要多少钱？"

"你什么意思？"

孟啸神情冷得吓人："离开那个男的，你想要多少钱我给你。"

夏旅愕然看着他。

"反正都是一样要被男人养，那就换我来养你吧。如果你喜欢按天计算的话也行，陪我一晚多少钱你来开价。"孟啸居高临下盯着她，眼神阴霾。

夏旅被他的目光刺痛："疯子！"她不再搭理他转头又要走。

手臂被他猛地扯住："就从今晚上开始！"孟啸发了狠，咬牙切齿。

夏旅推搡着他："你发什么神经？放开我，再不放我就大喊了！"

"随便你喊。"孟啸狠狠道，"你最好将大街上所有人都喊过来，让大家都知道你是个什么货色。"

"你混蛋——"

"你不就是为了钱吗？"孟啸将她按在树干上，眸光骇人，"你把我伺候舒服了，想要多少我就给你多少。"

"滚！"

"夏旅，你想当婊子我就成全你。"孟啸说话越来越不客气，掏出钱包，将里面大钞扔她脸上，"这些够不够今晚的，嗯？不够是吗？我明天开张支票给你，前提条件是——"

夏旅抬手就是一耳光。

这一巴掌惊得路人都看过来，又见路灯下散落了一地的钞票后愕然，频频张望议论纷纷，孟啸愣了久久。

"打醒你了吗？"夏旅的手掌火辣辣地疼，一字一句道，"孟啸你听好了，我就算跟任何男人睡也不会再跟你睡，听清楚了吗？没听清楚的话我再说得干脆点，我不过是个下三滥的贱人坯子，配不上你这位高高在上的孟大少爷，再见。"

孟啸死死盯着夏旅越走越远的身影，直到消失，也怒火冲冲地朝着反方向离开。

夜沉，星斗倒是有几颗，忽远忽近。

庄暖晨坐在化妆镜前，眼睛一动不动，黛眉蹙成好看的弧线。要说孟啸和夏旅这两人是死对头她倒相信，因为这两人一次次当着她的面证明了什么叫"不是冤家不聚头"和"冤家宜解不宜结"的真理，可从什么时候起，这个真理掺水了？刚刚那一幕她看得真切，孟啸大少爷本人明显动了情，那夏旅呢？

一声叹，头顶上盘旋下来男人低沉嗓音："想什么呢？"

突如其来的声音惊了她，转头，对上一尊刚出浴的男人。蓦地起身，满脸通红，不悦道："你倒是裹上浴巾啊。"

"我叫好几遍了，也没见你帮我拿浴巾。"他走到床边拿过浴袍，穿上，"想什么呢？"

庄暖晨拿起梳子慢慢梳着头发，半晌后放下："你要不要给孟啸打个电话？"

"给他打电话？"

"今天你也看到了。"

江漠远笑："这是他们两个人的事。"

庄暖晨一愣，是啊，这是他们两个人的事，她跟着操心做什么？

他拉她到身边："倒不如说说咱俩的正事，暖暖，咱俩是不是该要个孩子了？"

她惊了一下。

"这么紧张干什么？"他纳闷，这么长时间她怎么一点动静都没有。

"我紧张什么了。"她推开他，顺便钻进了被子里。

江漠远压下身，温柔低语："有没有瞒着我吃药，嗯？"

她皱了皱眉，别过脸，淡淡说了句："说什么呢？"原本是打算好好跟他商量一下孩子的事情，但现在的她算什么？

江漠远扳过她的脸："既然如此，我们继续努力。"

"别——"话没等说完，嘴已被男人吻住。

庄暖晨经媒介总监介绍后与那位主编和凌菲圈子里的好友吃了顿饭当作认识了，来意说明白后凌菲的好友也同意帮忙，在近期会安排她们见面。之后她又去了趟车行，在她力所能及的范围内订了辆车，回到公司将工作安排好后，徐晓琪来了办公室。

"找我有事？"庄暖晨正在看方案，头也没抬。

徐晓琪走上前，活力四射："庄总监，我是特意过来谢谢您的。"

"谢我什么？"

她笑着在对面坐下："谢谢您用了我的稿子呀。"

庄暖晨停下手里的工作："以后你跟着夏旅会多学点东西，作为文案，写出好的公关稿固然重要，但能做出一套高质量的方案才算得上是称职。"

"嗯，您放心吧，我一定会好好努力的，夏姐已经让我跟着一起做标维的案子了。"

庄暖晨点了下头，拿起桌上的杯子。

"庄总监，我刚刚从学校出来很多事情都不懂，还请您多多指教。"徐晓琪认真道，"还有就是，我对传播行业很多规矩不懂，要是有什么潜规则的话也请您提点一下。"

一口水差点呛到，庄暖晨抬眼："潜规则？"

徐晓琪点头："尤其是面对标维这么大的客户，潜规则应该不少吧？"

庄暖晨觉得头顶上似乎一群乌鸦飞过去："还有事吗？"

"没事了，哦，夏姐今天不知道怎么了，现在还把自己关在休息室里没出来。"

庄暖晨若有所思："行了，你出去做事吧。"

想来就是昨天的事了，看样子，夏旅的心里也不是完全没有孟啸。

又看了二十几分钟方案，庄暖晨起身离开办公室，她前脚刚走，徐晓琪后脚就偷着钻进了办公室。

从洗手间出来，庄暖晨去了休息室，敲门没人应，她直接推门进去。坐在沙发里的夏旅抬眼看了她一眼，没说话，抽了口烟。

"不是说戒烟吗？"她坐了下来。

"心烦，所以就抽一支了。"夏旅看上去无精打采，眼睛还红红的。

"哭过？"

夏旅摇头："昨晚失眠了。"

"为孟啸？"

夏旅夹烟的手轻轻抖了下。

"昨晚我看见了。"庄暖晨轻描淡写说了句。

夏旅将半支烟摁灭在烟灰缸里。

"你是喜欢孟啸的吧？"

夏旅淡笑："那你呢？是喜欢江漠远的吧？"

"是，我是喜欢他。"庄暖晨承认，"但你和孟啸的情况跟我们不同。"

"有什么不同？"

庄暖晨叹了口气："我的确实实在在地喜欢上了江漠远，但同时也实实在在地恨上了江漠远。"

"我也恨孟啸。"夏旅幽幽说了句。

庄暖晨一愣。

"我恨孟啸是因为他搅乱了我的生活，也恨他让我爱上了他。"夏旅眼眶微红，"其实你也一样，你恨江漠远什么？不过是在恨他让你爱上了他而已。"

"还有很多事……"

"为了顾墨，又或者是为了江漠远的未婚妻？"夏旅突然说了句。

庄暖晨一愣："你怎么知道？"

"婚礼那天你抱着艾念的时候我就知道出事了，看到顾墨之后就什么都明白了。"夏旅淡淡道，"你介意江漠远用了卑鄙手段逼得顾墨跳楼，也介意江漠远娶你是因为你长得像沙琳。"

"是，我很介意。"

"其实你最介意的是，江漠远对你百般好不过就是为了你的这张脸孔。"

"我强迫自己不那么想，但做不到。"

"换作是谁都会有心结。"夏旅叹气，"说白了，只不过是自卑心作祟。"

"我知道你想说什么。"

夏旅轻声："这世上根本就没有王子跟灰姑娘的故事，拿你来说，如果不是因为你长得像沙琳，你觉得可能会认识江漠远吗？他是'高富帅'，你是灰姑娘，他出门都是高档车接送，你出门都是自己挤公交地铁，从原则上来讲你们根本没有认识的概率，但你认识了江漠远，他甚至还娶了你，你无所适从，尤其是沙琳的事，让你知道了童话不过是个泡影，你自卑，正如我也自卑一样。"

庄暖晨的呼吸紧促，夏旅的确说出了重点。

"不管我们怎么拼搏，我们永远就是底层的那批。人人都想变成有钱人，无论什么三毛野兽都想变成狮子；但其实，只有狮子才能成为狮子，其他的全都被逼成了疯子。江漠远的成功是偶然的吗？是，他拼搏他有能力，但如果出生在一个毫无背景的家庭里可能年纪轻轻就有这么大的成就吗？"

"夏旅，你越说越远了。"

夏旅沮丧摇头："我只是想告诉你，我们是一个世界，孟啸和江漠远是一个世界。"

"你是想告诉我还是想要告诉你自己？"

夏旅抬头，泪水滑下来了："是想告诉我自己，不要白日做梦。"

私家会馆的环境不错，凌菲圈子里的好友是位很有艺德的影视演员，跟几位大牌导演合作后也是家喻户晓的主儿，只是没想到，凌菲会带着经纪人来了会馆会面。

经纪人一看庄暖晨的名片自然明了，再加上身边两大护法就更明白了，倒也没撕面子，只是话里话外透着一股子傲气。

"我明白凌菲小姐左右为难，但今天我跟您见面也是想促成这件事，至于二十五号的两场活动您放心，我保证不会让您撞车。"

美亚举办的活动在白天，杂志的酒会在晚上，她会安排妥当。不过心里也跟明镜似的，如果对方真这么配合去做也怪了，更不用高莹每天像个孙子似的跟在对面的那位经纪人身后苦苦哀求。

庄暖晨仔细看了看凌菲，心里犯嘀咕，要说这姑娘吧长得是挺漂亮，但怎么看怎么都像个假人似的，美得一丝瑕疵都没有，不惊心，更不会令人动心。

她暗叹一声，整容惹的祸。

更重要的是这姑娘除了盛气凌人外也没什么主见，闻言后转头看向身边的经纪人，这一刻庄暖晨就知道自己失策了。

当然，知道自己失策的人不仅仅是庄暖晨，还有那位陪王伴驾来的杂志主编，与庄暖晨对视了一眼，暗自摇了摇头。

果不其然，经纪人成了代言人，半老徐娘又顶着貌似跨进更年期的嫌疑扯着脖子冷笑："庄总监，您这是打的哪个算盘啊？你知道我们凌菲一天要参加多少场活动吗？所有的商演至少要提前半年预约，您这倒好，横插了一杠子算怎么回事？说句不好听的，今天就算你们瞒着我见了面也白扯，凌菲的行程都是我来安排，叙旧我不反对，但打着叙旧的幌子来干别的事可不行。"

说话极其不客气，连同凌菲的好友也一并地损了，那好友有点压不住气了，皱了皱眉："你这话就不对了，凌菲二十五号那天的活动行程我们是清楚了才会这么做，照你那么讲，我们还耽误凌菲发财了？"

"行程清楚了也不行，凌菲晚上的活动多重要啊，可不能为了一个商演耽误了。"经纪人反唇相讥。

凌菲怕大家争吵起来赶忙开口："行了行了，不就是一场活动吗？"说完看向庄暖晨，"美亚那边出多少？"

短短的半小时时间，庄暖晨已经由期待转为无奈，直到现在的反感，报出了个价位。凌菲一听皱眉："不行，至少要在这个价位上翻番才行。"

"不可能。"庄暖晨直截了当回答，"我说的就是最高报价。"

美亚给出的预算摆在那儿，凌菲摆明了借机抬高价位，要是按照她说的那个数字，不但美亚赔钱，连他们德玛传播也会倒搭钱。

八成凌菲也是头一回遇见说话这么不留情面的主儿，一时间不知道说什么了。经纪人不依不饶："就这个价位还想请我们凌菲？做梦吧？美亚也不是什么小公司了，不会是被你们传播公司吃了回扣吧？"

一边的杂志主编坐不住了，这条线毕竟是她来拉的："要不这样吧，我看这件事两方都好好考虑一下，反正时间还有——"

"凌小姐。"庄暖晨不疾不徐打断了主编的话，"你也知道做传播的人就好比是个信息搜集员，凌小姐从出道到现在，每场商演的价位我都调查过。实话实说吧，如果我是美亚中国区负责人必定不会选你，因为无论是你在娱乐圈的资历，还是你的外在形象都不符合美亚品牌。"

凌菲蓦地起身指着她："你说什么呢？"

"我说实话。"与对面女人的躁狂相比她看上去十分镇定，"我自认为一个人爬到多么高的位置都不要辜负人心。美亚诚意邀请，出的价位高于你今年的每一场商演。我不清楚你随意抬价是为了多赚钱还是为了推掉这场活动，目的虽然不清晰，但有句忠告不得不告诉你。

"这个圈子很小的，你在娱乐圈里混最清楚不过。美亚是大平台，你这么做就等同于将高端市场得罪了，凌小姐今天的态度一旦被美亚传了出去，我想其他的高端品牌商也会估量着是否跟凌小姐合作。千万不要忽略一个企业在商场上的影响力，也不要忽略你的任性会带给自己怎样严重的后果，这个代价未必是凌小姐或是你经纪人可以承受的。"

在座的面面相觑，尤其是那位早先还声色俱厉的经纪人，被庄暖晨这一番话给呛得半天说不出话来，几番较量下她才发现坐在对面这个看似娇小柔弱的女孩子骨子里暗藏凌厉，不容小觑。

凌菲年轻气盛："你这是在威胁我？"

庄暖晨含笑："威胁谈不上，顶多算是奉劝。当然，凌小姐如果死咬着价钱不放的话我也没办法。我觉得做人也好做事也罢，高瞻远瞩才是硬道理，尤其是艺人，能做到八面玲珑固然是好，做不到也最好能跟商家打打太极，这样才不会令自己太难堪不是吗？"

她起身拿起包："道理谁都会讲，但选择做事的方式各不相同，我不能强求，合同你可以拿回去看，当然，如果你现在拒绝也没关系。"

凌菲眼神犹豫。

经纪人本来心里就不舒服，见她要走更是气不打一处来："你这算什么？来逼凌菲是不是？我看，凌菲如果不参加美亚活动的话，最难堪的是你而不是凌菲。"

庄暖晨回头看那张几乎被岁月风干成核桃的脸，淡淡道："为了能跟凌小姐合作，我的手下几乎要将你们公司的门槛给踏平了，也是为了能跟凌小姐合作，我拉关系攀友情最后还是搭了两份人情在这儿。美亚的合作意向我传达到了，美亚的合作价位我也传达到了，能促成这件事甚好，促不成这件事我也只能另想他法。美亚不是小公司，德玛尽力与否对方的双眼看得真切，总不能强人所难吧？所以说我能有什么难堪的？跟德玛合作的大大小小的中外明星也不少，凌小姐不领情我又何必那么执着？"

凌菲虽没主见但也听出她话里话外的意思，见庄暖晨有撤退的意思，急了，刚想开口就被经纪人一把拉住，姜毕竟是老的辣。

"既然你口口声声说美亚有诚意，那总要找时间见负责人一面才行，这个开价既然你不想谈下来，那我去谈。"

"可以。"

标维的项目自从夏旅接手后，一些大会小会便由她全权负责参与。在品牌运营部做完一年的品牌概念包装规划方案的阐述后，他们活动部也根据品牌方案给出了近期汽车展的活动方案。徐晓琪由夏旅亲自带，目前负责撰稿跟搜集资料、做标维新推车型的内刊。

对接夏旅的是标维企划部高管，江漠远并不每次都参与讨论。会开了整个下午，结束的时候天色近黑。徐晓琪借着去洗手间跟同事们分开，却钻进了上一层的电梯。

高层为总裁室，秘书们陆续下了班，只有总裁秘书还在。徐晓琪送上名片，并声称自己目前正负责标维新款车型的内刊工作，上来只是想跟她要些素材。总裁秘书觉得奇怪，这种素材的搜集工作一向是企划部的，但见小姑娘清爽可爱便心软了，掉头给了她数据资料。

里面的办公室门开了，江漠远和周年走了出来。总裁秘书上前："江总，您别忘了明天上午九点约了张行长。"

江漠远点头："行，辛苦了，早点下班吧。"

"那您今晚上的应酬？"

"周年跟着一起去。"

一边的徐晓琪已经收不住眼睛了，猛劲儿打量江漠远。乍暖还寒，他穿着驼色大衣，没系扣子，里面深色条纹衬衫、深色西装长裤，领带、袖扣搭配精致，该有的内敛和稳重样样不落。

她挪不动步，心里的喜爱说不上来地澎湃。

"江总。"走廊中，她蹿到了江漠远的面前。

江漠远转头，见是个小姑娘略感奇怪，周年也奇怪地看着她。

"江总您好，我是德玛传播的工作人员，目前就是我来负责您公司新车型的内刊工作。"徐晓琪一脸的兴奋。

"这是我的名片，我叫徐晓琪。"

江漠远礼貌性点点头，看了一眼周年，周年伸手接过名片。

"徐小姐找我有事？"

徐晓琪冲着江漠远笑得更甜："我是想多了解一下标维情况，这样做出来的内刊才好看嘛，正巧碰见您了，想顺便聊聊。"

周年在旁边看得清楚，不动声色说："小姑娘，企划部那边给的资料应该很齐全了。"

"再齐全也没有江总知道得齐全吧。"徐晓琪凑近江漠远,"再说了,庄总监也时常告诉我,做好一件事一定要尽心尽力,德玛是我第一份工作,我一定要做好才行。"

江漠远看向徐晓琪:"你是庄暖晨部门的?"

"是啊是啊,江总其实我们之前见过,就是您来德玛接庄总监下班的时候,我是庄总监亲自招来的员工呢。"

从说话到现在,江漠远给人的感觉虽温润平和,但又疏离漠然,这种感觉与那晚他来德玛传播时大相径庭。

江漠远只是淡淡一笑,没再说话。电梯打开,江漠远走了进去,周年随后,徐晓琪毫不客气地跟了进去。周年愕然看着她,江漠远没理会她,只是抬腕看了一下表。

"江总,您能说说对内刊有什么样的要求吗?"徐晓琪的双眼在他脸上和胸膛打转,很难想象被这种男人拥入怀里是什么滋味。

"我想你们庄总监会明白我的要求。"四两拨千斤的回答。

徐晓琪有点受伤,她自认是美女一枚,在学校又被称为校花,多少男孩子排着队要来追她。

"江总今晚上有应酬?"徐晓琪问。

江漠远随意点了下头。

电梯里一片沉默,徐晓琪静静地站在他身边,与他的距离很近,近到几乎可以感受到他的呼吸。很快到了一楼,司机老王从车子里下来,将车交给了周年。

初春的夜透着点寒意,江漠远走在前面,徐晓琪跟在后面。她快走几步到他身边:"您走哪个方向?方便捎我一程吗?这个时间不好打车。"

江漠远看了一下腕表:"周年,你送一下徐小姐,完事直接去饭店。"毕竟是暖暖的手下,他总不能扔下她不管。

徐晓琪一愣。

周年点头,看向徐晓琪:"徐小姐,上车吧。"

徐晓琪依依不舍地上了车,两只眼睛快要脱眶了,一直看着江漠远走到路边等计程车。

"徐小姐住什么位置。"周年看了一眼后视镜,这丫头是什么心思明眼的人一看就知道。

"啊,一直往四惠开就行了。"徐晓琪漫不经心说了句。

半晌后又忍不住问:"周助理,江总跟我们庄总监的关系好吗?"

"什么意思?"周年淡淡问了句。

"没什么,我只是觉得他们夫妻两个挺有意思的,各忙各的,我看江总这么忙,下了班还有应酬在身,他是不是也没工夫回家啊。"

周年看穿她的心思:"你错了,江总这个人不喜欢在外面过夜,无论应酬到多晚都会回家。"

"啊?啊,真是好男人。"徐晓琪心里却郁闷坏了。半响拿起手机,开始各种卡哇伊自拍。

"你在做什么?"周年皱眉。

"拍照啊,这个车子好高档啊,当然要拍下来做留念。"徐晓琪笑得天真烂漫。

周年开着车也不好阻止,只能随她去了。见周年不再搭理她了,徐晓琪悄悄摘下耳垂上的一只耳钉,握在手里,借着低头存照片的空当手一松,耳钉滚落在车座的夹缝里。

庄暖晨翻来覆去失了眠,白天与凌菲的谈话时刻在脑子里冲,越想越心烦,干脆起了身,准备到厨房找点东西吃。

夜灯幽幽地映着墙上的时钟,凌晨两点半了,江漠远还没回来。光着脚下了楼,长毛地毯轻轻搔动着柔嫩的脚趾缝很是舒服。

刚到楼下,玄关的门响了,她微怔,没料到这么晚了他还能回来,心口沉了一下,怕是喝醉了吧?

想是这么想着的,可迟迟没见人进来。庄暖晨倍感奇怪,进小偷的可能性为零。走到玄关一看,江漠远倚靠在玄关的墙上,合着眼,手提包搁置到了一边。

从窗子蔓延进来的月光柔软静谧,他的脸部轮廓半落在阴影之中,整个人看上去也安静无害。她皱眉头上前:"喝多了?"

她轻手轻脚,江漠远许是没听到,意外扬起的嗓音微惊了他一下,转头这才看清楚是庄暖晨。她逆着月光,赤脚踩在地毯上,白色睡裙衬得她清新美丽,一时间江漠远看得竟有点痴迷。

见状,庄暖晨以为他八成是喝醉了,伸手搀他:"你不会是酒驾了吧?周年他……"江漠远倏然俯身吻上了她的唇。

庄暖晨惊讶,想推他却被压在墙上。吻来得强烈狂猛,她的唇也沾染上了淡淡的酒气,一时间昏昏欲睡。

"暖暖。"厮磨间是江漠远性感嗓音。

"你醉了。"庄暖晨被他的热情吓到了,一动不敢动。

江漠远放开了她,低头盯着她的眼,温柔低笑:"我没喝醉,周年替

105

我喝得都找不到北了。"

"那你不赶紧进来，一直站在门口？"庄暖晨见他眸光清澈深邃，这才相信他的确是没醉。

"我是怕身上还有酒味熏到你。"

一股子暖意漫天袭来，压得庄暖晨喘不过气，心也跟着闷跳了几下，还是动了恻隐之心。"都两点多了，早点休息吧。"

江漠远低头吻了下她的额头，换鞋进了屋子，大衣脱下后他坐在了沙发上。

"头疼？"将他的衣服挂好后，她低声问，江漠远点头，闭着眼仰头靠在沙发上。想了想，她进厨房简单弄了碗解酒汤，端着出来却见江漠远在翻大衣兜。

"在找什么？"

"手机。"江漠远翻了半天作罢，"可能落车上了。"说完朝玄关摇摇晃晃过去。

庄暖晨拉住他："你喝了解酒茶去冲澡吧，我到车库帮你取手机。"还说只喝了一点酒？怎么看怎么都不像。

江漠远低头凝视着她："你在关心我？"

"谁在关心你？我是不想你大半夜再摔哪儿，到时候我还得送你去医院多麻烦。"从他大衣兜里掏出车钥匙，她转身出了门。

手机果然是落在车上了，打开车门，就见一闪一闪的。庄暖晨探身拿起直接揣兜，她没有看对方手机和电脑的习惯。正要关车门，眼角不经意扫了一下。

有时候，连女人都不得不佩服自己的第六感。她伸手摸向车座的夹缝，是枚小而精致的耳钉。

耳钉是桃心形的，周围镶嵌着一圈水钻，充其量就是几十块钱的小玩意儿。这枚耳钉在车子里的时间不会超过一天，因为司机每天都做清洁。那就是今天刚落下的，车主是江漠远没人敢乱开乱坐。

庄暖晨越想越具体，又想起刚刚江漠远进门后的举止，心转凉，他有了别的女人，还是只是逢场作戏？

上楼已是二十几分钟之后了，刚进门，江漠远正要开门，见她回来了松了口气："我还以为你丢了呢，正想下去找你。"

她抬头看着他，好半天从衣兜里拿出手机递给他："你手机一直在闪，应该是有人打过电话给你吧。"

江漠远接过手机没急着看，盯着她的脸："你没事吧？脸色怎么这么难看?"

"没事,就是刚才在车库的时候灯闪了一下,吓了我一跳。"她随口扯了个谎,"不早了,我想睡了。"

江漠远听了她的解释后也没怀疑什么,看了眼手机,不想蹦出来条短讯。

是一串陌生号码:"江总,今天谢谢你,不要喝太多酒哦,注意身体。"落款是徐晓琪。江漠远没理会随手将手机扔到沙发上,然后上了楼。

凌菲的"老妈子"终于找上了美亚,结果她的高价条件杀得差点令美亚负责人都跳楼,回头又给庄暖晨打电话求援,庄暖晨给出的意见是再等等。

"老妈子"出自高莹,高莹与凌菲经纪人大战三百个回合遭到惨败后便咬牙切齿地起了这么个名号。

大上午的,夏旅不知道接了个什么电话就急匆匆出了公司,庄暖晨到工位上找她的时候人去座空。

"夏经理去哪了知道吗?"正好经过徐晓琪的工位,她随口问了句。

徐晓琪摇头:"不知道,连今天的工作都没有给我安排呢。"

庄暖晨点了下头,刚要转身走,徐晓琪起身叫住了她。

"是这样的,我现在不是在负责标维的内刊吗?有一处不是很清楚,还想向庄总监请教呢。"徐晓琪说着关掉方案,电脑桌面露出来,是张自拍照片。

庄暖晨看得清楚,照片中的徐晓琪卖萌剪刀手,将车厢里拍得全面。

车子是江漠远的,最明显的是液晶屏酒架上的红酒。

这款红酒她跟着他在一次晚宴上喝过,喝完觉得口感很好,江漠远二话没说便订了这款酒固定放在车子里,后来她才知道这款酒原来是产自法国著名酒庄,每次都要空运回北京。江漠远不爱喝这款酒,嫌口感太甜,但她偏偏就喜欢甜口。

徐晓琪拿过文本资料,故意问了句:"庄总监,你看我这张照片照得漂亮吗?"她知道得罪上司是挺危险的事,但昨天江漠远既然命人送她回家,也就意味着对她不反感。

庄暖晨淡淡笑了下:"挺漂亮的。"

徐晓琪笑得更灿烂,翻开文本询问工作。庄暖晨耐着性子给予指导,等一切都讲明白了之后,将资料递给她:"这些内容没问题,可以放内刊,夏经理回来后让她到我办公室一趟。"

"哦。"徐晓琪失望：奇怪了，她怎么一点反应都没有？

总监办公室，庄暖晨坐在靠椅上，一手端着杯子喝水，一手拿着耳钉，真是想破了脑袋也想不到这女人竟然就是徐晓琪。照片里她就是这副耳钉，刚刚很明显的，她就只戴了一只。

刚出茅庐的丫头还是嫩，徐晓琪太想告诉她这件事了。

庄暖晨叹了口气，耳钉八成是她主动掉落的，可昨晚上他怎么能送她回家？将椅子转了过来，庄暖晨看着办公桌上的手机良久，然后拿起了手机。

开了一上午的会，江漠远回了办公室，一想起那些老股东的话就心烦。周年跟着走了进来，将文件放在了办公桌上："本下周就来北京。"

江漠远喝了一口水，淡淡说了句："本是标维的最大投资人，他来中国了解一下情况也实属正常，犯不上大惊小怪的。"

"八成他是看好了江先生您手里的投资项目。"

江漠远从容淡定："本胃口一向很大，中国区的订单远远高于欧洲区，他也怕这边的风头太盛盖过总部，我倒是想看看这次他跟我谈什么条件。"

见他这么说，周年倒是不担心了："要我看，本就是想拿人情来拴住江先生您，要真是用资金来拼的话，您对标维强行收购都绰绰有余。"

"人要知恩图报，至于他想怎么跟南老爷子斗那是他的事，跟我无关。"

桌上手机响了，竟打到了私人号上，江漠远拿起一看是串陌生号码，皱皱眉接听："哪位？"

对方的嗓音像是黄鹂鸟儿般清脆愉悦："江总您好，我是徐晓琪。"

声音很大，连周年都听得清楚。江漠远的浓眉拧成了一团，看了一眼周年，周年被他的眼神吓了一跳。

"江总，昨晚真的很谢谢您，不知您今天有空吗？我想请您吃个饭。"徐晓琪娇滴滴的。

"不用，举手之劳。"他语气淡漠。

"对您来说是举手之劳，但对我来说是很大的一个忙呢，您今天要是没空没关系，明天或者是后——"

"徐小姐。"江漠远打断了她的话，"我比较忙，再见。"将手机扔到一边，他看向周年。

周年何其聪明，赶忙澄清："江先生，您的私人号码可不是我给她的，缠着您的女人也不是她一个，哪个我给过号码了？"

江漠远知道他没那个胆量，也就没再计较。周年刚松口气，手机又响了，还是私人电话。周年倒吸了一口凉气，这个叫什么琪的女人还真是胆子大，一遍遍打电话。

江漠远正心烦，看都没看直接挂掉。

电话这一端，庄暖晨皱了皱眉，江漠远这是怎么了？在忙？又打了个电话给夏旅，竟然关机，这女人在搞什么？

咖啡厅，这个时间人很少。卡座里，一男子穿着休闲，头戴鸭舌帽，墨镜遮住了双眼，从包里拿出个信封扔在了桌上。

夏旅拿了过来，从中抽出张支票来，皱眉："我没答应要帮你。"

"错，不是你帮我，而是我帮你。"

夏旅将支票放回信封，甩在桌上："我来是为了告诉你，我不会做的，也不会答应。"

"长骨气了？"男人冷笑，"你以为把齐媛媛当作替罪羔羊踢出去这件事就算完了？程少浅是什么人，他想查的话早就把你拎出来了。别天真了夏旅，你能走到今天这步还不是靠你那个好朋友罩着？明着说吧，程少浅从没器重过你，无论你做得再好，只要庄暖晨不开口，他程少浅也不会继续升你的职。"

夏旅语气转冷："别说了。"

"或许还有种一劳永逸的办法。"男人诡异一笑，压低了嗓音，"发挥你的长处，只要把程少浅勾到手你这辈子都衣食无忧了，就算东窗事发，你已经是程太太，程少浅也不能把你怎么样。"

"程少浅？"夏旅疑惑看着他，"他不过就是个总经理。"

男人伸出一根手指在她眼前晃了晃："小姑娘，看人不能只看表面。"

"他到底有什么背景？"

"德玛总部总裁是谁？"

"南老爷子。"

"你想想看，德玛传播为什么会从总部直接空降个总经理？"

夏旅迟疑："你的意思是说，南老爷子跟程少浅的关系不简单？"

"你错了，他俩的关系很简单，简单得足可以用两个字来概括。"

"哪两个字？"

男人看着她："父子。"

"什么？"

男人慢悠悠道："南老爷子年轻的时候风流成性，移居海外时的商业联姻当年也很轰动，只可惜正牌夫人总是不怀孕。后来南老爷子认识了程少浅母亲并生了孩子，正牌夫人生怕南家财产被野种夺走迟迟不肯认程少浅。

也许是上天垂怜，没几年正牌夫人终于怀孕了，可跟她一起怀孕的还有个女人，也就是南老爷子在外面养的情妇，那时候的德玛已经发展起来，正牌夫人知道后也没办法再闹，就这样第三个女人也生下了孩子。"

夏旅听得发愣。

"南老爷一共有三个孩子，程少浅、南优璇和沙琳。"男人继续说，"南老爷子最疼的就是程少浅和沙琳，只可惜，前一个跟他不亲，后一个又死了。程少浅跟沙琳都随母姓。"

夏旅半晌后才喃喃："你怎么知道这些事？"

男人笑了笑："这些事江漠远也知道，忘了告诉你，江漠远和程少浅他们两个关系要好，程少浅虽说对父亲不满，但对两个妹妹还是疼爱有加，尤其是对沙琳，可能是江漠远要娶沙琳的缘故，所以两人才那么要好吧。"

"沙琳怎么死的？"

"传闻说是江漠远害死沙琳，但真正原因我就不清楚了。"

夏旅陷入沉思，良久："为什么告诉我这些？"

"告诉你这些就是让你明白别白日做梦了。"男人一针见血，"庄暖晨嫁给了江漠远，公司里又有程少浅做靠山，你觉得你还有出头之日吗？"

夏旅冷笑："庄暖晨是我最好的朋友，我没有取代她的心思。"

"但有一天真的被她发现，原来踢走梅姐的人是你而非安琪和齐媛媛的话，你觉得她还会相信你口中所谓的友谊吗？"男人每个字都像是钉子似的扎进夏旅的心头，"你觉得她会认为你真是为她好，还是为了保全自己？"

夏旅的呼吸加重。

"听说你父亲又欠了赌债了，这次还不少。"

夏旅一愣。

"别问我是怎么知道的，夏旅，咱俩合作不是一次两次了，你的事情我多多少少要关心一下才行。"男人笑得恶毒，"庄暖晨是个聪明人，你一旦跟她求援，她会不会对你起疑？夏旅，你不敢冒这个险，一旦事迹败露，你在这个圈子里都混不下去，所以还是乖乖收下这张支票，因为这是你唯一的出路。"

夏旅眯了眯眼睛："你在威胁我？"

"你信不信程少浅会马上收到一份文件，上面会详细写明当时视频事件的始末。"

夏旅恨得牙痒痒。

"都是为了你家人，做一次是做，做两次也是做。你也知道高利贷那群家伙不长眼的,要么能将人打个半死。"

她没说话,死死咬着唇,许久后:"这是最后一次,我要你保证,不能伤害庄暖晨。"

"放心。"男人笑着将信封推到她面前,"我们又不是杀人放火。"

周年汇报完工作出了办公室,江漠远这才倒出工夫休息一下。他靠在座椅上,目光不经意落在办公桌的相框上,相片中的女子是庄暖晨,背景是在苏黎世。

那天他从银行办完事开着车找她,看见她在一家玩偶店前停住脚步,拿起一只玩偶边看边笑。他用手机拍下她微笑的样子,她进咖啡馆后他下车买了那只玩偶。

江漠远从回忆中出来,伸手打开最上层的抽屉,拿出了只玩偶。能让她开怀大笑的东西不多,他是那么自私想要留下一切美好,却迟迟没能将这只脸孔夸张的玩偶送到她手上。

在古镇的日子很美好,在苏黎世的日子令他终生难忘,他能明显感觉得到庄暖晨是在乎他的。该死的顾墨。

他拿过手机,愣了一下,很快回拨过去,心提到了嗓子眼,刚刚他还以为是徐晓琪打来的。

那头接通,他松了口气:"暖暖,对不起,刚刚在忙。"

"哦。"

"怎么了?刚刚有事?"自从她知道真相后就没怎么打过他的电话。

"也没什么事,算了,你太忙了。"

"已经忙完了。"江漠远赶忙说。

"那个,你今天还有应酬吗?"

江漠远的心跟着她的这句话狂跳了一下:"没应酬。"边说边伸手拿过笔,在今天的行程单上画了个叉。

"是这样的,如果你今天有空的话陪我去趟车行吧。夏旅不知道跑哪儿去了,我又不是很懂车子,还要试驾什么的……"

"好,我陪你去。"江漠远心花怒放,温润低问,"我现在去接你?"

"一小时后吧,我手头上还有个案子要看。"

"好。"江漠远温柔应声。

"那……再联系吧。"

等周年敲门进来的时候,就瞧见江漠远一直拿着手机,唇角还有笑。

"江总?"

"周年，今晚跟刘局的饭局你替我去就行了，其他的都推了。"

周年一愣："全部都要推掉吗？"

"对。"江漠远又把玩偶拿在手上，问他，"有意思吧？"

"是挺有意思的。"周年实在是蒙，又不得不提醒一句，"刘局已经约了您好几次了。"

"无非是为了做点政绩，你去也一样。"

周年叹了口气，忍不住问："这只玩偶您是打算送给哪个小孩子的吗？"夫人怀孕了？没听说啊。

"什么时候变得爱管闲事了？"

周年赶忙闭嘴，见江漠远起身拿起外套，又问："您要出门？我开车送您——"

"不用，一会儿我陪暖暖去试驾。"

"啊？"

下午的会议，夏旅没赶回来参加，庄暖晨交代好了工作，将高莹和徐晓琪留了下来。

"凌菲那边情况怎么样？"

高莹叹了口气："都快把美亚那边的人给逼疯了，她那个经纪人简直是只鬼。"

"慢慢来，反正有时间。"庄暖晨又看向徐晓琪，"你那边内刊呢？"

徐晓琪没动静。

"徐晓琪？"庄暖晨放下水杯。

徐晓琪这才从浑浑噩噩中走出来："哦，挺顺利的，不过我想如果能把江总的情况也写进内刊就好了。"

庄暖晨挑挑眉："内刊里放江总的内容？"

"是啊，所以我想给江总做个专访，庄总监，您看怎么样？"徐晓琪眼睛泛光。

高莹忍不住笑："还问什么江总啊，你直接问庄总监不就行了？"

徐晓琪一脸尴尬。

庄暖晨不动声色："目前高莹这边缺人手，徐晓琪你过去帮高莹。"

"啊？"徐晓琪蓦地起身，嗓音都尖细了，"那标维的内刊怎么办？"

"标维内刊是长线工作，工作量不大，我会再安排人手去做，你是新人，多跟高莹跑跑美亚能学到不少的东西。"庄暖晨语气坚决。

"可是、可是……"徐晓琪急了，却一直没"可是"出来什么。

"你有什么异议？"她的神情风平浪静。

徐晓琪一脸猪肝色："就算跟美亚的案子我也能做好标维的内刊。"

高莹听了直竖大拇指："徐晓琪你牛啊，同时做两个项目，你一天工作二十四小时啊？"

"我……"

"我们部门还没缺人缺到这种程度，美亚的活动跟下来杂七杂八的事情不少，现在说起来容易，但真正忙起来你连吃饭的时间都没有，哪还有精力做标维的内刊？标维和美亚一样都是公司重要客户，内刊出了差错我同样没办法对公司对客户交代。"庄暖晨微微加重了语气。

徐晓琪也是个会看眼色行事的人，只好点头，压着气坐了下来。

手机响了，庄暖晨看了一眼没接，看向高莹："你那边还有什么问题？"

"没了。"

"好。"庄暖晨按了下手机，"今天先到这儿。"说完对着手机说了句"马上下来"。

庄暖晨离开后，徐晓琪趴在会议桌上，眼眶有点红。高莹拍了她一下："怎么了？"

徐晓琪嘟囔了句："我觉得庄总监对我有意见。"

高莹哈哈一笑："哪有啊？我怎么看不出来，她让你跟美亚也是有意锻炼你啊，想想看你一个新人就可以直接碰方案多好的机会啊。"

"我宁愿不要这个机会。"徐晓琪小声嘀咕了句。

高莹没听清："你说什么？"

"没什么，我是说我会珍惜这次机会。"

"走吧。"

"去哪？"

"去趟超市，要多买点好吃的，做好加班的准备。"

庄暖晨一出大厦就看到了江漠远的车，车窗开着，夹烟的手搭在车窗外，像是在打电话。心头没由来地蹿动了一下，轻叹了一口气，也不怪徐晓琪为他痴迷。

正想着，车里的男人也刚好打完电话，见她出来了，将半根烟摁灭在烟灰缸里下了车。

"怎么不换休闲装？"

"办公室里哪有休闲装？"

江漠远伸手搂过她："附近就是商场，先去买一套，哪有穿着高跟鞋去试驾的？多难受。"

　　这是庄暖晨第一次跟江漠远逛商场，感觉说不上来。商场人不多，但江漠远一如既往地吸睛，连各个品牌店的服务小姐都格外热情了起来。

　　她从试衣间出来的时候，江漠远坐在沙发上翻看着杂志，旁边几个服务小姐私下叽叽喳喳，不停朝着这边偷看。

　　瞧见这一幕，她也不知道是可笑还是可气了。见她出来，他将手里的杂志放到一边，说："挺好看的。"

　　庄暖晨走到他身边："怎么我换哪套你都说好看啊？"

　　艾念以前经常会拉着陆军逛街，不管她穿了什么陆军都说好看，刚开始艾念还以为是真的好看，后来才知道那是陆军想早点结束逛街。

　　江漠远站起身，含笑的眼有宠溺："我给你选的这几套你穿着都挺好看，你皮肤白，浅色和深色都合适。"

　　"那你喜欢我穿浅色还是深色？"庄暖晨无心问了句，问完之后才发觉有点尴尬。

　　江漠远嘴角微微上扬："女为悦己者容？"

　　"我哪有？"

　　"我喜欢你穿浅色的。"江漠远低头在她耳边喃喃，"像个瓷娃娃。"

　　庄暖晨脸蓦地一红，狠狠瞪了他一眼走回试衣间。

　　两人看似打情骂俏的一幕羡煞了旁人，等她进去换衣服，他走到结款台："刚刚试的那几套全都包好吧。"

　　"先生，您对您女朋友真好。"结账台的小姐一脸羡慕。

　　江漠远淡笑纠正："是我太太。"

　　结账台小姐这才看到他无名指上的戒指，更是羡慕不已。

　　逛商场的结果是又买了大包小包的衣服鞋子，庄暖晨无奈："我只是去试驾，要不要这么花费呀？"

　　"以后其他运动场合也可以穿。"江漠远一手拉着她，一手拎着大小的服装袋。

　　一边刚刚上了电梯的徐晓琪正巧看到这一幕，身边的高莹抱着一大堆吃的一脸的羡慕："真是郎才女貌的一对佳偶。"

　　徐晓琪看着江漠远高大的背影，越看越按捺不住心里的激动，那股子不知名的醋意横生，想都没想冲了上前，高莹吓了一跳。

　　"庄总监。"不能直接叫住江漠远。

　　庄暖晨顿步，回头看到竟是徐晓琪，身后紧跟着跑上前的是高莹，江漠远也跟着转身过来。

"江总。"徐晓琪压着激动叫了声。

江漠远神情淡然,没有太多表示。

"你们怎么在这儿?"庄暖晨不解。

徐晓琪张了张嘴巴,她跑上前纯属头脑一热,都没想好要具体说什么。

高莹道:"这不晚上要加班嘛,买点东西顺便瞎逛一下。"

庄暖晨点头:"凌菲那件事——"

"暖暖。"江漠远打断她的话,低头看着她,"出来了就别想着公事了,有高莹在,要相信手下的办事能力。"

男人温柔的一面落在徐晓琪眼里,心里硬生生刮起羡慕嫉妒恨的龙旋风,真恨不得江漠远眼里的那个女人是自己。

高莹嘻嘻笑着:"暖晨你放心吧。"

庄暖晨笑着点头。

徐晓琪一直目送着江漠远离去,心像是被人狠狠捅了一刀似的,他怎么那么狠心?竟然对她视而不见?

高莹走上前轻叹:"同样是女人,人家暖晨就能找到这么出色的男人,徐晓琪你也看得出江总挺疼暖晨的吧,大包小包的都不舍得让暖晨来拎,人家是堂堂的总裁啊。"

徐晓琪不悦,一跺脚:"没看出来。"

夏旅在大街上转了很久,高跟鞋与地面碰撞出落寞的声音,一下一下的,明明是阳春三月,她却觉得如同寒冬腊月。

看着来往的路人,夏旅不由疑惑,现如今不用上班的人怎么越来越多了?他们都在忙些什么?是不是也有着跟她一样的压抑和无奈?拿出手机,翻开电话簿竟发现朋友很少。

给艾念打了电话,询问她最近的情况。艾念在吃东西,发音含糊:"今天没上班吗?我挺好的,过了妊娠期就变得爱吃了。"

"小心吃成个胖子。"

"我现在已经胖了。"

"注意点吧,你家陆军现在都是个小官了,围着他的女人肯定不少。"夏旅提醒了句。

艾念轻哼了一声:"无所谓了,我有孩子怕什么。"

夏旅轻叹了口气。

"你怎么了?"

"没事。"就是想哭。

"真没事？我听你的声音有点不对劲呢？"

"说孕妇敏感一点都不假，我就是这阵子太忙了累得吃不消，想着给你打个电话放松一下。"夏旅故作轻松。

艾念这才放心："那就行，暖晨也太狠了吧，是不是她给你安排太多工作了？我得说说她。"

"哪有啊，你现在是有人养着忘了工作的辛苦了，行了不跟你说了，要忙了。"

挂断电话，从未有过的落寞席卷了夏旅，似乎每个人都很快乐，除了她。脚步愈加沉重，直到尖锐的车鸣声响起。

还以为这辆车会从她身上轧过去，抬头一看竟是孟啸。

他的车停在路边，人在车中坐。看见她，他下了车，颀长的身躯倚靠在车子上。

两人之间很近，夏旅清晰地看到他唇角的笑意。

"一个人？"孟啸慵懒地开口，算是打了个招呼。

夏旅没点头亦没摇头。

"我现在不至于让你厌烦到一句话都不想说了吧？"孟啸走上前。

夏旅双脚钉在原地，没动弹，呼吸加促。

孟啸在她面前停住脚步，低头看她，突然抬手捏住她的下巴："怎么又瘦了？"

夏旅拨开他的手："这是你善用的搭讪方式吗？我还有事——"

"我送你。"孟啸打断她的话。

夏旅抬头看他，他眼底的笑谑已不见，很严肃。

"啸。"身后是女人棉花糖般的声音。

夏旅顺势回头，一女人穿得奢华，拎着多个购物袋一步三摇走上前，视夏旅而不见揽住孟啸的脖子，撒娇："逛街真是累死人了。"

他下意识看向夏旅。

夏旅原本悸动的心很快转为疼痛，原来他是陪女人逛街的。

"谢谢你的好意，我想不用了，你这么忙。"

"啸，她是谁啊？"女人娇滴滴地看着他，转向她的眼神又成了警惕。

孟啸盯着夏旅，见她一副波澜不惊来了气，搂过女人："她？曾经陪过我。"

男人的话铁锤似的狠狠砸在夏旅的头上，她尴尬，甚至是气愤。

女人伸手捶了下孟啸："花心。"

"吃醋了？"孟啸坏笑，却一直盯着夏旅。

夏旅全身凉飕飕的:"不打扰两位了。"

"站住。"

夏旅并没停步,身后是男人急促的脚步声,很快胳膊被孟啸一把扯住。

"你干什么?"

孟啸的脸色如铁青,压低嗓音一字一句:"夏旅,别在我面前装作一副清高的样子。"

"既然如此,你还拉着我干什么?"夏旅咬牙。

孟啸盯着她半晌:"我想告诉你,迫不及待爬上本少爷床的女人大有人在,本少爷还真不差你这么一个女人。"

话如刀子直插心脏。她淡笑:"我知道,那祝你今晚愉快。"

她的人生没有童话,在这个世上,谁能和谁地老天荒?在爱情中千疮百孔的她,和在感情世界里高傲的他,注定各奔东西。

孟啸站在原地,一直盯着那抹渐行渐远的背影。女人上前,还拎着大包小包抱怨:"开车门啊,人家累死了。"

"滚。"

"你说什么?"

"我叫你滚!"孟啸不耐烦说了句,转身上了车。

女人跟不上他的步伐,恨得对着尾气大骂:"孟啸,你这个混蛋!"

试驾的经历还不错,当然,这是庄暖晨自己觉着的。

车座上的小哥吓得一身冷汗,车速超过一百八,小哥一边擦着冷汗一边提醒着庄暖晨要冷静,最后江漠远也实在看不下去了,生怕这小哥再一个心脏病住院,只好亲自来试驾。

等车钥匙拿到手,江漠远无奈说了句:"我可以给你买更好的。"

庄暖晨摸着车头笑眯眯道:"这可是用我自己的钱买的车,我觉得它就是最好的。"

江漠远恨不得自己就是那个车头。

走出车行,庄暖晨没马上上车。江漠远交代了车行一些事情后走了出来,见她停住脚步等着他,心头泛甜,上前搂住她:"晚上想吃什么?"

庄暖晨从包里拿出样东西来递给他,他接过来一看是只耳钉,不解:"你不会以为我能耐大到可以满北京帮你找到另一只吧?"

"眼熟吗?"今天徐晓琪跑到江漠远面前的时候,耳朵上还戴着一只,如果江漠远真的有心留意她就能认识这枚耳钉。

然而江漠远一头雾水:"我不记得你有这种款式的耳钉。"

庄暖晨突然很想逗逗他:"耳钉是我在你车上找到的。"

江漠远恍然大悟,拉着她上了车,开始满车寻找,边找边说:"你这丫头坐个车还能把耳钉丢了,这只在车里找到的,另一只也差不多掉在车上了。"

庄暖晨侧头看着他忙活来忙活去,说了句:"耳钉不是我的。"

江漠远蓦地停住手上动作,紧跟着就明白了。

等坐回车上,她将耳钉放到他手里:"我想,这种事你解决起来比较轻车熟路了。"

江漠远转头看着她的侧脸,想从她的脸上找出吃醋或是气愤的迹象,奈何她很平静。他叹了口气:"这么信任我?"

"我应该怀疑你吗?"庄暖晨抬眼看着他。

他却敏感捕捉到她的一丝质疑,心头泛起难以言喻的情愫:"我是你丈夫,你这种反应让我不知道是该笑还是该担心。"

说一点都不在意是假的,她对上他的眼:"是徐晓琪?"

"是。"江漠远低声,伸手拉她入怀,"送她回家的是周年,我只是看在你的面子上。"

她听着他沉稳有力的心跳,不知为什么真的就信了。心尖有小小的骚动蔓延,像是欢愉又像是幸福,这种感觉,从顾墨跳楼后就再也没有过了。

"但为什么耳钉会落在车子里我真的不知道。"江漠远补上了句。

她轻轻点头,不再多说什么。

江漠远对她越是温柔,她越是害怕。看着他,她已经知道了自己在怕什么。

日子不咸不淡地过去。

庄暖晨忙,江漠远更忙,应酬很多,但多晚都会回家。

离二十五号的活动越来越近,凌菲的经纪人干脆跟美亚开始了价格拉锯战,每天美亚的负责人哭得跟猴子似的跟她控诉,庄暖晨也试着将几名候选人名单提交上去,但往往人就是吃一百个豆不嫌腥,越是得不到的东西就越觉得好。

美亚的工作量不轻,标维的活动也是一个接着一个进行,夏旅对于庄暖晨突然调走了徐晓琪心有不满,但庄暖晨跟她说:是女人都不想让自己的老公身边多了只花蝴蝶。

夏旅这才明白徐晓琪每天哭丧着脸的原因。

这晚徐晓琪在酒吧喝得很醉,她不明白江漠远好端端的为什么那么冷漠,既然命人送她回家就说明还是关心她的。想想心有不甘,男人都爱装,她就不相信哪个男人会对投怀送抱的女人不感兴趣。除了职位比庄暖晨低外，她还有哪点比不上庄暖晨的？

手机在手里转来转去，她还是忍不住拨了江漠远的电话。

拨通，被对方按断。

徐晓琪咬了咬牙又拨打了一遍，许久对方才接通。

"江总……"她的声音软绵绵的，喝醉的女人往往就是大胆的。

"说。"江漠远很冷淡。

徐晓琪心里却热着呢，甜腻腻道："江总，人家耳钉好像落你车上了。"

"是在我这儿。"

徐晓琪一听眼睛都亮了，声音更是温柔万千："原来真的被你拿去了，怎么办呢？"

"那你过来拿吧，到我办公室。"

"现在？"徐晓琪一下子从椅子上站起。

"对。"

"好，我现在立刻过去。"徐晓琪一听心都快跳出来了，马上拿起包，"等我哦。"

跟跟跄跄地跑出了酒吧拦了辆计程车，跟师傅说了一下标维的地址后，整个人便坐在那儿想入非非。

原来他早就看到了她的耳钉，而且一直拿着呢，想到这儿，徐晓琪的心都化了，她真的引起了江漠远的注意。一定是这样的，否则为什么这么晚让她去办公室找他？

徐晓琪越想越美，他是个大男人，这么晚叫她过去难道还真是让她去拿耳钉吗？就说嘛，他那么晚都不回家，身边怎么可能就只有庄暖晨一个？她比庄暖晨年轻，比庄暖晨漂亮，江漠远怎么会不喜欢呢？

正想得无边际的时候，车子停了，师傅扯脖子说了句："姑娘，到地儿了。"

标维安静，这个时间都下班了。借着酒劲，徐晓琪看一切都是美好。总裁室果然亮着灯，一想起江漠远就在里面等着她，那股子冲动就泛滥了。

敲门进了总裁室，真皮椅上，江漠远正襟危坐。

办公室的门在她身后缓缓关上，她听到自己的心跳声。

"江总。"徐晓琪走上前，身子倚靠在办公桌旁。

白天的职业装早就换成了只在夜店才穿的性感服饰，深V领口稍稍欠身就能看到，对于自己的身材，徐晓琪一向自信："人家的耳钉呢？"

江漠远从旁边拿过一枚耳钉放到她跟前,淡淡说了句:"拿走。"

徐晓琪忍不住上前一把抓住他的手,勾人的电眼闪烁了一下:"你好坏,现在才把耳钉给我。"

江漠远任由她拉着:"徐小姐,耳钉落在车上这种戏码以后还是少做为好。"

徐晓琪看着他,一时间忘乎所以撒了娇:"人家就是想见你嘛。"说着拉着他的大手走上前,顺势大胆地坐他怀里。"你知道吗,我真的好喜欢好喜欢你。"

江漠远一把将她推开,语气森冷:"请你自重。"

徐晓琪身子撞在办公桌旁,吃痛地呻吟了一声,抬头看着灯光下伟岸的男人,一时间任性起来,毫不犹豫地再扑上前,像是个八爪鱼紧紧钩住他。

"江总,求你不要推开我。我真的好喜欢你,在第一眼的时候就喜欢上了。我不会让你为难的,只想在没人的时候待在你身边,在你寂寞的时候陪着你,我不想要什么,更不敢乞求你的爱,无论做你的什么人都好,只要能够在你身边看着你、陪着你。"

"你喝醉了吧?"江漠远伸手扯她。

"我知道自己在说什么。"徐晓琪的胳膊被他扯得生疼,拼了命搂住他,"我不会让庄总监知道的,也不会在你和她同时出现的时候出现,我愿意做见不得光的那个人。"

江漠远烦得冷了脸,毫不怜惜地再次将她推开,徐晓琪踉跄摔倒在地。

"醒酒了吧,醒了就赶紧拿了你的耳钉滚蛋。"江漠远冰冷低喝。

徐晓琪哭得很凶,从小到大她都没受过这种委屈,她是天之骄女,以全年级第一的成绩考上了全市最好的高中,又以最优异的成绩被北京最好的大学择优录取,又顺利读研毕业,围绕在她身边的男人数不胜数。

可她心里明镜似的,她要么不选,要选就选一个最优秀的男人。她是如此优秀的女人,当然要配最优秀的男人。江漠远就是这个最优秀的男人,是她等了这么多年的男人,她不在乎他身边有没有庄暖晨,只要给她机会,她有十足的信心能够赢过庄暖晨。

"我不相信我比你身边的女人差。"她面若梨花,哭得楚楚动人,"就算是庄暖晨,她也不如我,她根本就配不上你。"

江漠远冷漠盯着她,淡淡道:"再不走,你会后悔。"

分明就是句警告意味的话,听在徐晓琪耳朵里却变了味道:"江总,我既然这么晚敢来你的办公室,早就做好了准备。"

她抬手解衣扣，衣衫脱落，她伸手圈住江漠远的脖子，炙热的语气勾着他性感的喉结："你不试试怎么知道我不如庄总监呢？"

江漠远的眼没逾越分毫，唇角的笑有了寒意："程总，原来你们乙方公司还惯用这招来笼络客户，是你教的吗？真是令我大开眼界。"

程总？徐晓琪一愣。

会客厅的门敞开，一道颀长的身影落在那，她顺势看过去，顿时大惊。

这一刻江漠远倒成了看戏的人，也懒得推开挂在身上的徐晓琪，笑谑地看着程少浅，而程少浅脸色铁青。

徐晓琪反应过来，赶忙整理好衣服失魂落魄地看向程少浅："程总，我、我……"

她这才明白江漠远口中的"后悔"是什么意思了，早知这样打死她都不敢来。

"程、程总，事情其实不是您看到的……"

"你们德玛的事回去解决吧。"江漠远拿过外套穿上，"很晚了，程少浅，你是孤家寡人不怕，我还得回家陪老婆。"走到程少浅身边拍拍他的肩膀，嘴角勾笑。

徐晓琪走得干脆，明确说是程少浅开人很干脆，在事发第二天便通知人事部结款开人。刚开始庄暖晨还不知道发生了什么事，不过竟然能惊动了程少浅直接一竿子插进来越过她开人，想必不是小事。再后来程少浅跟她提了一嘴，她前后一联想也猜出个七八分了。

江漠远没跟她提徐晓琪的事。这天中午，赶上艾念随着陆军来北京，陆军办事她聚朋友。

过了妊娠期的她的确能吃，庄暖晨看着她一口口往嘴里塞东西的样子就心惊胆战："你吃这么多产后该多难恢复啊。"

艾念嘻打着哈哈，但嘴巴还是不停歇："暖晨，听说你被手下恐吓了？"

庄暖晨看向身边的夏旅，夏旅举手投降："也不是什么秘密，徐晓琪走的时候在你办公室里多趾高气昂啊。"

"你们说这年头怎么不要脸的女人那么多啊。"艾念气不打一处来，又塞了满嘴食物，"那个徐晓琪不还是名牌大学毕业的吗？怎么就不知道礼义廉耻呢？年纪轻轻的干什么不好非得去做第三者，这种人见一次就应该打一次。"

一边的夏旅脸色尴尬："徐晓琪也算不上是第三者，至少暖晨没抓到他们两人卿卿我我的吧？"

艾念想了想:"也是。"

庄暖晨早就吃饱了:"事情都过去了,人都走了还说她干吗?"

"她敢不走,不走就打到她走。"艾念冷哼,"她临走的时候还到你办公室耀武扬威干什么?"

"也不是耀武扬威,就是殊死搏斗后剩下最后一口气不吐不快。她跟我说,江漠远现在没出轨是因为还没遇到能让他出轨的女人。"

"靠,真这么说的?"艾念差点把饮料喷出来。

夏旅若有所思:"你怎么看?"

庄暖晨轻叹:"其实徐晓琪的话也不是没道理,也许,真的会有那么一个女人会引来江漠远的关注。他的心太大,大到可以装下整个世界,大到让我看不见摸不到。"

艾念将杯子放在桌上:"你是不是爱上江漠远了?这次不准跟我说废话,之前我问过你为什么嫁他,你就说是爱他,那时候的话我不相信,我要听你现在的真心话。"

杯子在庄暖晨手里来回地转来转去,像是她的心在左右摇摆。半晌后说:"是,我爱上他了。"

"顾墨呢?你不爱了?"夏旅开口问。

"我不知道。一直以来我觉得我只属于顾墨,哪怕是现在,我一想到顾墨还是心疼。可面对江漠远的时候完全就不一样了,我不知道怎么面对他,又很想看到他。"

"说实话,江漠远确实心深如海,如果让我选择的话我会选择顾墨,很透明,高兴就是高兴,生气就是生气。"艾念看着庄暖晨唠叨。

夏旅不同意:"我倒是觉得跟江漠远那种男人在一起会成长,他社会经验丰富,又有足够的人脉关系,这样的男人会教会女人很多东西,不会让女人太辛苦。"

庄暖晨看着她俩你一句我一句的,一时间也懒得多说什么。不经意扫到进门的一对男女,一愣。

艾念最先发现她神情变化,扭头一看:"那不是孟医生吗?"

庄暖晨很想堵住艾念的嘴巴,但晚了,夏旅抬头,目光正好落在那对男女身上。

餐厅门口,一妖娆姑娘挽着孟啸的胳膊,笑得跟朵花儿似的,孟啸时不时低头在她耳边说悄悄话,惹得她咯咯直笑。

夏旅下意识低头。

孟啸也没料到能在这里碰上夏旅,微微一怔很快又恢复了吊儿郎当,将怀里的女人搂得更紧，惹得那女人面若桃花。

走上前，目光从夏旅滑过落在庄暖晨脸上："这么巧？"

"孟医生今天怎么这么有空啊？"庄暖晨浅浅笑着。

"做医生的也有假期，适当休息才能更专心工作。"

"啸，是你朋友？"女人娇滴滴问。

孟啸笑得不羁："都是要好的朋友，不过，夏小姐除外。"他将目光落在夏旅身上，毫不遮掩。

夏旅下意识抬头看他，艾念瞪大双眼，庄暖晨有些惊讶。

怀中女人顺着孟啸的目光看过去，八成也看出个眉目来，拉扯了一下他："咱们进里面坐吧，我好饿。"

孟啸目光没收回："暖晨、艾念，这顿饭算我的，想吃什么随便点，至于夏小姐，你的餐费我也一并结了。"

"走啦。"女人拉着他的手。

"各位，失陪了。"孟啸笑着搂紧女人，朝里面的餐桌走过去。

艾念忍不住问："怎么回事儿啊？"

夏旅不语。

"要不咱们走吧，反正也吃得差不多了。"庄暖晨提议。

夏旅下意识看向孟啸的方向，他正低头在女人耳畔厮磨，暧昧非常。一股无名之火燃了起来，起身冲着那边就过去了。

艾念瞪大双眼指着夏旅："她、她……"

庄暖晨没吱声。

这边孟啸正跟美女打得火热，只觉对面坐下一人，抬头一眼，唇角勾起一丝笑谑："夏小姐，你是突然想到要跟我说什么了吗？"

庄暖晨和艾念赶忙上前，生怕夏旅再把人家的桌子给掀了。

夏旅看向对面女人："你跟他上过床没有？"

"啊？"不仅女人惊讶，其他三人也没料到。

夏旅微微眯了眯眼睛，重复："我问你，你有没有跟他上过床！"

"你有病啊。"女人不悦，"我跟他上没上过床关你什么事？"

"是啊，夏小姐，你问这话是什么意思？"孟啸故作惊讶，目光里多了一分深沉和玩味。

夏旅没搭理孟啸，看着女人冷笑："我是为了你好，你不知道他有病吗？"

"啊？"

"艾滋病。"夏旅无奈叹了口气，"建议你赶紧去做个身体检查。"

123

"什么?你有艾滋病?"女人吓得脸都白了,猛地起身看着孟啸,"你不是医生吗?"

"你如果不信的话可以试试看嘛。"夏旅在旁边添油加醋。

女人赶紧拿过包,典型的一副大变脸:"有病就老实待在家里,还想出来泡女人?神经病!"像是避瘟神似的逃之夭夭了。

庄暖晨在旁汗颜,夏旅这招太狠了。果不其然,孟啸近乎咬牙切齿:"夏旅,你找死是不是?"

"我只是想跟她开开玩笑,谁知道你女人这么不经吓。"夏旅伸手从包里掏出钱包,几张大钞拍在孟啸面前,"还有,我的那份餐费就不劳孟公子费心了,这些钱拿去重新找女人吧。"

"夏旅,你——"

"别说我没提醒你啊。"夏旅打断他的话,"记得戴安全套,小心真染上艾滋病。暖晨、艾念,走啦。"

孟啸气得脸色铁青。

凌菲的事一直拖着没个具体,奥斯对美亚的项目也虎视眈眈,这阵子加班加点在所难免。除此之外,因为庄暖晨订的那套房是成熟的社区房,手续办妥了之后直接拿了钥匙,精装省去她不少功夫。

庄父庄母在北京盯着新房家具盯到差不多的时候就回了古镇,庄暖晨虽然有一万个不愿意但也没办法,但有房子毕竟方便了,至少二老可以经常来北京。庄父临走之前叮嘱她多去看看姑妈,毕竟就这么一个亲戚了,庄暖晨应声答应。

周三小周末,开完会回到家已是晚上十点半多了,洗完澡后,江漠远也到了家。正在吹头发,手机响了,庄暖晨看了一眼手机,走到卧室门口探了探头,江漠远在一楼洗澡没上来。

手机那边沉默,庄暖晨主动开口:"许暮佳,这么晚有事吗?"

许暮佳支支吾吾:"没什么,就是想问问你怎么样了。"

"我们两个还没好到没事聊家常的地步吧?"

"其实也没什么重要的事,就是想问问你会不会来看顾墨。"

庄暖晨一怔。

"我是想……"许暮佳话说了半截。

庄暖晨等了半天也不见她开口,无奈:"你到底找我是想做什么?"

"我、我是想让你帮我劝劝顾墨。"

"劝什么?"

"我想跟他结婚，可他迟迟没表态。"

庄暖晨心口堵了一下："你想让我过去劝他娶你？"

"是。"

有那么一刻庄暖晨真想挂断电话："你别欺人太甚了好不好？"

"我知道这个要求挺过分的，但我真没招儿了。"许暮佳急了，"我想给孩子个保障有什么不可以？婚礼再不举行的话，我就该显怀了。"

庄暖晨压着气："许暮佳，我不会答应你这个荒唐的请求。"

卧室的门开了，冲完澡的江漠远走了进来，裹了条白色浴巾。

她心里七上八下，许暮佳没有挂断电话的意思："求你帮帮我。"

江漠远从背后搂住她，她吓了一跳，将手机移到了另只耳朵上。他低笑，英挺的脸埋进她半干的头发轻轻磨蹭。

"我帮不了你，这种事。"

"暖晨……"

"很晚了我要休息。"庄暖晨生怕节外生枝赶忙挂断。

下一刻，江漠远亲上了她的耳垂，低哑问："谁的电话？"

庄暖晨攥着手机，扭头避开他的侵犯："同事。"

男人伸手一扯将她锁在怀里。

"我还有正事问你呢。"

江漠远没有放开她的打算，将她逼到置物桌旁，双手按在两边："说。"

她往后缩，整个人快后仰在桌面上，他却压她更近，大手搭在她的腿上。

"你这样让我怎么说啊？"她仰着头。

"那就不说。"江漠远的头埋在她的脖颈里，嗓音含糊。

庄暖晨全身轻颤，感觉后腰抵着桌面快要折了："跟你说孟啸的事呢。"

"孟啸怎么了？"

庄暖晨压住他的手："孟啸和夏旅现在好像闹得不大愉快。"

"关我什么事？"江漠远笑了笑，钳住她的手腕。

"他是你朋友，至少你要关心一下吧。"

"朋友是白天用来关心的，晚上我要关心的是老婆。"江漠远坏笑着双手环住她，"暖暖，我们要个孩子吧。"

庄暖晨心口一紧，将他一把推开："我生理期第二天，腰疼，难受。"

江漠远愕然："我记得你生理期不是今天。"

她笑得灿烂："工作压力大，提前了。"

等庄暖晨回到床上他才反应过来，将她按住："你耍我？"

"我哪敢耍你？江大总裁。"她温温笑着。

"是吗？我看看是真还是假的。"

庄暖晨按住他的手，瞪眼："这个时间段千万别碰我。"

江漠远压着她一动不动，许久起身，烦躁地扒了下头发。庄暖晨忍住笑，将睡袍扔给他："堂堂总裁要不要出卖色相啊，穿上吧。"

江漠远被晾在床边，半晌上前将她整个人扳了过来，压下身就要吻，可庄暖晨伸手堵住了他的嘴，抗议。

他像是头困兽，呼出的气都成了滚烫，盯着她了半晌才松开，转身进了浴室，很快，传出花洒的声音。

周五晚上，导航上的红线从二环直达五环，建国门大街没有涌动的迹象。一处青灰色屋檐、古色古香间的餐厅，轻而易举便打破了都市压力下的狂躁。这个季节不冷也不热，在室外用餐自然也是一种惬意。"北京寸土寸金，这家餐厅占据这个位置真够奢侈的了。"前餐端上来后，庄暖晨环顾了一周由衷道。餐厅建于楼阁空中，坐在露台上用餐时，周围虽是高楼大厦，但会令人如置身沉静天空之中，忘记繁忙。

程少浅轻笑："这家老板是用心做事的人，所以我没事的时候也经常来这里坐坐。"

"想必这里的什么红酒区、雪茄房也都有你程总的固定席位吧？"

程少浅轻声："我花钱在红酒雪茄上面，不是伺候自己，只是不想让自己太辛苦。"

"你是挺辛苦的。"他的位置不好坐，据说王总刚来公司的时候也是信誓旦旦，结果还是卷铺盖走人。

"辛苦的你并没看见。"

"例如？"

"例如辞掉徐晓琪这件事。"程少浅摊牌，"江漠远狠就狠在这儿，越过你，让我直接开了徐晓琪。得罪人的活全让我大包大揽了，不过听说徐晓琪后来还是到你办公室闹了？"

庄暖晨尝了口葡萄酒："都过去的事了，她也是有气没地儿撒罢了。"两人正说着，就见一人朝这边过来，跟只树袋熊似的猛扑到程少浅身上，嘻嘻道："想我了没？"

程少浅连头都不用回，一脸的无奈。

庄暖晨瞪大双眼，吉娜？她怎么会来中国？还有，她竟跟程少浅这么熟稔？

"哈啰，我们又见面了。"吉娜腾出只手冲着她打招呼。

庄暖晨笑得不自然，下意识转头看了看。

"放心，米歇尔没来中国。"吉娜嘿嘿一乐。

程少浅好不容易将她给拉了下来，皱了皱眉头："你怎么在北京？"

"不高兴看到我吗？"吉娜丝毫不介意他的态度，拉了张椅子靠在他身边坐下，搂过他的胳膊，"你在北京这么久，我都想死你了。"

庄暖晨成了旁观者，轻抿红酒，打量着眼前这对男女，怎么看两人怎么都是老相识。

对于吉娜缠人的功夫，程少浅也懒得搭理了，看向庄暖晨："你们认识？"

没等庄暖晨回答吉娜马上抢话："是在苏黎世认识的，听说我哥为了她差点被打个半死。"说着仰头甜笑，"你要是在场会不会幸灾乐祸？"

程少浅叹了口气没接话："你住哪儿？"

"我今天才到北京呢。"吉娜在他面前撒娇。

庄暖晨一听实在不能不开口了："吉娜，你哥知道你来了吗？"

"他？他哪有功夫管我？"吉娜冲着她坏笑，"咦，你出来这是跟男人约会啊，我哥知道了肯定吃醋。"

"我们只是上下级关系。"

吉娜摆摆手："我才不在乎那么多呢。"伸手搂住程少浅的脖子，"我的少浅只能爱我。"

庄暖晨差点将酒喷了出来。

"再不撒手我可叫保安了。"

吉娜瞪了他一眼，撒手："讨厌，我在你家门口等了一个多小时。"

"你怎么知道我在北京的住址？"程少浅脸上泛起惶恐。

庄暖晨敏感捕捉到了这抹神情，心中一惊，没看错吧？

吉娜笑得更得意，黏着他："我这不是来北京了吗，下了飞机第一件事是联系我哥，但他忙得要命，说了句'你去找程少浅'就把我打发了，这不我就出现在你面前了吗？"

"也就是说，是你哥把我的住址告诉你的？"

"当然，要不然你当我是神仙吗？"吉娜伸手捏了捏程少浅的俊脸，"等着不见你回来，就打电话给你秘书了，于是我就找到这儿来了。嘻嘻，你怎么越长越帅啊？有不少女孩儿倒贴吧？"

庄暖晨忍不住了："那你今晚住哪儿？要不跟我回家吧。"

吉娜一下子钻进程少浅怀里："我住他家。"

127

"什么?"庄暖晨和程少浅惊讶的声音一并扬起,引得周围几桌客人回头。

"嘘。"吉娜将手指放在唇上,"小声点。"

庄暖晨见程少浅一脸铁青,想了想:"要不你住我的新房呢,钥匙给你。"

"不要,程少浅是个爱享受的人,他家一定很舒适。暖晨,你去过他家吗?"

庄暖晨摇头。

吉娜满意地笑了笑,紧紧搂住程少浅的脖子:"还有别的女人去过你家吗?"

程少浅不理。

"我猜就没有。"吉娜显得很高兴,"我就知道你对我念念不忘。"

庄暖晨还是头一次见程少浅被逼到无奈的模样。

程少浅咬牙:"我不会让你住进我家,别做梦了。"

"你舍得让我流浪街头吗?"

"可笑,你个千金小姐还能流浪街头?"

"千金小姐也要赚钱养自己的,这年头赚钱多不容易,出去住店不得花钱啊?程少浅,我哪有你家境殷实——"

"你的话还真多。"程少浅皱眉打断她的话。

一边的庄暖晨听得清亮,家境殷实?难怪程少浅出手一向大方。

吉娜撇嘴:"我跟着你至少不用找代驾了。"

程少浅叹了口气:"住我那可以,两个条件。第一,不准住超过一周的时间;第二,家务活全包。"

"放心放心,只要我住你那的话,我保准给你伺候得舒舒服服的。"

周六,庄暖晨睡了个饱觉,睁眼近大中午了。

床头留有字条,是江漠远的。他很早就出门了,说是白天去趟外地,晚上回京后也有应酬,不要等他吃饭。庄暖晨看完将字条放到一边,伸了个懒腰,谁稀罕等他吃饭?

简单吃了点东西,她去了新房子。下了车春风拂面,不远处是一树的梅花开得甚好,再放眼远处是葱绿草坪,有老人带着孩子玩耍。

小区属于塔楼,一侧三户,另一侧六户。她买的位置不错,三户这边的,朝阳。三户之间相隔的位置恰好,不会太近也不会太远。

庄暖晨出电梯一拐进来便看到邻门有一老太太站在那儿,手里拎的东西挺多，水果散了一地，想弯身去捡又不大方便。见状她快步上前，帮忙把水果捡起来。

老太太一脸慈爱，连连感谢，又问："你也住这儿？"

"就在隔壁。"

老太太点头，掏出钥匙开了门。庄暖晨也道了别，进了房间。

开门便是大片温暖的阳光，是春天的味道。窗外正对小区花园，满眼的浅绿。家具爸妈选的，每一样都是她喜欢的东西。

她摸着房间里的每一处，恨不得摸到每一砖每一瓦，这种感觉微妙极了。将窗帘大开，让阳光充分照射进来，简单收拾了一下房间，正要休息，有人敲门。

是刚刚那位奶奶，来送水果。庄暖晨见状赶忙招呼进屋："让您破费真不好意思。"

"哪里，要不是你帮忙，我现在还进不了家门呢。"老太太穿得讲究，头发梳得整齐，一看就是很有家教涵养。

庄暖晨将水果切好后放到她面前："我刚刚来看房，家里什么都没有准备。您是一个人住？"

老太太点头："这房子啊，也是我刚买下没多久的，原来的业主走了，我正好接手。"

"那您的家人呢？"

"他们啊，都在国外呢。"老太太笑呵呵。

"您就一人在国内？"庄暖晨大吃一惊。

老太太笑得慈祥："在国内我还有个孙子，他没事的话也可以陪陪我。"

"您应该搬过去跟您孙子一起住，这样还有人照顾您。"

"小姑娘，别看我这把年龄，身体可是壮实得很。再说，我那个孙子平时工作忙得要命，我一看他头就大，还不如自己住这儿讨个方便清净呢。"

"要是我住这儿的话就好了，可以照顾您一下。"庄暖晨自小就没有姥姥奶奶，眼前这个老太太面慈心善，她觉得很亲切。

老太太笑着将她手拉过来："那你就当我是你奶奶好了，平时回不来没关系，回来的时候记得看看我就行。你叫什么名字？"

"庄暖晨。"

老太太点头："我姓袁。"

"袁奶奶。"

"傻丫头，叫我奶奶就更好听了。"

庄暖晨轻笑。

袁奶奶看着她，满眼喜爱："结婚了吧？"

她轻轻点头。

"你这么可人，你丈夫应该挺疼你的。"

江漠远的样子闪过脑海，庄暖晨清淡笑了笑："算是吧。"

"怎么这么说？他对你不好吗？"

"挺好的，就是，总觉得看不透他的心思。"

袁奶奶了悟："他是你老公，要走一辈子的，一辈子还不够你了解一个男人吗？人啊，最怕就是日久天长相处，那样啊什么秘密都没了。"

庄暖晨想了想："可是，如果这个人做任何事都是有目的性呢？"

袁奶奶想了半晌："那要看对方的本性如何，看一个人还是要看心呐。"

庄暖晨若有所思。

昼开始长了。

天刚刚黑，庄暖晨就吃完了晚餐，这一天难得的休闲，看看电视，吃吃零食就这样晃到了十点。庭院没有车灯闪过，江漠远还没回来。

抱着电脑窝在沙发上，边听新闻边处理邮件，与爸妈视频了一会儿，庄妈嗓音得意扬扬："暖晨啊，现在你姑妈可不敢小瞧你了，我和你爸上次在她家住的时候那态度转变得比川剧变脸还快。"

她浅笑没接话，江漠远后来撤资酒店，颜明拿回酒店运营权，态度肯定不一样。

"下次你去也不用大包小包的，这几年你送的东西也不少了。"庄妈有点记仇。

庄暖晨笑道："怎么有种翻身农奴把歌唱的感觉呢？"

"死孩子。"庄妈见庄爸过来了便转了话题，"漠远呢？大周六的你们也没出去玩玩？"

"他有应酬。"

"大周六的还不让人闲着啊。"庄妈无奈，"你们什么时候度蜜月去？"

"哪有时间度蜜月？"

"傻丫头，度蜜月然后再怀个蜜月宝宝，女人这一生也就齐活了。"

庄暖晨嘟嘴："女人就不能有事业了？"

"经营好老公就是你的事业。"庄妈说。

庄暖晨叹了口气。

庄爸在旁呵呵乐："女儿喜欢做什么就做什么，瞧你操心的。"

"对，就你做白脸，我做红脸。"

"那你就换个色儿，做绿脸。"

"越老越不正经。"

近十一点，她刚准备冲澡，江漠远打了电话过来。半天没说话，只有略显粗重的喘气声。

庄暖晨皱眉："你喝醉了？"

江漠远低笑，有别于平时的温润沉稳。

"你在外地还是在北京？"

"在北京。"

庄暖晨刚要开口，江漠远道："来接我吧。"

"你在哪儿？"

"建国门这边，我把地址发你。"

庄暖晨抬眼看了下时间，拿起外套："行。"

从别墅到建国门没有太长的距离，晚上长安街一路畅通，所以没多久庄暖晨就到了，车刚停好就看到一群人从饭店门口出来。

周年架着江漠远，身后那群人喝得也走路没脚似的，门童纷纷跑出来帮着开车门。庄暖晨诧异，这是些什么人啊，怎么都喝得那么多？

刚要上前，一个熟悉的女人身影黏黏糊糊地滑进了庄暖晨的视线，她下意识皱眉，竟是凌菲。

她喝得不算太多，一步三摇走到江漠远跟前轻轻搂住他，这边的庄暖晨轻而易举就能听到她小鸟依人的嗲音："江总，您喝多了，让我送您回去吧。"

江漠远皱着眉，看得出很难受，一旁的周年不知说了句什么，凌菲咯咯直笑："今天能与江总认识，是我的荣幸，我高兴还来不及呢。"

身后有人递了瓶水上前，周年刚要接，凌菲大献殷勤："我来我来。"拿过水打开，主动喂给江漠远喝。

江漠远喝了几口将她推开，跟跟跄跄往前走。

"江总。"凌菲赶忙上前搀扶住他，娇滴滴，"要不今晚您去我那吧。"声音不大，却顺着风飘进庄暖晨的耳里。

她上前挡在了两人面前，凌菲被突然上前的人影吓了一跳，刚要冷喝，见到庄暖晨后愣了一下。

"暖暖？"江漠远看清楚她的样子，醉眼含笑。

周年追上前，见到庄暖晨后打招呼："夫人。"

"夫人？"凌菲惊叫一声。

"这位就是江太太，江总的夫人。"周年面无表情说了句。

凌菲面色陡然变得难看。

庄暖晨笑了笑，抬头看着江漠远："你怎么喝得这么醉？"早知道他的应酬里面有这个小妖精打死也不来接。

"对不起，老婆。"

庄暖晨问了句："凌小姐，方便将我丈夫交给我吗？"

凌菲尴尬，下意识松手，庄暖晨顺势"接"过江漠远，男人高大的身子差点将她压垮。周年轻声道："实在不好意思，我有急事要办，否则就能送江总回家了。"

"没事，你忙你的。"

两人合力将江漠远带到车上，凌菲站在原地，一脸的不快，最后一跺脚钻进了自己的车里，其他人纷纷上前道别，个个都脸红脖子粗。

庄暖晨看着车后座的男人，一身酒气，她还是头一次见他喝得这么醉："你要不要再喝点水？"

江漠远整个人倚靠在车后座上，人高马大的倒是显得车里拥挤了。

"你可千万别吐我车上。"庄暖晨担忧地说了句。

江漠远开门下了车，她以为他赌气走了，紧跟着副驾的门一开，他伴着酒气挤了进来。

"谁让你坐前面的？"

江漠远压过来搂住她："离老婆近点。"

庄暖晨使劲将他推到一边，真是除了酒气还有香水味，跟凌菲身上的毫无二致。

江漠远侧头看着她，眼底有笑，庄暖晨懒得再搭理他，猛地踩了脚油门。该死，一个凌菲就给他兴奋成这个样。

她架着江漠远，艰难开了房门，他嘴里不知道嘀咕些什么。她越想越来气，拉着他到了室内游泳池，二话没说将他踹进水里。

西装革履的男人掉了进去，溅起大片水花。

许是江先生从小长到现在都没吃过这亏，庄暖晨站在游泳池岸阶看着在水里突然被激醒的男人暗暗想。他好不容易抓住扶手，醉眼变为惊愕。

庄暖晨站在泳池旁，居高临下的滋味还真不赖，难怪江漠远总喜欢用这种视线来看人。

江漠远清醒了大半，眸光还显凌乱，他盯着她，突然大手一伸，冲着她抓过来，她反应很快猛地闪身方才躲过他的"狼爪"。

"酒醒了没有？醒了之后就自己上来。"明天就将这一池子的水全部换新的，一想到他带着其他女人的香水味闯进了家就恶心。

江漠远狠咬牙："庄暖晨，是不是我给你宠上天了？"

"你这是清醒呢还是说醉话呢？"庄暖晨不急着离开，跟他打趣，"据某人说应酬之中从来不会喝醉。怎么，这句话还没凉透呢这就醉得不省人事了？我看人家周年也没怎么样。"

江漠远用力甩了下头发，水珠四溅，挂了庄暖晨一身。

她皱眉，赶忙站起。江漠远终于上来了，全身湿答答的，她见他步伐踉跄冲着这边过来，脚底抹油赶忙开溜。

十二点一过，庄暖晨窝在床上合着眼，江漠远没进卧室，许是去了浴室。她跑了一天又累又困，很快就迷迷糊糊。隐约有男人上前，还有酒气。她的双眼像是黏了胶水睁不开，却被突然从天而降的冷水彻头彻尾浇个透亮。她蓦然惊醒，惊骇，自己连同床榻、被褥全被水浇湿。

站在床边的江漠远似笑非笑看着她，脚旁放着只木桶。

她由愕然转为愤怒："江漠远，你耍什么酒疯？床都湿了今晚怎么睡？"

江漠远醉眼闪过坏意："那就不睡了。"紧跟着顾长身子压下来，与她双双滚在湿透的床上。

庄暖晨又气又急，拼命推搡他，可他纹丝不动，脸颊埋进她的湿发里，炙热气息钻进她的耳朵。

"下次还敢不敢把你老公扔泳池里了？"他发了狠，大手卡在她的腰上用力。

庄暖晨皱眉："你现在算是酒醒了还是醉着呢？"

"振夫纲的时候可以醒着。"说完低头埋进她的颈里，少了温柔，多了醉酒后的狂野。

他新生的胡茬弄痛了她，刮得一片通红。

"我不想跟你疯，放开我。"

他腾出只手将她两只手腕反剪于头顶："老实点。"

"江漠远，你弄疼我了！"她惊叫。

"总比你不痛不痒的好。"男人突然张口咬住她的肩头。

痛顺着肩头蔓延全身，她惊骇，他是有暴力倾向吗？

"凌菲……"他压着她，薄唇轻贴。

庄暖晨怔了，很快心生刺痛，继而又是炸开的愤怒、屈辱，他把她当成是凌菲吗？

"江漠远，你欺人太——"

"虽然挺漂亮的，但不是我喜欢的类型。"他意外补全了话，语气有揶揄。

庄暖晨愕然回头，对上他那双笑谑的黑眸。

"吃醋了？"

她才意识到自己被耍，反手要来打他，男人却扳过她的脸，轻声道："我爱的是你。"

翌日家具店里，店主都亲自来帮忙："江先生是要搬新居吗？"

江漠远是这家店的老主顾，别墅上下从装修到家具添置都是周年一手操办，家具就选在这家。之前庄暖晨从这家店经过，里面的奢华令她望而却步，今天倒是托了江漠远的"福"，堂而皇之地在这里尽享服务。

"不是。"江漠远放下杂志，淡淡道："只是打算换新床垫。"

庄暖晨白了他一眼，多大的人了还这么作。偷偷看了一眼成品价格，败家老爷们。

"我看了一下记录，新换没多久呢。"店主十分客气。

"床垫不能用了。"江漠远甩出了这么一句。

店主一愣，店员们也面面相觑，最开始大家以为是质量问题，后来就明白过来了，神情显得暧昧。

庄暖晨也是后知后觉，这话太多遐想空间了，脸一下红了。

一切忙完之后，庄暖晨饿得肚子咕咕直叫，趴在车上半死不活，最后决定去香格里拉酒店吃最喜欢的蛋糕。

"先想正餐。"

"我就喜欢吃自助餐。"她阴阳怪气，"是不是没人在旁边服侍，你这位大少爷就吃得不爽啊？"

江漠远知道她还在为昨晚上的事生气，轻敲了一下她的脑袋："没良心的丫头，我是想让你吃得舒服些。"

"我是打算吃蛋糕吃个够本儿，把我那份吃回来。"

江漠远无奈点头："坐好，安全带系上。"

"你开车？"

江漠远坐上了驾驶位，难受地挺了挺身子："让你开车还不定猴年马月能到。"今天两人出来开的是庄暖晨的车，比他的车小，挺别扭。

"不是有导航嘛。"哪有这么损人的？

"导航对你有用吗？"江漠远发动了车子，倒了车，"上次是谁卡在三环上下不来了？"

他其实很反对庄暖晨开车，连她学车他都反对。庄暖晨是开着车跟着导航都能迷路的主儿，让她分个东南西北都要费半天工夫。就拿上次她卡在三环路上来说，进三环入口倒是撒丫子跑得挺欢，想下来却找不到出口了。

他是一路搭着计程车在整条三环上找她，找到她的时候，人家姑娘已经在三环上整整绕了两个多小时，他在众多愤怒的汽笛声中将她拎到了副驾驶位，把她从三环上营救下来。

庄暖晨有很好的解释："不是我下不来，是三环堵得太厉害了。"

江漠远笑了笑，开着车驶向海淀。过了半晌庄暖晨状似漫不经心问了句："那个凌菲，你觉得她挺漂亮的？"

江漠远拐了个弯，顺势看了她一眼："还介意昨晚那句话呢？"

"你昨晚上到底醉没醉？"

"我真醉了。"江漠远如实以告。

庄暖晨挑眉："就因为凌菲？你肯定是看她漂亮，架不住三番两次劝酒就喝了。我三番两次邀请凌菲都没果，早知道你俩一拍即合，我找你就好了。"

"把你老公当成什么了？"

庄暖晨不搭理他。

江漠远轻叹："周年昨晚有事不能喝酒，我总不能滴酒不沾吧？还有那个凌菲，说实话长什么样子我真没仔细看。"

"没仔细看都觉得她漂亮了，如果仔细看还能怎样？"庄暖晨不依不饶。

"我说你就信？"江漠远唇角扬起笑谑，"昨晚是想逗逗你，不这么说，怎么知道你在吃醋？"

"你别自以为是了。"

"好好好，是我错了，你要气不过，今晚上再把我踹泳池里还不行吗？"江漠远伸过手用力搂了她一下。

"你看着点路。"她推开他的胳膊，引得他笑了起来。

庄暖晨便不再跟他争执了，目光扫过他含笑的侧脸，心口突突直跳。是嫉妒吗？心底凄凉，她还是在意的。

这个时间吃自助餐的人不多，江漠远看着她一盘盘往餐桌上端，光是甜点就拿了数十种，轻笑："你也不用只吃蛋糕吧？"

"谁说的？我还要吃龙虾。"她看见美食就很开心了。

刚要起身，江漠远摁住她："我去给你拿，不是肚子饿了吗，先吃

135

着。"

她转头看着他,餐厅的灯光映在他的背影上,伟岸笔挺的。他手端餐盘,耐心挑着食物,侧脸陷入光影里,更是深邃。

不远处的男人突然转头看向这边,与她的目光不期相撞,她条件反射转头,又觉得反应过了,压了压心头慌才转过头。

站在食物区的他唇畔带笑,指了指餐盘的食物,她点头,江漠远又去拿别的了。

再回来时选的不多,但营养全面。庄暖晨最爱吃澳洲龙虾,一看见红彤彤的龙虾就挪不开步了,两眼放光。

江漠远用热毛巾擦过手后为她分龙虾:"还是建议你先吃点热食。"他拿了柠檬轻轻一挤,柠檬汁均匀撒在龙虾肉上。

"放心,来这种地方我一般都不会亏待自己。"

江漠远唇角噙笑,像在宠着个孩子。正渐入佳境,不远处蓦地扬起一道嗲音,惊喜又撒娇:"江总?您怎么在这儿?"

庄暖晨差点呛到,顺势看过去,愕然,凌菲怎么来了?

她一步三摇冲着这边来,庄暖晨失去了胃口,江漠远依旧给她分着龙虾肉,压低嗓音说了句:"一会儿尽量帮我挡着点。"

她先是一愣而后反应过来,心里的不悦倏然消失,看来他是讨厌她的。

凌菲走上前,身后跟着经纪人,她不及凌菲热情,甚至阴郁,显然是知道了庄暖晨跟江漠远的关系。

"江总,没想到在这儿碰上您。"凌菲压根就没把庄暖晨当回事儿。

江漠远点头当作打招呼,凌菲非但没觉得尴尬,反而更热情:"方便一起坐吗?"

他看了庄暖晨一眼,庄暖晨明白他的意思:"凌小姐——"

"正巧,我跟暖晨谈谈美亚活动的事。"凌菲打断她的话。

这边经纪人开口,强装出的热情:"是啊庄小姐,我们回去又仔细看了看美亚的合同,对方开出的条件很好,我们也有意要合作。"

白送上来的生意没有不做的道理,庄暖晨犹豫了下:"那……请坐吧。"

餐桌对面,江漠远看向她的目光转为无奈,她却想笑,忍住了。凌菲喜出望外,刚要在江漠远身边落座,他便起身淡淡说了句:"你们坐,我再去拿点东西。"

凌菲有点失望,但还是跟经纪人一同坐在庄暖晨对面。

"凌小姐怎么在这儿吃东西?"

凌菲只顾着看江漠远了，一时间没听到她的问话，经纪人帮忙回答："她这两天拍外景，住这家酒店。"

庄暖晨点头。

没一会儿江漠远端着两盘东西回来，凌菲赶忙叮嘱了经纪人："你再拖把椅子，让江总坐我旁边。"

江漠远马上阻止："不用。"将餐盘往桌上一放，坐在庄暖晨身边。

庄暖晨心生暖意，却发现问题又来了，对面坐着正好让凌菲看个真切，她能明显看出那双眼如狼似虎。

不想江漠远拿过手包，语气充满歉意："不好意思，你们先吃着，我有点事处理。"说完别具深意地看了庄暖晨一眼。

"哎，江总——"凌菲急了，起身要去追。

"凌小姐。"庄暖晨及时拉住她，"如果你找漠远有事的话，可以跟我说。"

凌菲闷闷不乐，神情变化太明显，连经纪人都觉得尴尬。包里的手机振动了一下，庄暖晨掏出看了一眼，是江漠远发来的短讯：我在车上等你。

将手机放回包里，庄暖晨更加有底气："凌小姐？"

凌菲这才将注意力放在庄暖晨身上："江总每天都这么忙吗？连顿饭都没时间好好吃，还是在躲着我呢？"

"漠远他真的忙，平时应酬多，周末应酬也不少。"

凌菲眼尖地看到了庄暖晨无名指上的婚戒，嫉妒成了酸水拼命往上涌，但还是口是心非道："暖晨啊，之前有得罪过你的地方还请你别介意。"

凌菲说了软话，言不由衷，又有点刻意讨好接近。庄暖晨心里清楚，微微一笑："哪里，活动撞车，凌小姐多加考虑也是对的。"

"我跟你一见如故，又聊得投机，怎么可能去出席其他活动？"

"真的？"庄暖晨借机顺杆爬，表现出极大的惊喜来，"那咱们就定下了，合同周一咱们就签订了吧。"

"没问题。"凌菲答应得痛快，经纪人也连连点头。

庄暖晨这才放下半颗心，等合同一签，整颗心再放下也不迟。

"我们就长期合作吧，其实不仅仅是美亚，如果标维有活动需要明星出席的话，我也可以过去帮忙。"凌菲拉住庄暖晨的手，言语绵软。

庄暖晨轻轻点头，心里冷笑：想得倒美。

周一，凌菲跟美亚正式签了合同，美亚中国区负责人终于睡个好觉，也顺便地，德玛传播在与奥斯公关的竞争中多了一个筹码。

品牌运营部和活动部开始加班加点，庄暖晨带着整个部门全都投身于二十五号的活动中，活动方案一遍遍完善，场地每天都有人去盯。品牌部则快马加鞭地铺开媒体和产品宣传，为这场即将到来的活动保驾护航。媒介部这次也很给力，联系到的媒体全是圈中大鳄，足以支撑这场活动的浩大声势。

这段时间江漠远忙，庄暖晨比他还忙，有的时候回来得比他还晚。整组人都很紧张，唯独夏旎，多少次庄暖晨想找她好好谈谈，但她都兴致缺缺。

这天趁着下午空闲，庄暖晨去了趟朝阳区的一家医院。取了药，正往包里装，身后有人叫住她："暖晨？"

她回头，孟啸。

医院咖啡厅，咖啡不太好喝，但柳橙汁不错。

孟啸付了款将其中一杯递给她，好奇问："你怎么来这家医院了？哪不舒服？"

"哦没事，过来看个朋友。"随便搪塞了个理由，庄暖晨拿过柳橙汁，转问，"你怎么在这儿？"

"跟你一样，来看个朋友，他跟我同科室，是以前的学长。"孟啸解释了句，又不甘心问，"你是真来看朋友还是身体不舒服？真有哪不舒服的话告诉我，我带你回医院做个详细检查。"

"我真的是看朋友。"

"可我刚刚看到你拿了一瓶药……"

"是维生素，这段时间太忙，吃点维生素提高身体免疫力。"

孟啸点头。

见他不再过问了，她这才松了口气，不想他又突然来了句："漠远知道吗？"

"什么他知道吗？"

"你来医院的事。"

庄暖晨张了张嘴巴："这点小事就不用告诉他了，我是真的来看朋友顺便才开的药。"

孟啸笑："他是个占有欲十分强的人，哪怕是小事你都要告诉他，你主动说出来和被他查出来是两个概念。"

"不至于吧？今天这种事都没芝麻大。"

"打个比方。"孟啸轻笑，"幸亏顾墨不住在这家医院。"

一提到顾墨她眼神转暗："他现在怎么样？"

"听主治大夫说性子很倔，不过正在恢复。"孟啸无奈，"他还是成功了，这么一跳让你内疚一辈子。"

她看着杯里的柳橙汁发愣，孟啸也不再说话，慢慢喝着饮料。

"孟啸，有时间的话……"

孟啸半天不见她说完剩下的话，想了想："你放心，只要我有时间我会去看顾墨。"

"不是顾墨。"庄暖晨与他对视，"有时间的话你跟夏旅好好谈谈吧。"

顾墨身边有许暮佳，也许时间一长彼此的痛就变浅了，她不敢亲自去看，更不敢听到有关他的情况。顾墨即使成为过去，她也在逃避，也许她真正逃避的只是那段他和她彼此背叛的岁月。

孟啸愣了。

"我不知道你和夏旅究竟发生过什么事，不过看得出她很在乎你。"

"在乎我？"

他语气讥讽虽轻，但庄暖晨听得出来，一时间不知道接下来的话该怎样说。

孟啸低头看着杯中饮料，良久后才淡淡说："在她眼里，钱比我重要。"

"啊？"

他抬头，看着她的眼多了寂寥："可是为什么？她不是喜欢钱吗？我可以给她钱，她想要多少我都给她，我自认为能养得起她，为什么她还拒绝我？"

老天，他们都已经进展到这种地步了？

"孟啸，我和夏旅这么多年的朋友了，我很了解她，我觉得她说爱钱只是搪塞你的借口。"

"搪塞我？"孟啸苦笑。

"或许是因为太喜欢了，太爱了。也许夏旅认为她配不上你，所以就算爱上了也不敢去承认。"

"有什么配得上配不上的？"孟啸陡然提高声调。

"她是被感情伤怕了。"庄暖晨由衷道，"你不能怨夏旅想得多，她不过是个普通女孩子，你呢，条件优渥，身边花蝴蝶不断，她怕再受到伤害，又或者没信心能够赢得你全部的喜爱。"

孟啸呼吸急促，良久后喏嚅："这么说她真是……"像在自言自语。

"对她耐心一点，她性子倔，却是典型的刀子嘴豆腐心。"

转眼到了月底，二十五号活动将至。

庄暖晨亲自到会场盯工作，那边，所有活动执行忙个不停，搭建场地，准备灯光。高莹打完电话后走上前，做累死状钩住庄暖晨的脖子。庄暖晨笑了："真的被凌菲剥了一层皮了？"

"还用说吗？她就是矫情，要不是看在她已经跟美亚签约的份儿上我早就破口大骂了！敢情当自己是林黛玉呢，来个会场还得夹道欢迎是怎么着？真烦！"高莹喋喋不休，"这是年代好了明星大翻身，搁以前不就是个戏子嘛，谁待见啊？"

"怎么不瞧瞧你腰包里鼓起来了呢？"庄暖晨一句中的。

高莹眉飞色舞了："对啊，这笔单做下来我的奖金又有着落了。"

"所以有得有失，我们注定为五斗米折腰的人就不要抱怨衣食父母了。"庄暖晨安慰，"明天活动一结束，你跟凌菲也不可能再见面了。"

高莹这种不算什么，要论闹心的话当属她。也不知道凌菲从哪儿要的江漠远的名片，一天到晚电话打个不停，江漠远后来干脆就不接电话。这也是凌菲对庄暖晨态度冷淡的原因，不过已经签约了，她只能硬着头皮出席活动。

夏旅带人来会场帮忙，高莹打个哈哈便去忙了。

"明天我就不来现场了。"夏旅说道。

庄暖晨点头："行，反正该忙的都忙了。"又问，"你没事吧？"

夏旅摇头："明天我想休息一天，太累了。"

"嗯，这段时间你也的确挺累的，那明天就别来了，在家好好休息。"

夏旅抬眼看她，欲言又止，庄暖晨奇怪："怎么了？"

"没什么。"夏旅舔了舔唇，"只是想提醒你明天别太累了。"

庄暖晨笑："这种关心的话从你嘴里说出来怎么怪怪的？你一向刀子嘴。"

"你这人不是更怪吗？我关心你一下怎么了？还不能关心了？"

"当然能了。"庄暖晨拉住她叹了口气，"我想了一下，等活动结束后咱俩去看艾念吧，她上次在电话里说宝宝的小胳膊小腿儿长得可好了，高兴得不得了。"

夏旅怔了怔："好啊，我也有段时间没跟她聊天了，怪想的。"

庄暖晨笑靥如花，有员工叫夏旅。"我先去那边忙了。"夏旅说了句离开。

庄暖晨转身掏出手机，拨了过去："孟啸，别说我不帮你啊，明天夏旅休假在家，你知道怎么做了。"

国际机场。

咖啡室，江漠远坐在沙发上，黑咖啡凉透了。周年走进来。"江先生，本到了。"

江漠远将杯子放在桌上："走吧。"

闸口，出来的人不多。

显眼的是四位身穿西装的高大男人，拥着一位六十多岁的老人，身后还跟着位打扮时尚的女人，戴着墨镜。

这老人有鹰般高挺的鼻，头发花白，从五官轮廓上看此人年轻的时候倒是挺好看。顶多一米七的个头，腰板挺得直直的，精神矍铄。

周年率先迎了上前："本，江先生亲自来接您了。"

本笑容满面，快步上前，四个保镖紧跟其后。江漠远没过多热情，直到本上前，他才朝前走了两步："长途跋涉辛苦了，已经为您备了洗尘宴。"

"没想到你能来接我。"本眼底含笑，打量着他，伸手拍了拍，"不错不错，标维亚洲区的业绩这么好，都是你的功劳。"

江漠远笑而不语。周年上前："本、江先生，车子来了，我们走吧。"

"本，请。"江漠远伸了下手。

本一把拉住他，笑呵呵："先不急，我带了个人回来，你的故人。"

"我的故人？"江漠远奇怪。

本转身朝身后轻声说了句："不是一直很想见他吗？"

一直站在保镖身后的女人上前，隔着墨镜看着江漠远。女人裙装精致，长发绾起，巴掌大的脸被墨镜遮得差不多，轮廓精致。

江漠远最开始只是随意看了一眼，谁知这一眼就令他蓦地滞愣。

女人摘下墨镜，樱唇轻启："漠远，好久不见了，你还好吗？"

商务车上，沙琳贴着江漠远而坐，虽没像其他女人那么主动热情，但两人的距离也足够近。

整个过程他都没说话，他的车子开在最前面，中间跟着辆保镖车，再到后面是本，最后又是辆保镖车。周年与本同车，所以这辆车上除了司机，就是他和沙琳。

他的脑海里始终回荡着本的话："不用我多介绍了吧？中国区业务这么忙，我特意选了位助理来帮你，沙琳，你的新助理。"

机场通往市区的路堵，走走停停。沙琳转头看着他，男人侧脸极为好看，薄唇微抿，性感的下巴轮廓。

她的眼里泛着多情："这是我第一次来北京，有时间的话带我去转转吧。"

江漠远转过头，目光对视的瞬间，庄暖晨的脸跟她的脸碰撞、交叠。她俩不像，沙琳骨子里就带着傲气的。

"你怎么会跟本在一起？为他做事？"本和南老爷子素来是死对头，她不是不知道。

沙琳轻笑，倾向他："我以为你第一句话问的应该是：'你不是死了吗？'"

"当年你是当着我的面割腕的。"江漠远语气沉重。

当时她在浴缸里，整个浴缸都染红了，那场噩梦一直扰了他多年。

"你没死，南老爷子当年是做了场戏？"

"你聪明归聪明，只可惜不会揣透一个父亲的心理。"沙琳淡笑着，"当年我自杀被你送到医院，抢救回来后南老爷子不想悲剧重演，就对外宣布死讯。瞻仰遗容的时候找了个替身，火化你是远远地看着吧，如果离近就能知道那是个假人。"

她伸手，露出一截藕般白皙的手腕，赫然一道疤。

江漠远眉心蹙了一下。

沙琳的嗓音柔软："我知道，你没有忘了我对不对。"

江漠远恢复了一贯的神情。

"这么说，程少浅也知道你没死？还有南优璇。"

"不，只有南老爷子知道。"她苦笑，"我醒来的时候媒体已经刊登了我的死讯。我气不过想去找你，但被南老爷子一巴掌给打醒了。"

从她懂事起，她就没叫过南老爷子爸，能理直气壮叫他爸的人就只有南优璇而不是她和程少浅。

"也是在我醒来的那天才知道，漠深死了。"沙琳痛苦皱眉，"南老爷子告诉我，江家已经恨我到了骨子里，再出现只能让彼此更痛苦，所以这几年我一直待在国外的小镇。"

江漠远暗吸了一口气才强行压下心头的痛。他的弟弟江漠深，听说沙琳自杀飞车赶往医院，谁料车子撞断了护栏冲进了大海。

是他亲自抱着漠深的尸体回到江家，从那天起，他父母就不再原谅他，也是从那天起他跟父母发誓，以后会接受商业联姻来保障江家利益，在个人感情上绝不会再肆意妄为，若违背誓言，愿意接受任何惩罚，因为就是他将沙琳介绍给漠深的。

沙琳的眼沉痛哀怨："我听说，漠深真正的死因是自杀。"

"漠深在刚上大学的时候就拿到了潜水资格证，所有人都认为他是被困在车里憋死的,后来法医鉴定,他是用军刀扎进心脏自杀。"

"你恨我吧。"沙琳痛苦道。

"我恨我自己。"

沙琳抬头盯着他:"其实我也恨你,你知道吧?"

"我知道。"

"自杀前我就对你说过,我恨你,做鬼也不会放过你。"沙琳微微提高声调,一把拉住他的手,"为什么要撮合我跟你弟弟?我是你未婚妻,你为了兄弟连心爱的女人都可以让?"

"漠深爱你很久了。"江漠远皱紧眉头。

漠远与沙琳是在朋友聚会上认识的,的确是经过朋友介绍两人在一起了,而在订婚这件事情上想得简单,与其之后被父母安排联姻,倒不如找个自己喜欢的。

而当时江家父母对于联姻这件事并非执拗,因此也没干预江漠远的决定。

那时候沙琳在国外上大学,漠深也在国外就读,他并不知道沙琳已和江漠远订了婚约,而沙琳也不知晓他是江家小儿子。

沙琳的大胆前卫性格很快赢得了漠深的喜爱,江漠远也是后来才知道,原来漠深在电话里说暗恋上的女孩子就是沙琳。

漠深是他最疼爱的弟弟,他将沙琳隆重介绍给漠深,也希望他们能够有进一步的发展。沙琳知道他的真正意图后发了疯,甚至割腕自尽。从那天起流言四起,被津津乐道的版本是:江漠远的未婚妻爱上了未来的小叔子,两人在通奸的时候被江漠远抓了个正着,江漠远一怒之下先杀了未婚妻而后逼死了同胞弟弟。

"我以为这一辈子就这样了,但我听到你结婚的消息。"沙琳捂着胸口,"漠远,你娶的人应该是我啊,她跟我长得那么像,你一直在当她是替身,我的替身。"

江漠远眉头皱得更紧,淡声警告:"不准去骚扰她。"

气氛起了异样。

沙琳闻言绷直了身子,满眼不可思议:"你说什么?以前你不会用这种口吻跟我说话的。"

江家的两个儿子,江漠远和江漠深,谁都知道他们的优秀,他们也一度成为江家二老最得意的话题。

长子江漠远温润沉稳,颇有绅士之风,次子江漠深亲和聪颖,也大有虎父无犬子的魄力,两人的英俊长相也引得名门的女儿儿纷纷喜爱。江家两兄弟家教甚严，不像其他纨绔子弟以女人为乐。沙琳看中的就是江漠远的稳重成熟、温文尔雅，他也的确对她体贴有加，像今天这般冷言相向还是头一次。

江漠远转头："这是命令。"

沙琳愣住。

"你爸跟本是死对头，所以趁早打消来标维工作的念头。"

沙琳盯着他皱眉，强调："我不是冲着标维来的，这次无论如何我都不会再跟你分开。"

"我已经结婚了。"

"她配不上你。"

江漠远盯着她的眼转了暗黑："她是我明媒正娶的妻子，所以沙琳，收回你的任性。"

沙琳"死"后，最痛苦的不是南家而是程少浅，他近乎发了疯。也是在那天江漠远才知道，原来在南老爷子认回沙琳之前，沙琳与程少浅谈过恋爱。程少浅视她为掌中宝贝，直到他清楚真相那一天。

原来沙琳接近他就是为了气南老爷子，她成功了，南老爷子气得进了医院。程少浅将自己关在房间里足足一个月，天天以酒为伴。沙琳则拍拍屁股跑去旅行了。

这就是沙琳，自私又任性，但她的热情足以融化男人，她有令男人神魂颠倒的本事，程少浅、漠深以及他。

他是喜欢沙琳的，喜欢她的热情、她迷人的笑，也正因为如此，当他知道她曾经做过的那些事情时才痛心。加上漠深的死足够令他有负罪感，从离家开始他就过上了醉生梦死的日子。

那段日子不堪回首，近乎每天以酒为伴。他像是一头从闸里跑出来的野兽，夜夜笙歌，将对沙琳的痛心来惩罚自己。

直到孟啸一个冷拳头将他打醒，平时桀骜不驯的好友，生平头一次对他动了怒，他当时也红了眼，抡起拳头差点将孟啸打个半死。两人打到彼此都鼻青脸肿的时候，起身，胳膊搭着肩膀到楼下饭店吃饭。

从那天起，江漠远才算是真正活过来，也是从那天起，孟啸也得出个结论：江漠远这人惹不得，你打他一拳他能打你十拳。

沙琳冷笑："你根本就不爱她，在你心里就只有我。"说完趴靠在他身上，"我们彼此恨着，这样也好，代表我和你谁都没忘了谁。"

江漠远不动声色推开她："我爱她。"

"什么？"

江漠远像是石雕般一动不动："我爱她，否则就不会娶她。"

"就算你爱她，也只是爱她的那张脸。"沙琳急了。

江漠远转身，修长手指倏然箍住她的下巴："我雇庄暖晨做陪同，知道为什么一年多我都没碰她吗？"

沙琳皱紧眉头盯着他。

"过去的一年多，我每次看到庄暖晨都能想到你，那张脸像极了你。"他微微眯眼，"可是有一天我看见了她没化妆的样子，我才知道她跟你不同，很不同。她没你漂亮，也没你热情，骨子里很倔强，但我会心疼她，也想去保护她，能给我这种感觉的人是庄暖晨，不是她的脸。"

沙琳哭了，默默地，江漠远眉头皱了皱，下意识松开了手。

"你一定要这么伤害我吗？她就可以让你去疼去爱，我呢？我就活该为你去死是吗？为了她，你冷冰冰地跟我说话，冷冰冰地命令我，江漠远，她才是小三。"

江漠远揉了揉太阳穴，语气无奈："你跟她不同，任何时候在你身边都会有很多人，所有人都可以容忍你的坏脾气，但暖暖，她只有我。"

他的话深情而又残忍，像是一把利剑插进胸口，痛堪比几年前她割了手腕。良久后她哽咽问："我们俩在一起的时候，你有没有想保护我的念头呢？"

"有。"江漠远如实相告，"但跟她不同。"

沙琳抬眼看着他，死死咬着唇。

"我喜欢你，见不得谁来伤害你，也包括我自己，我不想去破坏那份美好。"江漠远语重心长低叹，"但是面对庄暖晨我做不到。"

他盯着沙琳，一字一句："庄暖晨是我用了卑鄙手段才得到手的，我精心布置好了陷阱等着她主动跳下来，来到我身边，心甘情愿嫁给我。"

沙琳像是看着陌生人似的看着他："你不是这样的人。"高傲如他，还需要使用手段强占一个女人？

"因为我爱她，我不能让她嫁给别人，她是我的女人，嫁的人就应该是我。"江漠远眼神暗了暗。

沙琳死死咬着唇，眼泪又啪嗒啪嗒掉下来，这个样子倒是像了庄暖晨，使得江漠远没由来地心躁："别哭了。"

她倔强地擦了擦眼泪，瘪着嘴没说话。江漠远也不知道怎么劝她，他对她的感觉很复杂，虽然谈不上爱，但也不忍心伤害。

"庄暖晨比我幸福，真的，她还有你，可我什么都没有了。"

沙琳的话像是漾在空气中，无孔不入："漠远，其实我真的很怕，怕你我形同陌路了。"

哐当一声,碗筷摔了一地。许暮佳瞪着病床上的顾墨,想动怒还是忍了:"你多少吃点啊,要不然怎么接受物理治疗?"

这阵子他的伤好得差不多了,但就是不肯接受做物理治疗。

顾墨转头看着窗外,春暖花开了,就算看不见校园里的那片樱白,也似乎能呼吸到空气中清香的气息。

"我要见暖晨。"

许暮佳一愣:"你说什么?"

顾墨重复了一遍:"我要见暖晨。"

许暮佳腾地站起,气急败坏:"你太过分了吧?顾墨,她不会来见你。"

"我不会去做物理治疗,除非暖晨来。"顾墨合上双眼。

许暮佳气得脸色发青。

车子开进车库的时候,周年看了一眼车后座,轻声说了句:"江先生到了。"

沙琳的到来如同一枚不小的炸弹,最起码周年看到了江漠远眉间的为难。沙琳俨然早早就进入了角色,将周年的工作分去了大半,虽强势但做得井井有条,令人挑不出毛病来。

今晚的应酬,沙琳二话没说替江漠远顶酒。周年叹了口气,也幸好是沙琳喝醉了,要是没醉的话说不准开车的人就是她。

倚在车后座上的江漠远睁眼,眉宇疲累,叮嘱了周年开车小心后下了车。

出了电梯进了家门,房间里安静极了。鹅黄色的灯光浅映,衬得夜晚温和。一身疲倦的江漠远心里没由来地温暖,放轻了动作,换了鞋子。

半圆阳台,宽大的吊椅上窝着一团身影,像是只猫儿般慵懒,身上薄毯有大半滑落在地上。幸好夜风很暖,否则定会着凉。

江漠远将公事包放到一边后在吊椅旁蹲下身,凝视着她,眼底温润情深。拾起毯子为她盖上,手机就振动了,睡梦中的庄暖晨惊得抖了一下。

江漠远皱眉,赶忙起身接起电话。

"漠远,到家了吗?"嗓音透着醉意,是沙琳。

江漠远回头,见庄暖晨已经醒了,淡淡说了句:"很晚了,休息吧。"结束通话顺便关机。

庄暖晨伸了个懒腰:"什么时候回来的?"

他上前:"刚回来没多久,吵醒你了。"

她没说什么,打了个哈欠起身:"又是那个凌菲?"

江漠远一愣。

"刚刚的电话。"她抱着毯子走进客厅。

江漠远跟在身后也进了客厅,想了想:"是。"他还不知道怎么跟庄暖晨讲沙琳的事。

"都说明星被狗仔队缠,你倒好,被明星缠。"她笑了笑,脸上没吃醋的嫌疑,又凑到他身边闻了闻,皱眉,"你又喝酒了?"

"是周年身上的酒味。"江漠远破天荒撒了次谎。

"哦。"庄暖晨没再多问,上了楼。

他看着她的背影,半响后才进更衣室。

小睡了会儿竟梦到了大学时期,庄暖晨拿着剪子,边修花盆中的枝杈边淡淡苦笑。她还是梦到了顾墨,也是这个季节,他牵着她的手在大片飞花下散步。

这是多久的事情了?她的记忆竟开始变得模糊,甚至分不清这一幕是曾经发生过的还是只是个梦,是她的内疚吗?可是顾墨不也一样背叛了她?

腰间倏然一紧,隔着衣料她能感受到身后男人壮实的胸膛。

"我的腰要被你捏折了。"她抗议。

"我怎么舍得?"他含笑,俯下脸轻吻她的耳垂。

经过一夜折腾,庄暖晨差点没赶上第二天的活动。匆忙出了门,赶到会场的时候工作人员们都各就各位了。美亚中国区负责人也来到了现场,记者们也进入到媒体席位,各个角度支好了器材。

美亚中国区负责人显得亢奋,这次活动嘉宾如云,来的全都是行业大鳄,自然脸面上增光不少,拉着庄暖晨喋喋不休:"庄总监,行内人都说你们德玛活动运作能力强,今天我来现场一看真是绝了,没想到效果这么好。活动结束后,我就准备跟你们德玛签订常年公关传播合同,庄总监,你一定得负责到底啊。"

庄暖晨尽量用看上去宠辱不惊来掩饰内心的激动,点头:"您放心,为客户负责到底是我们乙方的责任。"

美亚负责人笑得开怀,环视了会场:"凌菲呢?有几位嘉宾想要认识认识她。"

庄暖晨抬腕看了下,淡淡一笑:"应该快到了,明星嘛都爱摆摆架子,时间拖得差不多才入场,现在不定就在房车里补妆呢。"

"好，她可是最重要的一位，剪彩还靠她呢。"美亚负责人笑呵呵说完先去忙了。

庄暖晨脸上的笑容沉了下来，走到工作人员区叫过高莹："凌菲呢？怎么还没到？"

"咱们的人去接了，应该在路上，这个点儿堵车。"

"打电话确认一下。"庄暖晨叮嘱了句。

高莹拨了个号过去，对方接通，两人通了几句话后挂断："说凌菲还在房间里补妆呢。"

"还在补妆？"庄暖晨指了指时间，"活动马上开始了，告诉咱们的人马上接上凌菲出发，在车上补妆。"

高莹再次通了电话，另一边品牌部的人也在帮忙，庄暖晨过去打了个招呼。

为了尽善尽美，庄暖晨煞费苦心，会场的精心设计，从嘉宾入场到活动开始、结束的流程也与众不同，会场音乐是她请了专业的编曲人士来设计的，这也是令美亚赞叹不已的原因。除了凌菲，还请了歌坛明星及名模，除此之外各界名流也不在话下。

高莹急匆匆跑上前："完了完了。"

"出什么事了？"她心头闪过不好预感来。

高莹结巴了："刚才咱们的人打、打电话来说，说他们被骗了，凌菲一大早就、就被接走了。"

"被谁接走了？"

"时间太短我们查不出来，这件事连酒店工作人员都不知道，还是通过一位清洁大婶知道的这件事，清洁大婶说是被一辆黑色房车接走的。"

庄暖晨闪过的第一个念头就是：凌菲被绑架了。但很快念头击碎，光天化日之下怎么可能会被绑架？

"打她经纪人电话。"

高莹马上拨打过去，一愣，"关机。"

庄暖晨努力平复心神："给杂志社打电话，问那边出发了没有。"

高莹虽有质疑但还是照做，问清楚后说："那边早就走了，他们的活动这次在怀柔举办。"

庄暖攥了攥拳头。

"你怀疑是杂志社的人接走了凌菲？"高莹惊愕。

"我们的车在哪儿？"

"还在国贸桥堵着呢。"

像是一盆冷水泼下来，庄暖晨咬了咬牙："你盯着会场，凌菲剪彩环节尽量往后移。"

"啊？"

庄暖晨没时间解释，拎起包就往外走。如果是赶往怀柔的话，这个时间她开车去截说不定还能截到人，谁有那么大手笔开着房车来接人？除了今天做活动的杂志社也没别人了。

刚出大门，高莹追了出来，举着手机气喘吁吁："暖晨，凌菲的电话……"

庄暖晨赶忙接了过来。

"庄总监啊。"那头声音绵软慵懒。

"你在哪儿？"庄暖晨冷静下来，却有种感觉，凌菲早有预谋。

凌菲咯咯笑着："呦，着急了？庄总监，从没见过你这么紧张过我呢。"

"你在哪儿？"庄暖晨冷着嗓音再次重复。

"这个地方啊，我瞧着怎么这么像怀柔呢。"凌菲的语气始终慵懒，"其实我打电话就是想跟你说，别费力气了，我已经来参加杂志社的活动了。"

庄暖晨心头蹿起一股火："你签了合约，违约金可不少。"

"还真有人帮我拿那份违约金呢，我呢，本来就看不惯你，这次又能捉弄你一下，何乐而不为呢？"

庄暖晨咬牙："这么说，接走你的不是杂志社的人？"

"杂志社不是傻子，可不会做出力不讨好的事。"凌菲讥讽，"今儿一大早呢，我也以为来接我的人是你们，谁知道车子开出了市区。杂志社不知道这件事，我来了流程也要重新调整。庄暖晨，跟你说这些是想提醒你，别仗着自己嫁了个好老公就耀武扬威，总有人看不惯你这个样子来惩罚你。不跟你说了，这边活动要开始了，拜。"

庄暖晨恨得牙根痒痒，高莹担忧："凌菲是不是来不了了？"

一股子难解之气在胸腔徘徊，硬是被庄暖晨压下来，转头看着高莹："凌菲是来不了了，我们要——"

"庄总监！"话没说完便被怒气冲冲的嗓音打断。

庄暖晨顺势看过去，无奈低叹，看样子他也知道这件事了。

负责人走上前，又气又急："你不是保证不会出错吗？怎么凌菲还被别人给接走了？刚才她的经纪人打电话来反倒是埋怨了我一通，狠狠告了你们德玛传播一状！说今天早上坐上车后才发现是开往怀柔的！你们是怎么做事的？接个人都能接丢？"

庄暖晨被他吵得一个头两个大，但作为甲方，他有争吵资格。

"现在怎么办？一会儿谁来剪彩？新闻稿又怎么发？所有媒体都知道凌菲今天会来，我怎么向媒体交代？"负责人的话像是连珠炮，丝毫不给对方说话的余地，"我真是信错了人才找到你们德玛！早知道我找奥斯就好了！"

"你怎么能这么说话，发生意外是我们想要见到的吗？"

"高莹。"庄暖晨喝住了她，强压不悦和愤怒，"事到如今我们只能换其他艺人剪彩，从嘉宾里挑出重量级的一位。"

"那媒体呢？"负责人大吼。

"媒体那边交给我们媒介部门的同事来处理。"庄暖晨看向高莹，"马上让品牌部、传播组的同事修改今天统发的新闻稿，在活动结束之前修改最新的稿子出来，提到凌菲字样的全都修改。"

"好，我马上去安排。"

庄暖晨冷静看向负责人："对不起，这次是我们的疏忽，您放心，我们会将损失减到最低，既然我们接了您这张单子，出了事就会负责到底，不会对美亚的品牌形象产生任何负面影响。"

"但愿你们别让我失望，否则我会追究你们的责任！"负责人气呼呼离开。

天一亮夏旅就睡不着了，外出吃了个早点，又到超市买了大包小包慢慢往家走。

小区门口停着辆车，夏旅刚开始没注意，偶尔抬眼扫过颤抖了一下，但很快恢复了平静，脚步不停越过车子走进小区。

"夏旅。"车门打开，身后是孟啸的声音。

她故作听不见，继续往前走。孟啸追上前一把拉住她，力气太大，她手里的东西都给扯掉了，她愣在当场，看着他。

"不好意思。"孟啸赶忙蹲身将散落的东西拾起。

"你怎么在这儿？"

"我、那个，正好路过这儿。"孟啸竟胆怯了。

夏旅哦了一声，接过东西转头走进单元楼，孟啸恨得差点打自己的嘴巴，硬着头皮跟了进去。回到家夏旅正要关房门，电梯开了蹿出孟啸的身影："等等——"

他跑上前，一手撑门上："好吧我承认，我是专程来找你的。"

她没奇怪，也没受宠若惊："找我什么事？"

"一定要有事才能找你吗？"孟啸盯着她。

夏旅紧跟着要关门，孟啸一巴掌抵住："你不想让左邻右舍看笑话的话就把我关在外面。"

夏旅知道他能说得出就做得出来，只好放行。孟啸大模大样走了进来。

"你到底想干什么？"

"想陪陪你。"他似笑非笑。

"你很闲吗？"夏旅不为所动。

"我很会合理安排时间。"孟啸笑。

夏旅看了他半晌，无奈："你来我这儿就是为了闲聊打发时间？"

"如果能这么过一天也不错。"

"你走吧，我忙。"

"你要忙什么事？说不定我可以帮你一起。"

"公事，你帮不了。"

孟啸盯着她笑："你今天休假了。"

闻言她愣住："你怎么知道我今天休假？"

孟啸懒洋洋："你最好的朋友告诉我的。"

夏旅一动不动看着他。

孟啸见状后高举双手："好好好，我一五一十跟你说吧，我碰见了庄暖晨，我们聊了很长时间，都是关于你。昨天是她打电话给我说你今天休息，要我好好把握机会。"

说完这番话他上前轻拉住她的手："我们在一起吧，难道你对我一点感觉都没有吗？"

他从来没对女孩子表白过，笨拙又认真的。

夏旅震惊。

但不是因为孟啸的表白，她脑里一直回荡着他的那句：我们聊了很长时间，都是关于你。

孟啸还以为她被吓到了，低叹："我知道我以前挺花的，可我不会对你这样。跟我在一起。"

夏旅眼神划过一丝异样。

"我想跟你在一起。"他又补上了句。

难言的情愫在心头轻轻炸开，夏旅只觉呼吸有点困难，半晌后道："在女人面前无往不利的你，从没被女人轻视过甩过，孟啸，你跟我在一起是为了什么？怕只是你的征服感在作祟。"

"我……"孟啸一时间不知道说什么，她说得对，从没有一个女人这么冷淡对待他过。

"我很累了,你走吧。"

"夏旅——"

"走吧,我真的很累,什么都不想谈。"她下了逐客令。

孟啸没办法只好起身,走到门口想说什么却始终没能开口。

房门关上时,她的手都在抖。在窗前确定他的车离开了,她赶忙扯过包下了楼。

本出席了会议,为各位股东鼓了劲后单独把江漠远留了下来。

"前阵子收购的酒店出了什么问题?"

秘书端来了两杯现磨好的咖啡,像空气一样,轻轻进来又轻轻出去。

"是我估算出了问题,颜明背地里亏了不少钱进去。"江漠远轻描淡写。

本意味深长地看着他:"在我印象中,你一向不会出错。"

"是人都会出错。"江漠远淡淡一笑,"我也不会例外。"

"这样一来,你又欠了标维一笔人情。"本似笑非笑。

江漠远喝了口咖啡,唇齿留香:"更像是欠你个投资回报承诺。"

"我们两个不用分得这么清楚。"本哈哈一笑,半真半假。

江漠远言语谨慎:"生意场上的事,分清楚点好。"

"那我就明人不说暗话了,酒店投资的事是不是跟你太太有关?据我所知,酒店持有人是她的表哥。"

"的确是她表哥。"

"你也别误会,我就是怕你动了恻隐之心。"

"想在中国的投资市场上占领份额也不一定是酒店业。"江漠远的身子朝后一倚,烟叼嘴上,"欠你的人情债我会还,放心。"

他从江家出来,能够快速成为投资界大亨也源于本的帮忙,所以标维在打入中国市场之初他同意来帮忙。但他也不是小孩子了,知道有些人,必然是抛弃了情义才能爬上金字塔,正如本。

"能让你欠我人情,实属不易啊。"本话中有话。

江漠远的脸颊陷入缭缭烟雾中:"当然,还有一事相求。"

总裁室从没像今天这么热闹过。

沙琳闯进来的时候带着咆哮声,隔着半掩的办公室门,秘书们各个瞠目结舌,直到办公室的门被甩上。

"江漠远，我来标维工作，你没资格指手画脚！"

沙琳被周年收回了行政总裁助理权限，助理还是助理，但调任其他部门。她二话没说先是找了本，可本竟一溜烟儿离了公司。她也不是傻子，很快也明白过来了其中的猫腻——跟江漠远脱不了干系。

江漠远看着满天飞的文件纸，铺了地毯上厚厚一层，敢这么在他面前撒泼的人就只有沙琳了，她的性子是出了奇地火爆，没烧了办公室已属万幸。等她歇斯底里乱喊了一通后，他才开口："闹够了？"

沙琳见他波澜不惊的模样更来气："你到底什么意思？"

他双手随意交叉，眼角眉梢轻描淡写："我的助理，周年一人足够。"

"你没资格辞我，我是总部的人！"沙琳气得浑身发抖。

"我没辞你，只是调你去其他部门，这是资源整合，有利于人才培养。"

"这跟辞我有什么区别？"沙琳冲上前，双手按在办公桌上死盯着他，"你不是不知道我这次来中国的目的。"

江漠远平静地看着她："你也可以主动辞职。"

"什么？"

"南家的老幺来标维做助理，这件事一旦传了出去，南老爷子也脸面无光。"他点燃了根烟，抽了一口缓慢吐着烟圈。

沙琳盯着烟雾中的那张脸，微微眯眼："以前的你根本就不会这么绝情。"

"可能是你压根儿就不了解我。"江漠远神情淡然，"沙琳我要警告你，你这个性子再不收收迟早会坏事。"

沙琳闻言后冷笑："会坏事？怕是坏了你的好事吧？别以为我不知道你是怎么想的，你在怕什么？难道她不知道自己是替身？"

江漠远目光转为森冷："别让我对你最后一点的内疚都没了。"

她倍感委屈，眼眶倏然红了，赌气坐在他对面，眼泪啪嗒啪嗒往下掉。

"江漠远你不能这么对我，我不爱漠深，是你硬生生将我推给的他，他的死也是你一手造成的，你不但逼死了漠深，还逼死了我！你知道我这几年是怎么过的？"

漠深的死就是江漠远的死穴，沙琳知道得一清二楚，把这件事当成是武器来对付江漠远一准儿没错。但她忘了，眼前这个男人在历经了丧弟之痛、家人及周遭对他的误解和密不透风的口诛笔伐后早就练就了异于常人的隐忍。所以她说完这番话并没从他脸上看出内疚或惭愧，惊愕极了。

办公室里安静下来了，江漠远静看了她良久后伸手按下免提："周年你进来一下。"

很快周年敲门走了进来,同时也被沙琳的破坏力折服,江漠远的办公室从没这么乱过。

"给她安排部门,尽快熟悉业务。"江漠远说着,伸手扶正了桌上的相框。

"江漠远,你凭什么——"

"三条路。"江漠远含笑打断她的愤怒,眼神却黑暗骇人,"一、让周年来安排你的工作;二、主动辞职;三、我给南老爷子打电话。"

沙琳气急败坏,狠狠跺脚,"算你狠!"

因为凌菲的缺席,美亚中国区负责人的脸色就像是咽了只苍蝇似的难看。

剪彩环节临时改成其他艺人,席上有知情的窃窃私语,不知情的倒是看得挺津津有味。艺人临上场时,庄暖晨叮嘱要多多活跃场子,这艺人挺灵活,至少,庄暖晨看到负责人的脸色能稍稍恢复了正常色儿。

正祈祷着,高莹走近压低嗓音:"我怎么觉着灯光有点问题呢?"

四周的光线交织,华彩闪耀,就是有点不稳。庄暖晨盯着盯着,也觉出不对劲来,刚想找灯光师问清楚,只听高莹低叫了一声。

台上一顶华丽丽的水晶灯摇摇晃晃,连接灯和棚顶的就那么一根小细绳。

"暖晨!"高莹的惊叫是伴着众多嘉宾的一起扬起来的。

与此同时庄暖晨一个箭步蹿了上去,将美亚负责人用力推开,众人惊叫着起身散开。

负荷不住的水晶砸了下来,千钧一发,她只觉得眼前明晃晃地一闪,被人连拉带拽拖到了一边,水晶灯碎地,溅起不少碎片。

她顺势抬手遮眼,耳畔却是低喝:"别乱动,小心扎了脚。"

一切来得太快,第一个闪过庄暖晨大脑的念头就是:完了,第二反应就是胳膊火辣辣地疼,吸口气都是血腥味,她的胳膊是不是断了?

周遭一团乱,美亚负责人声嘶力竭的怒吼声、嘉宾们纷纷逃窜的脚步声、明星艺人的惊叫声……她似乎又听到高莹吓得大哭,还有夏旅的,夏旅?她今天不是休息吗?

脑子一片空白,只觉得是靠在一尊结实的胸膛里,头顶是男人焦急的嗓音:"暖晨你忍忍,我马上送你去医院。"

等到了医院,庄暖晨的眼前还晃动着那顶水晶灯,记忆像是断了层,手臂上的疼痛才令她反应过来。

"医生在处理了，忍忍。"

她抬头，对上的是程少浅的双眼，他看上去挺严肃。

零碎的记忆又窜回了脑子，水晶灯砸下来的时候，是他冲上前拉开她的。

"谢谢你。"她出声，嗓音沙哑。

"没事了。"程少浅轻叹。

她低头，这才发现手臂血淋淋，医用托盘上散放了不少玻璃渣，其中一块不小，半个被血浸染了，看得人惊心动魄。"我的手……"

"别乱动，伤口处打了麻药，现在药劲上来了，伤口得缝。"急诊医生说了句。

程少浅坐下来，轻声安慰："怕的话就别看了。"

医生拿过缝合工具，庄暖晨眼泪一下冲出来了，程少浅以为她是吓的，伸手搂过她，将她的头埋在怀里。

"好了好了，马上缝完了。"

"那些碎片别扔了……"庄暖晨边哭边说。

医生倒是奇怪："不扔干吗？留着纪念啊？"

庄暖晨抬头，哭得更楚楚可怜："我亲手订的灯，纯水晶的啊，稍微大点的，就是沾着我血的那块，那么一小块就几百块了，这些碎片加一起比我整条胳膊还贵……"

医生惊愕，程少浅一愣，又忍不住乐了。

从医院出来，太阳明晃晃的令人头晕。

庄暖晨的胳膊缝了四针，缝完之后才知道原来不需要打成她认为的蝴蝶结，拖着条裹着纱布的手臂，心像是被猫挠了似的。

程少浅跟会场那边通完电话，告诉她全场上下除了她，其他人都没受伤，要她放心。她想回活动现场看看，出了乱子，不但美亚那边不好交代，也怕媒体封不住嘴。

程少浅不同意道："会场那边都散了，技术人员查缘由，美亚我派品牌总监去沟通了，你暂时不要露面，等沟通结果出来再说。至于媒体，媒介部同事已经介入了，尽量封锁消息。"

"可活动……"

"安琪会接手处理，当然，要看品牌部沟通结果才能定。"

庄暖晨一愣，安琪？心头警觉："灯光供应商的单子是她提供的，她不可能不知道灯光安装有问题。"

155

程少浅略微沉吟:"这件事交给我去查,目前最重要的是你赶紧回家休息。"

"我现在怎么能休息得了?"她都快急死了。

"你的心情我理解,但处理事情总要有个过程,就算你现在跑到美亚或是会场去又如何?事情已经发生了。"

庄暖晨知道多说无益,只好听劝,但她不想回家。

"你想去找他?"程少浅目光缩了缩。

庄暖晨点头。

就在刚刚,她真以为自己会被砸死,那么一瞬间,她空白的脑子里竟然闪过了一个名字:江漠远。

江漠远像是在她心头埋下了一粒种子,今天发现时,种子已成了参天大树。她根本就舍不得他,很想在这个时候见到他。

等到了标维楼下,心像是打翻了五味瓶。这是她认识他这么久第一次因私事来标维,她很希望在他怀里痛痛快快哭一场,甚至跟他说:我搞砸了活动,万一工作保不住你要养我。

程少浅见她一动不动,将药包递给她:"晚上别忘了吃药。"

她接过,想来程少浅的压力更大,自己太失败了,又把他给害了。正踌躇,就见他脸色倏然变了,是那种近乎白天见了鬼的惊愕,然后铁青骇人。

她吓了一跳,回头。

"别看。"她的目光与程少浅的劝阻声一并落下,于是看到了那样一幕。

不远处停放的商务车前,有对男女,两人侧对着这边,庄暖晨清晰地看到男人侧脸轮廓。

女人的眼角眉梢很熟悉,宛若一道晴天霹雳,记忆瞬间炸开。

庄暖晨蓦地捂嘴,那张脸,沙琳。

麻药过了劲,缝针处揪着痛。她心跳加快,脸色煞白,牙齿都在打战。突然五脏像是被只手狠狠捏碎一样,一股热流蓦地涌上喉头,她一个呼吸不畅咳嗽一声,一口血竟喷了出来,胃痛到冷汗直流。

程少浅见状惊慌:"怎么会这样?"

庄暖晨死死揪住他的胳膊,强忍撕心裂肺的痉挛:"没事。"

从小到大,她总共吐过两次血。第一次是在她很小的时候,雷电出奇地大,受到严重惊吓的她吐了血,她也不明白恐慌为什么会引起吐血;第二次就是现在。

"还说没事,你都——"

"你喜欢她吧？"庄暖晨突然问了句。

程少浅没回答。

"你知道她没死吗？还是，其实她一直就没死。"

程少浅还是沉默不语。

庄暖晨咬了咬唇："你要上前吗？"

程少浅开口了："不，现在你比她重要。"

"谢谢。"庄暖晨努力挤出一丝笑，"走吧。"

程少浅愣住。

"带我去医院吧，我胳膊和胃都挺疼。"

江漠远终究还是骗了她。

从认识到结婚再到现在，米歇尔出现的时候她没害怕过，徐晓琪使坏心眼挑拨离间她没担心过，凌菲主动投怀送抱的时候她也没小心谨慎过。如今沙琳出现了，她吊在半空中的心破碎了。

她始终就是麻雀，沙琳才是那只凤凰，她竟没勇气上前。

其实他不用骗她，真的可以当着她的面儿说一句：沙琳回来了，我想跟她在一起。

程少浅见状于心不忍，伸手将她搂紧，承载着她大半个身子的重量重新回到车上。

等回家时正是夕阳西落，庄暖晨坐在飘窗旁，看着月光侵上枝头，也看着小区里各家各户亮起了灯。

下午她被程少浅带到医院时胃已经不疼了，检查也无结果，程少浅本来坚持让她去做个全身检查，但临时接到了公司电话，见他行色匆匆，她想跟着回公司却被他阻止了。

撞见了江漠远与沙琳那幕后，她竟然连别墅都不敢回。江漠远打了几个电话，她充耳不闻，直到手机再响她才接通。

"暖暖，在哪儿？"手机那头男人焦急。

庄暖晨喉咙一堵，难以言喻的悲痛幕天席地铺下来。

"暖暖？"

"在公司。"她的声音压得极低，心闷得要命。

江漠远似乎迟疑了下，无奈轻叹："我刚从德玛出来，人还在公司楼下。"间接戳穿了她的谎言。

庄暖晨沉默，八成他已经知道今天的事了。

"我心情不好，在外面呢。"

"告诉我地址，我来接你。"

"不用了。"她的眼眶红了。

"你有伤在身。"

原来他是真知道了，还知道得很详细，那他知不知道她去过标维？

"我很烦，你让我静一静。"她微微提高声调，冲破心头郁闷，"我自己会回家。"不等他再说什么就结束通话。

人再悲伤也会饿。庄暖晨准备去超市时，正巧碰上邻门的袁奶奶从外面回来，买了大包小包的东西，热情招呼着她进家一起吃晚饭。

庄暖晨婉拒了，袁奶奶见状也没勉强，从衣兜里拿出个花花绿绿的小玩偶。

"是什么？"她好奇问了句。

"缘分天使。"袁奶奶笑眯眯，"我逛一家罗马手工店发现的，送你吧。"

庄暖晨还是头一次见到这么有玩心的老人："袁奶奶，我——"

"拿着玩吧。"袁奶奶随手将娃娃放进她的外套兜里，像是随意却又意味深长地说了句，"年轻人啊，没有什么坎儿是过不去的。想开点，一切都会海阔天空。"

超市这个时间的人不算少，都是下了班顺便从超市带些东西回家的人，她正好赶上了这股人潮。挑完水果，一道影子挡住了她的去向。

她以为是挡了对方的路，说了句抱歉，推着车往旁边走，不想对方伸手控住了购物车。

庄暖晨抬头，愕然，手下意识揣进兜里捏着那只娃娃，江漠远伸手要来拉她的胳膊。

"干吗？"

"看伤口。"他沉着嗓音，手的力量却放得极轻，卷起衣袖，看到那截如藕手臂上裹着纱布时，眼里有心疼，"傻了是不是？你替别人挡灾别人也未必领情。"

庄暖晨抽回胳膊，淡淡说了句："是啊，不是每个人都明白自己在做什么，有时候做了之后才后悔莫及。"

江漠远误解了她的意思，揽过她的肩膀轻声道："走吧，回家。"

"我想买点东西。"她怕了孤独，很希望待在人群中寻找安全，跟他回去后会怎样，是不是孤独又会铺天盖地地将她席卷。

女人如她，后知后觉，在跟他相处的这段日子里不知不觉感情发生了转变竟都不知道。从认识江漠远到嫁给他，虽说经历了太多苦与恨，可她还是觉得，无论怎样他都不会离开，他就一直站在她身边，强势地、霸道地融入她的生活。

她以为这样的感觉会持续一辈子，可现在，她竟很怕他的心自始至终都只属于沙琳一个人。

江漠远见她神情落寞，还以为是今天会场的事弄得心情不好，便由着她的性子来。拉过购物车，一手揽过她的肩膀："行，想买什么就买吧。"

庄暖晨敛眉，轻轻点头。

就这样，两人陷入了奇怪的静谧之中。庄暖晨在前面漫无目的地挑着东西，江漠远在后面推着购物车，引得来往的人纷纷张望。他们清楚看到，无论女人走到哪里，男人都在后面安静地跟着，不会让女人形单影只。

结账时，购物车里堆成了山。庄暖晨站在一边看着江漠远付款，结账台的小姐倒是热情，多跑来两名过来帮着往袋子里装东西。

她们的笑像是浸染了桃花的红，热情之余也有可疑的窥视。看着看着，她的心浸上一片冰凉，优质如他，又怎么能是她掌控得了的？

回到别墅，庄暖晨跟他的交流很少，吃完饭当她将缘分天使放在搁板上的时候，江漠远好奇问了句："在超市买的？"

"袁奶奶给的，新房邻居。"

他沉默稍许，又微微笑："没事可以多跟她接触一下。"

庄暖晨闻言转头看他，眼里不解。

"能送你这种娃娃的老人家都是童心未泯，多跟她接触你也会开心点。"

庄暖晨点头，没再多说什么。

有伤在身她也懒得洗澡，早早爬上了床。江漠远冲完澡回到床上，从背后揽过她："我帮你洗澡。"

庄暖晨摇头："不想洗，累。"

他由着她，搂紧她，满足地叹了口气。

背对着他的庄暖晨鼻头酸酸的，一时间眼泪没存住，他扳过她的脸，见状心疼道："没事了，今天给你打完电话我去了趟美亚，那边已经取消了赔款意图。"他误解了她的泪水。

庄暖晨一愣，抬头看他："你去找了美亚负责人？"

"牵扯到你，我不能不管吧。"江漠远吻了她的额头，"我跟美亚的赵总打过交道，他多少还能卖我个人情。"

"你刚刚说，赵总是打算向德玛索赔？"庄暖晨想起程少浅的行色匆匆。

"我去德玛找你的时候听高莹说了一嘴，当时程少浅在开会我也没细问，后来直接去了美亚。"江漠远替她盖了盖被子，说得云淡风轻，"对方要索赔也很正常，投了不少钱在今天的活动上，赵总也要交差吧。"

庄暖晨看着他，一时间五味杂陈。

见她不说话了，江漠远叹了声："我知道你不想让我管你的事，但你是我老婆，至少我要弄清楚我老婆是怎么受的伤，替谁受的伤吧？"

"赵总不知道咱们的关系。"

"现在知道了。"

"所以他打消了索赔的念头。"庄暖晨低低道，"我是不是该感谢你的人脉发达？"

江漠远将她搂紧，下巴轻抵在她的头顶："我是你老公，为你做这些是应该的。另外这件事惊动南老爷子了，美亚那边虽说不要赔款，但也要弄清楚整件事，南老爷子已经答应彻查了。"

她知道这件事不会轻易算完，想了想，提到了安琪。

江漠远闻言若有所思："但你没证据证明灯落这件事是她指使的。"

"我现在连是人为的还是意外都不清楚。"她暂时放下对江漠远的成见。

江漠远拉过她受伤的手臂："是人为还是意外很快就能查出来，你也是受害者，我建议你这段时间就不要去公司了。"

"我是负责人，不能不去。"

江漠远低头看着她："这件事最后会压在程少浅的头上，你出面解决不了问题。"

"他不能替我背锅吧？"

"他不会有事。"江漠远不满皱眉，捏起她的下巴，"你心疼他？"

"他是我上司。"

下巴的力道这才松了去，换作放在她的后脑："放心吧，南老爷子也不能拿他怎么样。"

她费解。

江漠远换了口风："这点事根本难不倒程少浅。"

"这件事没那么简单，凌菲被接走不是杂志社的人干的，应该有人一开始就很清楚美亚的活动。"

"你怀疑德玛有内鬼？"

"我不知道，但事情也太巧了，又或者是有人看美亚负责人不顺眼？"庄暖晨想起那幕就后怕，先是凌菲被接走，后是水晶灯砸落，如果不是高莹那一嗓子，被砸的肯定就是美亚负责人，那个角度，再加上他原本就没在意，一旦真砸中非死即伤。究竟是谁跟美亚负责人这么大的芥蒂？或许，对方想害的是她？她自认为没得罪过谁。

"你想想看，这件事闹得这么大，得益人是谁。"

庄暖晨一怔："奥斯……"

江漠远低头看着她，没说话，像是赞同她的说法，又像不赞同。许久，他才道："晚饭你吃得少，要不要再吃点东西？"

她摇头。

他摸着她的头，轻叹："暖暖，明天让保姆住家里或者你到新房找袁奶奶陪你。"

她不解地看他。

"明天我出差，你一个人在家我不放心。"他凝视着她。

庄暖晨心里咯噔一声："要走几天？"

"至少一周，还得跟本回趟总部。"江漠远心头不舍，"要不你跟我一起去，你现在有伤在身，我担心你没法照顾自己。"

她咬了下嘴唇，理性战胜了感性："这个时候让我出国我也不安心。"

他的眸温柔："这样一来，我会很想你。"

一句话像羽毛似的飘落在她的心尖，脱口问："你是一个人？"

"周年跟着。"

压在心头那口气沉下，她竟怕沙琳跟着。

"我一个人没事。"她的头慢慢靠在他身上，难以言喻的感情像潮水。

江漠远只觉怀中柔软一团，将她搂紧，只有这样才能缓解那股子没由来的烦躁。

"漠远。"意外地，她这么念了他。

他心口一颤。

"你是不是很喜欢她？"她抬头，目光触及男人脸颊，"你的未婚妻，沙琳。"

江漠远愣住，半晌后唇角舒展开来："怎么突然提到她了？"

"难道我不能提她吗？"

"当然不是。"江漠远躺下来，与她目光平视，"只是不想让你心里有根刺。"

"那你说。"

他无奈低笑："曾经我是喜欢她，你是知道的。"

"如果她没死，你会怎样？"这句话极其冒险，心脏蹿动得令她发慌。

江漠远微微眯眼："今天你似乎对沙琳的事很感兴趣。"

庄暖晨没移开目光："我跟她长得相似，换作是谁都会心生芥蒂。"

江漠远眼角眉梢间泛起无奈，抬手揉了揉她的头："要我说多少遍你才能明白，沙琳是沙琳，你是你，你跟她一点都不像。"

庄暖晨敛眉，他没结束话题，抬高她的脸，眼似乎能望进她的心里："哪怕沙琳现在还活着，我跟她也绝不可能。"

她的眸光像是焰火似的蹿动了一下。

"我对于娶你进门这件事，从来没后悔过。"

翌日，江漠远很早就出了门，庄暖晨醒来的时候，看着床的另一侧空荡荡的，她的心也跟着挖了大片空白。其实他出差是常有的事，但这次不知怎的，她的心老是不安。

到了公司，好不容易建起的勇气和耐性就被安琪给败光了。端了杯咖啡，她阴阳怪气："我还以为你借此就休个长假了呢，昨天惹下那么大摊子的事儿你人呢？结果倒好，把我们部门的人都搭进去忙活到了大半夜，你好意思啊？"

"有什么不好意思的？"庄暖晨没给她好脸色看，"有关灯具的问题总要查出个结果来吧？"

"你这话什么意思啊？"安琪怪叫，"你觉得是我捣的鬼要有凭有据，鉴定结果都出来了，灯具之所以会掉就是因为当时的灯架没支好，这就是你的问题，跟我有什么关系？"

庄暖晨愣怔，鉴定结果出来了？这么快？

"操心你自己才是真的，这件事总要有人出面来扛！"安琪冷笑一声，踩着八厘米鞋跟的高跟鞋摇扭着离开。

一切朝着不好的方向发展。

庄暖晨趁着程少浅还在开会的空当先给美亚打了个电话，一直打不通，高莹通知庄暖晨，凌菲把这件事撇得干干净净。

十点半左右，程少浅开完会出来，见庄暖晨来了后敲了敲桌子："来我办公室一趟。"

在程少浅办公室的门口撞见了夏旅，她拉过庄暖晨，仔仔细细打量了一番："除了胳膊，你还哪儿受伤了？"

"没了，放心吧。"

"我能帮你做什么？"

庄暖晨轻声："帮我安抚团队就行。"

"放心吧。"

"对了，你昨天怎么又去会场了？"

夏旅迟疑了一下："大家都在忙，就我一个人闲着也于心不忍。"只是没想到一进会场就看到了惊心动魄的一幕——是她没料到的。

庄暖晨没再说什么，轻拍了一下她进了办公室。夏旅在原地良久，暗骂：夏旅，你真他妈的不是个东西。

进了程少浅办公室才知道他一晚上没回去，休息室的沙发上散落了条薄毯，见状后她心里更过意不去，将毯子叠好，又给他磨了杯咖啡。

"你伤怎么样了？"

"我的伤是小事。"

程少浅忍不住上前拉过她的胳膊，她吓得缩手："我真没事。"

"别忘了拆线时间。"他叮嘱了句。

她点头道："刚刚我听安琪说事故鉴定出来了是吗？"

程少浅无奈："她倒是迫不及待跑到你面前澄清去了。"

"不是澄清，她是想看着我手足无措。"

"她只想到了表面，这件事解决不好，也未必能轮得到她接下美亚。"

庄暖晨轻叹："总部已经知道了这件事，你总不能扛着吧？再说美亚那边也要有人负责才行。"

"你老公快我们一步，倒是替德玛传播解决了个大问题，至少那边不会控诉和索赔，只是活动既然出了问题，那边想要个说法是正常的。"程少浅倚靠沙发上，眉梢略显疲倦。

她明白这个道理："那么，最大的压力是来自总部了吧？"

现场那么多的嘉宾和记者，哪怕口口相传，德玛传播主办的这场活动也成了同行业中的笑话。国内这边虽说是传播公司，但也牵扯了上市的利益，声誉受损也意味着股市动荡。所以说现在美亚好办，总部这关倒过不去了。

程少浅看着她，浅笑："总部追究责任很正常。"

"你在担心什么？"她追问了句。

程少浅身子微微朝前看着她："我只怕，你会受到不必要的牵连。"

庄暖晨沉默片刻："真牵连到我我也认了，活动砸了，我是负责人理应承担责任。"

"我不会让你去扛这件事。"程少浅语重心长道。

"可是，你也知道鉴定结果了不是吗？"庄暖晨理性分析，"要是人为，我们有时间找出幕后黑手，但结果就是灯架的问题，不管是不是被做过手脚，所有证据的不利方全都冲着我来的，程总，这件事不是你想顶就能顶过去。"

"这件事，我还会继续查。"

"凌菲的不配合也令我们很难做。"庄暖晨如实告知。

程少浅点头："不过昨天她的经纪人已经告诉我，当天接她们的人脸生得很，却戴着德玛的胸牌，当时她们急匆匆的也没看清楚对方的名字，是个年轻的女孩儿，因戴着鸭舌帽和墨镜看不清具体长相。"

"她们在车上那么久都没看清楚那个女孩儿的长相？"庄暖晨惊讶。

程少浅揉了揉太阳穴："女孩儿没上车，叮嘱了司机就离开了，当时凌菲她们还以为车是直接到现场，没料到司机一路到了怀柔，等她们反应过来，杂志社也打了电话，说才得到她们要来参加活动的消息。"

"对方步步为营。"

"但总部不会这么认为。"程少浅若有所思，"你是不是见过陆珊？"

庄暖晨先是一愣而后反应过来："是啊，但当时是陆珊找的我，她手头有个项目想跟梅姐合作，梅姐那两天没开机，她只是问我梅姐的公司地址。"

"可偏偏有人就看到了这一幕。"

庄暖晨惊讶，谁这么"关心"她啊？

"总部认为我偷着给奥斯信息是吗？"她强压心头愤怒。

"我知道你不是这种人。"

"一切太巧了不是吗？"

"是，太巧了，所以说这件事我会继续查。"程少浅慰藉，"其实叫你来办公室是想建议你，这段时间休假吧。"

"这不是解决的办法。"

"但你有伤在身，有时候回避也未尝不可。"程少浅语重心长，"听我的话，这件事交给我处理。"

"我真没你想的那么脆弱。"

"如果你实在不想休假，那你就处理团队其他的事，美亚活动你就别操心了。"

庄暖晨只好点头："我得知道最新进展。"

"放心吧。"

出办公室的时候，庄暖晨原本还想问他有关沙琳的事，见他眉梢疲累便作罢了。

又过了一天，外界沸扬了。媒体倒是卖了面子给德玛，但架不住闲言闲语的扩散。另外，美亚虽说不追究赔偿问题，但对于接下来的合作已不抱任何希望，负责人已经开始跟奥斯进行了初步洽谈。

双方合作款项都是年中一结或年底一结，就算甲方是拿了前期款也没有损失那么严重，但乙方就不同了，不但明面有损失，暗地里的损失也不少。全款拿不到、声誉受损、客户质疑、同行业的反面教材、危机公关等等一系列负面影响也由此衍生。

这些事情，庄暖晨不是没想过，事已至此她只能听程少浅的命令行事。

江漠远不在家，庄暖晨也懒得回家吃饭，下了班便到新房，所以这两天她成了袁奶奶家的常客。这个老太太很潮，很健谈，去过很多国家，很乐观，也很有孩子气。

这天她到了别墅已经大晚上了，累了一天恨不得倒头就睡，艾念打了电话过来："你会路过巴黎吗？回来的时候帮我带款包呗。"

庄暖晨一下子蒙了："谁在国外？"

"你没出国？咱班芳芳你还记得吗？胖胖的那个丫头，她今儿上午特意从国外给我打个电话，说在机场看见你了，不会看错人了吧？"

"肯定是看错了啊，我在北京呢，这几天都快忙死了。"庄暖晨故作轻松，心里却七上八下。"我让漠远帮你带包吧，他在外出差呢，到时候你把款号传给我就行。"

"我太荣幸了，能让堂堂标维总裁给我带包。"艾念笑嘻嘻的，又问，"对了，我听说美亚活动的事情了，你不会受伤了吧？"

"皮外伤，放心吧。"

两人又闲聊了会儿就挂了电话，很快艾念将新款包包的图片和款号传了过来。

庄暖晨哪有心思看图片，心头有了不好的预感，也许，芳芳真的看到了跟她那张相似的脸，不是她而是沙琳。

这个时间去查行程单不可能了，冥思苦想了半天，突然脑中灵光一闪。她赶忙打开微博，心里多少惴惴不安，万一沙琳没开通微博怎么办？如果注册名是其他的呢？她怎么能一下子找到她呢？

很快思路就清晰了，她能找到沙琳，因为她一定会关注标维的官方微博。只要她敢开微博，她掘地三尺也要把对方翻出来。

能够迅速想到这种办法，还要得益于标维是将大部分的公关传播授权给了德玛传播，包括微博的打理。其实当初的传播项目中没有微博这项，工作大比重放在内刊宣传上，开通微博并参与到微博活动中去这是庄暖晨提出的建议，江漠远二话没说就同意了。

别看江漠远笑傲投资市场，但对于公众渠道的传播一向不感冒，当然这些都不是庄暖晨今晚要关注的重点。

标维新款车型的微博粉丝众多，但庄暖晨很清楚，大多数的粉丝都是因为上次江漠远亮相记者会产生的，她深刻明白个道理：男色比女色更具吸引力。

登录后，庄暖晨一如往常处理掉了多数的爱慕之言，死盯着屏幕，尽量冷静下来，这么多的粉丝她一个个去找肯定不现实。她起身倒了杯水，沙琳如果开微博的话不可能只关注标维，八成也能默默关注程少浅，这样一来，搜查的范围就缩小了很多。

程少浅跟江漠远一样不喜欢这些个东西，关注人竟然就只有她一个。头像就是个简单的英文，大部分都是评论或转发她的微博，所以粉丝甚少。

庄暖晨本身也不是名人，粉丝也不多，她先看了程少浅的粉丝，逐一比对自己的粉丝，还真是让她找到了一个共同关注，是只狐狸头像。她在标维上面输入了用户名，一查看，全身冰凉。这只狐狸关注了程少浅，关注了她，也关注了标维。

如果这个用户就是沙琳的话，她平时发的微博沙琳都有关注，这种被偷窥的感觉糟糕到了极点。

点开，都是博主大秀近期照片，庄暖晨心头一阵发紧，这只狐狸就是沙琳。

她的第六感是对的，芳芳在机场看到的女人就是沙琳，微博上的一张机场自拍照足可以证明，还有时间。

心凉了半截，照片上的沙琳笑靥如花，庄暖晨没由来地恐慌。她去了江漠远所在的城市，是她不请自去还是江漠远知道她的行踪？

足足等了一个多小时，沙琳那边始终没更博，庄暖晨只好先睡下。被梦境折磨醒的时候，窗外大亮了。洗漱的时候她被镜中的自己给吓得差点魂飞魄散，俩眼睛像是某国家保护动物似的。

顶着张面膜出来，庄暖晨又看了沙琳的微博。她更新了，一组照片，都是逛街购物。配有文字：在这里，与你邂逅浪漫爱情，纵使岁月蹉跎，我们依旧相恋。

庄暖晨恨得牙根都痒痒。

最后一张照片背景是酒店，庄暖晨将面膜扯下来扔进垃圾桶里，咬咬牙抓过手机。从认识到结婚再到现在，每次江漠远出差的时候都是他主动打电话给她，她不会主动打给他。

那边没响几声就接通了："暖暖？"

他在惊讶什么？是不是打断了他的好事？

"你在干吗呢？"她压住心头的不安故作随意问了句。

"正准备给你打电话。"江漠远温柔道,"没想到你先打过来了。"

她舔了舔唇,支吾了几声:"我想看看你。"

话筒那边是低沉的笑:"好。"

很快两人开了视频,当江漠远身后大片鹅黄色卧室背景跌进眼眸时,她的血液瞬间凝固。跟沙琳照片一模一样的背景,他们要不要巧到住在了同一家酒店,还是他跟她压根就在一个房里?

"你昨晚上没休息好?"

庄暖晨这才把注意力放在他身上:"是,噩梦连连。"

"要不你把夏旅叫家里陪你呢?"江漠远看上去很担忧。

"没事儿。"

"胳膊怎么样了?"

"愈合得还不错。"

江漠远点头,脸色稍微好看点。

"你一个人住?"她问了句蠢话。

闻言江漠远的笑泛坏:"来陪我吧。"

"没正形。"她低低道了句,心想着房里真是藏了个女人的话,他也不能让她看到吧。

江漠远的笑温柔:"想我了?"

"才没……"话没说完,她见他转头看了一眼,心里咯噔一声。

江漠远略感抱歉:"有人按门铃,稍等我一下。"

她叫住了他:"你忙吧,其实我也没什么事,我马上还要出门,就不聊了。"如果房间有人的话,他根本就不用亲自去开门。

江漠远笑了笑:"出门注意安全,还有注意伤口。"

视频通话结束后,她的心就像是坐了过山车似的,一会儿想得开一会儿又很绝望。如果说,他们两个原本就是在一个房间,沙琳出门是回来了呢?想想又不像,江漠远不像是能骗人。

她讨厌极了这种感觉。

手机突然响了,吓了她一跳,拿起一瞧,心又沉了。

"这次我真没办法了,求你帮我。"

Chapter 7

地球另一边，落地窗外是璀璨夜色。

江漠远开门的时候，沙琳的欢愉声跟拥抱同时进行，紧紧纠缠。他伸手将她一把拉了下来，目光凛然，不怒自威："你怎么在这儿？"

"惊喜吧？"沙琳冲着他妩媚一笑，拉着行李箱就要往里闯。

江漠远拦住了她。

"你以为我愿意打扰你吗？我的钱包被偷了，只能找你了。"

沙琳推开他的胳膊闯进了房："房间不小啊。"

江漠远走进来，沉默地看了她良久后淡淡开口："丢了多少钱？"

沙琳警觉："你什么意思啊？想打发我走？"

"那你来见我做什么？"他耐着性子。

"借宿一晚。"沙琳起身上前圈上了他的脖子

江漠远一把推开她："我给你再开间房。"

"她又不在这，你紧张什么呀？"

江漠远懒得同她废话，伸手拿起电话。

沙琳上前按住他的手："我睡沙发还不行吗？"

江漠远眉头一凛："我们不可能了。"

他的话直接，刺激得沙琳一个劲儿咬唇："江漠远，你让我别去招惹庄暖晨我就不去，换作是我以前的脾气我才不会这么忍，是你对不起我在先。"

江漠远没动怒的迹象："那么，你今晚住我这儿是想证明什么？"

她能轻易感受到男人身上散发的生人勿近的疏远，这种感觉令她糟糕透顶了，是一种无法掌控的失落感和绝望。

"那么，你不想让我住在这里你又在顾忌什么？还是你怕控制不住受我吸引？"

江漠远双臂环抱于胸前看着她，好半天后淡然："你想住随便你。"

沙琳又笑了。

他没理会她，转身回到电脑前处理事情。

十几分钟后她倒腾完行李,过来问他:"你要不要来点夜宵?"

江漠远默不作声,她自讨了无趣。又过了二十几分钟抱着一大盒子比萨,一屁股坐在他身边,拿起一块比萨来递给他:"张嘴我喂你。"

"到一边儿吃去。"

"这么不领情?"大口吃着比萨,"哎,说说你跟庄暖晨的事呗。"

江漠远敲了下键盘:"无可奉告。"

沙琳转头看着他:"你调查过她的身世吗?我和她是不是双胞胎啊?当初被抱错了之类的。"

"你小说看多了。"江漠远边看资料边淡然道,"别说你们两个只是长得相似,这世上长得一模一样的还没血缘关系的人大有人在。"

"所以说上帝有时候真偷懒啊。"沙琳吮着手指,"干吗要长得跟我相似啊?"

"是你长得跟她相似。"江漠远强调了句。

"我还真挺想认识一下她呢。"

江漠远将她推到一边,关上了电脑:"你敢找她试试看。"

沙琳被冷了一下,起身盯着他:"你还能把我怎么样?"

"我最后警告你一次,烦我可以,但绝不允许你去招惹她,否则,"他的眸倏然转为严苛,"南老爷子的面子我都不会给。"

"我就是说说。"沙琳抱着盒子回到沙发上,蜷缩一角默默吃着比萨。

她低头吃东西的瞬间,江漠远仿佛看到了庄暖晨的影子,乍看像个受气的小媳妇。目光泛软,深吸了一口气,庄暖晨,他想她了。

沙琳见他目光发生了变化,冲着他挥了挥手。他再次转为面无表情:"早点休息吧。"

"这才几点啊。"沙琳看了一眼时间。

江漠远没搭理她。

"我知道你来这儿是想找谁。"她突然说了句。

江漠远闻言顿步,转头狐疑看着她。

"把到手的酒店又让出去了,自然欠了本一大笔人情债,你不就是想找那位准备撤股的酒店大亨乔森吗。"沙琳嘴巴里塞满了比萨,说话含糊不清,却十分精准吐出了"乔森"这个名字。

"你知道乔森?"江漠远皱眉。

"是啊。"她笑得诡异,"莫逆之交。"

"你怎么可能认识乔森?"

酒店大亨乔森是出了名的业界神人,江漠远知道他今年有意退休,便

169

想从他手里购得旗下酒店，但乔森这个人性格怪异，他试着寻找沟通的机会几次都无果。

"你爱信不信，反正我知道他在哪儿，不但知道他在哪儿，还能保证你能有跟他谈判的机会。"

江漠远迟疑地看着她。

沙琳懒洋洋起身，将剩余的比萨一股脑扔进了垃圾桶里，吸了吸手指："总之呢，我不会看着你无功而返，放心，我跟着你就是想帮你。"伸了个懒腰进了浴室，又探出个脑袋出来，"要不要洗个鸳鸯浴？"

江漠远二话没说，伸手替她关上了浴室门。

庄暖晨赶到医院的时候，双眼被绿油油的草坪映得睁不开双眼。悄悄探望了顾母才一路上了骨科，一出电梯，许暮佳赶忙迎上前拉住她的手："你终于来了。"

庄暖晨抽出被她紧攥的手："顾墨怎么了？"

"他一直不肯去做物理治疗，这都这么长时间了，如果再不配合整个人就废了。"许暮佳实话实说。

庄暖晨听了心口像是被针扎似的疼。

进病房的时候，顾墨闭着眼，脸冲着窗子那边。

薄薄纱帘过滤了阳光，有几道轻落在他脸上，依旧棱角分明，只是消瘦了很多。

曾经在树下弹唱的白衣少年，从他的脸上，她能找到的就只剩下沧桑。轻叹一口气，还是呵了出来。床上的男子听到了这一声若有若无，眉峰一皱："出去！"

是庄暖晨陌生的口吻，顾墨虽轻狂不羁，何曾用这种口吻对待过他人？是她的错，还是时间的错？

再见到他时，她竟悲凉地发现，那是一种亲情，尤胜从前的感觉，曾经那么地眷恋，那么地无法自拔，那么地痛苦不堪，好像都烟消云散了，还是她原本就是薄情寡义的？

"不是想见我吗？"

原本合眼的顾墨倏然睁眼，转头。

四目相对时，他的眼突然溢满激动、不可置信和强烈的欢愉。

"暖晨？"

她逆光而站，似梦似真，多少次他也梦到过这种场景，她就静静地站在他面前，于阳光下，身后是大片美丽的樱花，轻轻叫着"顾墨"。

庄暖晨的眼眶泛红，不心疼是假的。

顾墨反应过来并非梦境，竟着急忙慌下了床，但双腿无力，身体猛地趔趄了一下。

"顾墨！"庄暖晨赶忙上前将他搀扶。

顾墨搂着她为支撑，一脸激动："你来了，你终于来了。"

她如鲠在喉。

江漠远睡得不踏实，不知做了什么梦，眉蹙在一起，很快，一条凝脂般的手臂伸上前，手指轻抚在他的眉宇中间。

她喃喃着他的名字，脸贴着他，全身像着了火，是好闻的气息，甘洌成熟。

睡梦中的江漠远只觉得全身没由来地燥热，怀中的柔软似梦似真，他微微睁眼。

一时间头脑还不清楚，还以为是在北京的家里。

"暖暖。"

怀中女人倏然僵了，黑暗中男人也蓦地反应过来，紧跟着打开床灯。

床上沙琳怒瞪着他，江漠远的脸色转为铁青。

"我讨厌你把我当成是庄暖晨，我凭什么是她的替身？"沙琳嗓音尖锐不悦。

他唇角微微下沉，开口冷冷的："事实上，你连做她替身的资格都没有。"

"你怎么可以这么说我？"沙琳震惊。

江漠远眉间凛然："今晚上你做得太过分了。"

"我怎么过分了？"

"滚。"江漠远冰冷地吐出个字来。

沙琳脸色陡然一变，指着他："你、你……从没哪个男人敢这么对我说话！"

江漠远失了耐性，二话没说起来，大手一伸扯住沙琳。

"你要干什么？"沙琳惊叫。

江漠远没怜香惜玉，连扯带拽将她拉进浴室，推进宽大的浴缸里，膝盖磕在了边沿。她哪受过这种苦，疼得眼泪直流："你弄疼我了！"

话还没等说完，卫浴喷头打开，冰凉的水珠在浴缸周围飞溅，激得沙琳痛苦不堪，想爬出浴缸又被水柱给打了回来，很快浴缸里浸满了冰冷的水。

她终于服了软，大哭："我快死了，呼吸不了，我错了，我、我再也不惹你了。"

见她认错他这才饶过她，按下开关，站在离她几步之遥的地方看着她，周身散发的寒气堪比浴缸里的冰水。沙琳瑟瑟发抖，像是落汤鸡。

"明天你给我乖乖找到乔森，否则我连行李带你一起扔出去。"

沙琳从浴缸里颤抖着出来，蜷缩在浴缸旁，哭得泪人儿似的："江漠远，你、你还是不是男人啊？"

江漠远无视她的控诉，转身出了浴室，再进来时手里多了部手机，沙琳脸色惨白。

他漠然地将手机扔给了她："手机上的照片已经删了，沙琳，今晚的事如果庄暖晨知道，我会让你吃不了兜着走。"

沙琳赶忙翻看刚刚偷拍下来的照片，一张都没了。屈辱、愤怒滋生蔓延，该死的江漠远，她从未这么失败过。

在医生指导下，顾墨一点点挪着步子。他很配合，医生让怎么做便怎么做，与前阵子的态度形成了鲜明对比。每走几步，他就会抬头看看站在一边的庄暖晨，唇边的笑漾在眸底深处。

庄暖晨渐渐放心了，因为顾墨之前的不配合，物理治疗要加强化安排，但也要根据他自身的接受情况。

顾墨突然一晃。

"小心。"庄暖晨早于医生之前跑了上前，将他搀住，"怎么样？有没有觉得哪里疼？"

"我没事，刚刚就是没站稳。"顾墨看着她温柔笑了笑，"没想到现在还要像小孩子学走步似的重新来过。"

庄暖晨尴尬："你才第一天，已经很不错了。"

"只要你每天都来陪我做物理治疗，我想我恢复得更快。"他看着她，意有所指。

她笑了笑，没说话，顾墨停下动作。

"怎么了？"庄暖晨抬头。

"你会每天都来陪我做物理治疗吧？"

她不知道自己能不能做到，认识顾墨太多年，他想什么她很清楚。有些话如果不说清楚他会误会下去，但说清楚她又怕他会做傻事。

顾墨还在看着她，耐心地等着她的答案，她清晰感觉到他的紧张，心头一阵难过。

"我知道你很忙，那这样呢，你不用每天都来，隔一天来一次也行，陪我做完物理治疗。"他拉着她忐忑不安。

庄暖晨看着他,心疼,无论他跟许暮佳发生过什么,无论他是否背叛过她,在他跳楼的那一瞬间她能感受到那份爱,沉重得令她矛盾,令她负担不起。如果不是因为她,顾墨现在还会在国外,又或许不跟她见面的话,他现在会生活得更好。

轻叹止在唇畔,她对上他期许的目光:"放心吧,我会陪着你一直做完物理治疗。"

她的话令顾墨大为高兴,伸手将她搂住,紧紧地,嗓音颤抖:"谢谢你暖晨。"

男人清爽的气息裹着医院的消毒药水味,令她鼻头泛酸,深吸了一口气才忍住想哭的欲望,将他搀扶好,微笑:"来,我们继续吧。"

"好。"顾墨像个听话的孩子。

许暮佳站在门外,心里阵阵发酸发疼,她从来没见过顾墨这种笑,从内心透出来的,他的眼里全都是庄暖晨。他只爱庄暖晨,从大学的时候她就那么清楚,顾墨,心里就只能容得下一个庄暖晨。

清晨,雾气未散,商务车缓缓滑进一处私人住所。

远离繁华闹市,濒临蓝得犹若宝石的湖面,偶尔会有天鹅飞过。

车子在花园前停下,江漠远先行下了车,衣摆沾了花间晨露。沙琳从另一头下了车,不悦嚷了句:"你也太没绅士风度了,连车门都不为我开。"

她的不悦没引起男人的反应,见状后气鼓鼓走上前:"乔森就住在这里。"

"你确定?"江漠远看了一下周围,环境不错。

沙琳冷哼:"我有骗你的必要吗?"

江漠远看了她一眼:"带路。"

"你把我当成什么了?"她怒喝。

"你的行李箱还在我房里。"江漠远淡淡甩出了句话。

沙琳闭上了嘴巴。

想见乔森不是件容易的事,否则江漠远也不会从北京一直追到这儿来。当他被管家请进客厅,置身于中世纪设计风格的室内时还在质疑,沙琳是怎么做到的。

再看沙琳,显然不是第一次来这里,跟管家很熟络,是乔森的常客?

很快,有脚步声自上而下,一道操着浓厚地中海音的男人声调:"是小沙琳吗?"

江漠远一愣,沙琳马上起身,冲着那道嗓音回了句:"是我。"

楼梯转弯间,一位老者现身。清晨的光从走廊的窗子透进来,驱散了室外的晨雾。老者陷入阳光之中,干净得令人睁不开双眼。白色的休闲长衣长裤,白发,长长的白色胡须,拄着一根泛了白的龙头拐杖。

江漠远也起身,眼前这位老者的确就是乔森,他看过他的访谈。

乔森精神矍铄,身子骨硬朗,笑声浑厚,只是,当他见到沙琳以外的人,脸就陡然一变。沙琳一脸的不好意思,冲着他吐了吐舌。

"乔森你好,我是江漠远。"江漠远向来先发制人,等乔森上前后,他将名片奉上。

哪知乔森没接他的名片,不悦:"我知道你是谁。"

江漠远一愣。

"你是江峰的儿子,目前投资界的金手指。"乔森准确无误说出了他的身份,"江漠远,我早就知道你。"

"过奖,其实我今天来是为了——"

"江先生。"乔森抬手打断了他的话,"你来我这里做客我欢迎,但谈公事的话就免了。"

江漠远没再继续游说,看了一眼沙琳,用眼神示意了一下。

沙琳是个聪明女人,毫不客气地挽上了乔森:"那我呢?是不是也要被赶走?"

乔森面色松动了:"我赶走谁也不敢赶走你啊。"口吻尽是慈爱。

沙琳嘻嘻笑着,暗自冲着江漠远眨了眨眼。这一幕是江漠远没想到的,他以为沙琳跟乔森顶多就是泛泛之交。

"乔森叔叔,他是我最好的朋友,你不能欺负他。"沙琳撒娇,一脸狡黠。

"你这是在威胁叔叔?"乔森故意虎下脸。

谁知沙琳脸色一变,横眉瞪眼:"就是威胁了,人家好声好气地求你你不答应,是不是真要我生气啊?"

"你看你这个丫头,生什么气啊?"意外地,乔森竟松软了态度,一脸的无奈。

江漠远费解。

"谁让你先摆脸色给我看啦?"沙琳也不是真生气,又一脸楚楚可怜相,"我还想着好久没见叔叔你了,就做一桌好菜伺候你呢,谁知道你这么不领情,早知道我就不来见你了。"

江漠远这才恍然，沙琳虽说是小姐脾气，却做了一手好菜，她生性爱玩，走到哪首要就是关注当地美食，再找专门的师傅去学。难道，是因为这样她与乔森才会认识？

据他所知，乔森这个人平生最大的爱好就是美食。

乔森笑呵呵道："你来我当然欢迎了，上次那道菜你还没教会我呢，但是……"他看了一眼江漠远，脸色犯难。

"别以为他是来谈公事的，乔森叔叔，你还记得上次分手的时候我说过什么吗？"

"教我做美鱼宴。"

江漠远听得晕，压低嗓音："什么美鱼宴？"

"是我发明的一种菜，菜名乱起的。"沙琳小声回了句。

江漠远无语。

"不对，除了这句。"沙琳冲着乔森摇头。

乔森想了想，眼神一亮："典藏的红酒。"

"对啊，你上次尝过酒版了，口感是不是很好呢？"

乔森连连点头："没错，那酒太棒了，我做酒店业做了这么多年，还真是头一次喝到那么香醇的红酒，要是以后都能喝到就好了。"

"那有什么难的？"沙琳得意扬扬，拍了拍江漠远的肩膀，"有了他，还怕喝不到？"

乔森听了激动："你有那款典藏的红酒？"

江漠远看了沙琳一眼，沙琳压低嗓音："我大学毕业的时候你送我的那瓶红酒。"

"哦，那款酒啊……"

乔森一听觉得有戏："你有是吗？"

"我想想看啊。"江漠远是何其聪明，故意押着他。

乔森不敢多言，等着他想。

"那酒我目前手里还真没有。"他的话说一半留一半。

"目前没有？这么说……"

江漠远淡淡一笑："是我朋友的酒庄，那款酒不售卖。"

"可不可以带我去酒庄看看？"乔森提出请求。

江漠远高深莫测："可以倒是可以……"

乔森听出他的画外音，赶忙拉过他："我知道你今天来是想谈酒店让股的事情，我们现在就谈这件事，不过谈完你要保证让我到得了那个酒庄。"

"我保证。"江漠远笑了。

沙琳在旁边捂着嘴巴笑着，他看了她一眼，由衷感谢。

美亚最终还是选择了奥斯公关，而公关委员会也因前一阵子的突发事件给了德玛传播一个警告，并以造成人员受伤一事为由头，取消了德玛传播今年评比资格。为此，程少浅与总部进行了一天的会议，德玛传播人心惶惶。

夏旅始终陪着庄暖晨，适当的时候给予安慰，但也只能是安慰，结果改变不了。

午饭，庄暖晨失去了胃口，拿着筷子愣神了半天，对面的程少浅见状问："饭菜不合胃口？"

这阵子因为调查事故，他们两个经常在一起讨论、用餐，公司上下开始传言纷纷。

"不，挺好的。"她收回心神。

"我已经申请将事故调查期延长。"程少浅给她夹了一块青笋，轻声道，"所以，我们还有时间。"

"总部什么意思？"

程少浅迟疑了一下。

"总要有人出面顶下这件事吧？要不然德玛传播在业界就会产生负面影响。"

程少浅放下筷子："我就算跟总部争到底都不会让你出面来顶，庄暖晨，你听明白了吗？"事态严重，总部直接插手要管这件事。

她敛下眼眸："我是这个项目的负责人，鉴定结果都朝着对我的不利方倾斜，我不出来顶，那么受质疑的人就是你，你没必要为了我这么做。"

"有必要。"程少浅语气严肃，"你看着我。"

她抬头。

"这世上，不是只有江漠远才能保护你。"他一字一句。

庄暖晨心口一震，眼神变得不自然。

"吃饭吧，别乱想，总之我会看着办。"程少浅重新拿起筷子。

她点头，却食不知味了。

两人沉默，只有筷子碰到瓷器的声音。半晌后她才又问："你这么做，是怕什么？"

程少浅停住筷子。

"你是怕失去个得力助手还是怕失去沙琳？"她一针见血。

程少浅愣了愣，苦笑："庄暖晨，我只是怕失去你而已。"他从来都是将话说得透明，却又不令人尴尬和厌烦。

"沙琳她……"

"我一直没找她。"

"其实你很想找她，是不是？"

"是，我很想知道她为什么还活着。"程少浅放下筷子，若有所思，"还有，这件事江漠远是不是一直都知道。"

她无法回答，因为她也在质疑。

"为什么不去找她？"她忍不住问。

"没有必要。"

"你喜欢过她。"

程少浅倏然冷笑："就是个可笑的错误。"

入夜，城市的另一边。

高档会所的私人会客厅里，夏旅怒瞪着眼前漫不经心喝着红酒的男人："你出尔反尔！为什么要害庄暖晨？"

男人轻抿红酒："你这话就不对了，害庄暖晨的人是你不是我。"

"当初我们说好只接走凌菲，水晶灯这件事怎么解释？"夏旅咬牙切齿。

"跟我无关。"男人身子探前，"听说鉴定结果出来了，是灯线的问题，这不是意外是什么？"

"灯线根本就没问题，我们又不是第一次租用那个场地，一定是有人在灯线上做了手脚，你说，是不是你？"

男人面色不悦："我管它灯线是不是意外呢，只要你完成了我要你做的就行了，你不是收到钱了吗，管那么多干什么？现在才想着讨公道太迟了吧？接走凌菲的事怎么也查不到你头上，现在那个程少浅想尽办法要保住庄暖晨，你就别跟着瞎掺和了，你不是还要往上爬吗？那我就好好帮你。"

"我不用你帮！"

"啧啧，当初也不知道是谁收了我的钱。"

"滚！"

男人不怒反笑，将一张卡放在她身边："我先走了，你随时可以来这里喝酒。

江漠远成功地拿到了股份转让的签署合同，代价是，乔森得到了酒庄的地址，他准备到酒庄去住一阵子。

沙琳绕在江漠远身边叽叽喳喳的："签了合同有我一份功劳，回国你要请我吃大餐。"

江漠远看了她一眼,眼神复杂。如果说沙琳只是一味给他捣乱,他大可以将她扔给南老爷子,但她的确帮了他个大忙,连周年都不好意思对她冷淡了。

周年拉过沙琳:"陪我去买杯咖啡吧。"

"啊?"

"走吧。"周年强行将她拉走。

江漠远这才得到安宁,看了眼时间,拿出手机。庄暖晨刚准备躺下手机便响了,接通,那边挺安静。

"睡了?"江漠远的嗓音好听到勾人。

"没,刚洗完澡。"庄暖晨拉过个抱枕搂在怀里。

"刚洗完澡?"江漠远听上去坏坏的,"我看看。"

这边她听着脸红,低叫:"别闹了,什么时候回来?"

江漠远想了想:"快了,这边的事情处理得很顺利,这两天就能回北京。"他原本想告诉她今天回,但转头改了主意,他想给她个惊喜。

"真的?"她语气不自觉染上惊喜。

"想我了?"江漠远轻笑,心暖暖的。

"别臭美了,我是想你回来的话我就耳根清净了,要不艾念三天两头催着我要包,你可千万别忘了帮她带。"

"没忘。"江漠远看了一眼行李箱,还有他精心为她挑选的礼物。

"胳膊的伤怎么样了?"

"没事了。"

"等我回去。"

"嗯。"

通话的时间不长,却令庄暖晨倍感温暖,从手机里翻出张照片,看着看着就笑了。是张偷拍的照片,在苏黎世,他去银行办事,她在咖啡店等他,隔着长窗她看见他的身影,就顺势拍了张。

照片里的他英伟,大衣随风轻摆,身后是大片瑞士国旗和美丽城镇的缩影,有皑皑白雪覆盖在童话般的屋顶上。

快回来吧,她想跟他说孩子的事,想跟他好好过剩下的日子,想跟他携手到老。这些话,她都想讲给他听。

庄暖晨在为拯救美亚这单生意做最后的努力,在赵总赶去同奥斯公关签约之前将他拦截,苦口婆心希望他能够重新选择德玛。

赵总一脸的为难："按理说我应该选择德玛，一来你为了我受了伤，这份人情是我欠你的，二来，我总要给江总个面子，但这是总部的意思，你知道我也要向总部交代的。"

他的话合情又合理，她也不好再多说什么，只好看着赵总上了车离开了会所。

她独自喝了杯柳橙汁，心里别提多郁闷了。打算离开会所的时候，一道熟悉的身影窜进眼眸。

她一怔。

男人身边还跟着一位，那张跟她相似的脸笑得灿烂如花，毫无忌惮地贴在他身上，两人一同进了电梯。

庄暖晨全身泛冷，快步蹿到电梯前，数字一格格跳，最后停在顶层。她知道这家会馆，顶层是私人休息室。

江漠远，他明明说过两天才回来，原来是背着她在这里跟沙琳私会。

庄暖晨死命咬着唇，直到腥甜在舌尖弥散开来。手掌攥紧成拳，砸了电梯按键，经过的人吓了一跳。

电梯门开了，她顾不上旁人惊讶的目光。电梯一层层上，速度挺快了，但她还是觉得慢。

顶层安静，踩上地毯的这一刻庄暖晨后悔了。真要是见面了她说什么？质问他为什么瞒着沙琳的事，还是像其他女人似的端着一副正室捉小三的架势，揪住沙琳一顿打然后冲着江漠远哭天喊地？

关键是，这层几个休息室，难道她要一间间敲开去问吗？

手机铃声倏然响了，于安静的走廊顿觉刺耳。庄暖晨赶忙掏出手机，一看傻了眼。

接听的瞬间，她听见心脏的狂跳声，闯进脑子里的念头就是：江漠远说不定编了借口说自己晚回京几天。

"暖暖。"

"嗯？"庄暖晨很快察觉出不对劲来，那头听上去有点吵，像是在公共场合。

"怎么才接电话？在忙吗？"江漠远含笑。

她一时间大脑缺氧，有点晕，不知道该如何回答。

"怎么了？"

"没什么。"庄暖晨闪到了楼梯口，"你在哪儿呢？"

"你猜。"

"我怎么能猜得出来啊。"她探头看了一眼走廊，没见什么人出来。

179

"如果不忙的话来机场接我。"

"现在？"

"是。"江漠远的嗓音温柔，"不会没时间吧？"

庄暖晨盯着走廊的一排排房门直眼晕，他怎么会在机场？刚刚她明明看到他和沙琳上了顶层。

"要是不方便的话——"

"不，很方便。"她稳了稳情绪。

"开车过来吧，我没通知公司派车来接机。"

"好。"

手机挂断后，她眉头皱得跟核桃似的，难道看错了？

程少浅处理文件的时候，夏旅敲门进来。

"有事？"

"嗯。"夏旅点头，在他对面拉过椅子坐了下来，"我想知道美亚的这次意外会不会牵扯到暖晨。"

"你怎么那么肯定是意外？"他停笔，抬眼直视她。

目光严苛锋利，她被逼得无处遁形，只能硬着头皮与他对视。

"那份鉴定结果已经在公司发布了。"一般情况下她很不愿意同程少浅交谈，庄暖晨结婚请假那段时间里，她已经领教了这位总经理的难对付。

果不其然，程少浅阖上文件，颀长的身子朝后一倚："我是指，凌菲被接走的那件事。"

打得夏旅措手不及，半天没回答上来。

程少浅微微眯了眼："凌菲被接走这件事，你认为也是意外？"

夏旅迟疑："在结果没出来之前我不敢下定论。"

程少浅若有所思地看着她，很聪明的回答。

"其实我只想知道暖晨会不会有事。"

"情况不乐观。"意外地，程少浅说出了实情，"如果没新的结果出来，她就会顶锅离开德玛。"

"这对暖晨不公平。"

"总要有人出面扛下这件事吧，如果替暖晨不值，那就想想怎么帮她比较好。"

等夏旅离开，程少浅的眉心却蹙紧，半晌后拿过手机。前不久收到了条讯息，内容令他震惊：德玛传播有内鬼，证据拿钱来换。

他不清楚讯息上所讲的内鬼是指谁，更不知道这个人是站在哪一边的，是对美亚活动这件事有利还是有弊，如果是有弊的话，那么程少浅可以推测出对方说的内鬼指的就是庄暖晨，如果有利的话，对方可能的意思就是帮助庄暖晨洗清嫌疑，那么内鬼又是谁？

庄暖晨赶到机场时，江漠远已在咖啡厅等候多时了，见她进来，起身将她搂在怀里。庄暖晨差点透不过气来，从他怀里抬头："怎么就你自己？"

"周年搭公司的车回去送文件，我反正也没什么事就在这儿等你。"

她故作漫不经心地问了句："你不是说过两天才回吗？"

江漠远凝眉："是这么安排的，但事情处理得很顺利就提前回了，原本打算给你个惊喜，但下了机又变了主意。"

"你的主意怎么总变啊？"

"我想享受一下老婆来接机的感觉。"他低笑。

庄暖晨轻轻推开他，微红着脸："走吧。"

上了车，庄暖晨原本要开车却被江漠远抢去了。

"你都坐了那么长时间的飞机了，还是我来开吧。"

江漠远启动了引擎，车子开出机场，他一手握着方向盘，拉过她的手轻握："没事，我来开。"

"你还回公司吗？"她低头看着他的大手，温柔有力。

"不了，直接回家。你呢？不用回公司了吧？"

庄暖晨看了一眼时间，摇头。

江漠远笑了："那，一起回家。"

照这么看来，刚刚真是她看错了。如果刚才的那个人是江漠远，他不可能这么快赶到机场，而且刚才她看到的那个男人外套是黑色的，而江漠远穿着的是银灰色。

转头看他，他的笑温柔沉静，她的情愫发了酵，将头靠在他胳膊上。

她的主动靠近撞了江漠远的心，眼底蹿过一抹错愕很快转为激动，忍不住伸手搂过她，趁着缓慢的车速，亲了她额头一下。

"看着点路。"她嘴角弯弯，轻拍了他一下。

江漠远这才意识到这点，唇角扬笑，这笑一看就发自内心。她不再看他，手却与他相握，心脏突突直跳。这种感觉好奇怪，就像在恋爱。

入夜，长窗霓虹。夜不能寐，这成了夏旅的习惯。

整杯的龙舌兰一口喝下，只觉不过瘾，龙舌兰的甘洌已不足令她忘了自己可耻的行径，便叫来酒保要了伏特加，几杯下肚，她看着灯红酒绿下的男人和女人们的脸都变了形。

舞池上，每个人摇得像是无骨的动物，一坨一坨的令她作呕。音乐鼎沸，众人欢呼。夏旅越听越烦，酒杯往吧台上一放，趔趄起身。

她蹿上了台，身段像是灵活的蛇，激得台下人尖叫狂呼。外套一脱，伴着音乐和狂呼声扔了下来，有人接住了她的外套打了口哨。台上的她穿着性感吊带，下身贴身小脚裤，修长的双腿，纤细的腰身，伴着舞姿将一身的妖艳之气发挥得淋漓尽致。

有几个男人忍不住跳上来，围在她身边一起狂舞，夏旅没搭理他们，自顾自地。她被围在男人的中间，身后贴着男人，身前也有男人，他们借着音乐晃动着身体，又通过晃动的动作来描绘着她丰满的身段。

夏旅拍掉了不安分的手。

"你真性感。"男人嬉笑猥琐，下一秒被夏旅推开。

"装什么装？"这男人怒了，上前一把钳住她。

但下一秒就被人一把扯开摔倒在地，人群中发出惊呼声。

夏旅被扯进了一堵胸膛里，她抬手摸了摸，这男人的胸膛好宽啊。

"你是不是疯了？"头顶上，男人嗓音严苛。

夏旅迷迷糊糊抬头："孟啸？"他怎么在这儿？

刚刚被推开的男人不悦起身，冲着孟啸叫骂："你丫有病吧？"说着抡个拳头就过来。

孟啸箍住对方的拳头，将夏旅搂到一侧，一脚踹过去，对方趴在地上，好半天没站起来。

扯过夏旅，他没好气道："跟我走。"

"去哪儿？"夏旅意识不清。

"回我家。"

"我不去，我要喝酒。"她被他扯得跟跄跄的。

孟啸一把将她抱起，冷喝："回家让你喝个够。"

吃过饭回别墅已经挺晚了，江漠远洗完澡在浴室里正在擦头发，庄暖晨走过来敲了下门，他看过去。

"行李箱里有见不得人的东西吗？"她站在门口，笑着对他说。

"还真有。"

"什么？"

江漠远坏笑，一把搂住她："我经过一家成人店。"

庄暖晨一脸震惊，江漠远却哈哈大笑。

"你再这样我就不理你了。"又一次被他耍了。

"我理你总行吧？"江漠远嗓音转为温柔缠绵，"我想你了，每天都想。"

庄暖晨心头泛暖，笑着避开他呵出的热气。

他笑着侧头，轻吻她的脸，见她又要躲，有点发狠地将她扣在怀里："还想跑哪去？"

"色狼。"她明白他口吻中明显的讯号来，心狂跳，推开他，"我去给你收拾行李了，有要洗的衣服吗？"

"明天再收拾吧。"

她看出他眸底深处蠢蠢欲动的渴望来："今日事今日毕。"一溜烟跑了。

江漠远哑然失笑。

很快庄暖晨又折回来，笑嘻嘻的："你还真帮艾念买包了？"

江漠远将毛巾放好："就当送她了，别跟她要钱了。"

"我怎么可能跟她要钱？"庄暖晨又跑开了。

如他推测的一样，她给艾念打电话了。应该是没看到他买的另一份礼物，被他藏在暗格里，她快过生日了。

江漠远看着镜子中的自己，暗自叹气，暖暖，别怪我骗你，我只是想让你再给我点时间。

思绪回到数小时前。

他看见了庄暖晨，在会所里，距离虽然远，但能确定就是她。

其实飞机早就抵达了北京，他原本想给她个惊喜，不料本一个电话促使他不得不先碰头酒店收购的事，沙琳在这件事上帮助很大，也清楚其中的收购环节，本要求她一同面谈。

本的休息室就在会所顶层，所以当他和沙琳踏进会所的时候，再想离开已经太迟了。庄暖晨发现了他，并且跟了上来，他只能硬着头皮往电梯里走。

只是，电梯升到一半的时候他随便按了一层数字键。

沙琳一脸惊讶地看着他，他说，你上去见本，把合同给他。然后快速出了电梯，沿着楼梯口下了楼。

从侧门出了会所，他给周年打了电话，交代了两件事。第一，马上过来接他并且用最快的速度将他送回机场；第二，来的时候把休息室的银灰色外套带过来。

周年果然是个好助手，火速救场，趁着周年往这边赶他又给庄暖晨打了个电话。

她相信了。

在机场，将她搂入怀的时候，他这才压下不安。他知道她开车的速度绝对拼不过周年，这是一场时间上的角逐。

他骗了她，可他不后悔这么做。这场误会越描越黑，唯一的办法就是彻底支走沙琳。

江漠远进了客厅，一眼就看到庄暖晨蜷在沙发一角，心咯噔一下："怎么了？"

庄暖晨抬脸看着他，叹了口气："艾念听上去很不好。"

他暗自松口气，坐下来搂过她："怎么了？"

其实艾念好不好他不关心，只要不是她心情不好就行。

"跟陆军吵架了，陆军这阵子很晚回家。"

"陆军不是升官了吗？忙很正常。"

"可他就是个公务员啊，哪儿来的那么多应酬？"庄暖晨自觉地窝躺在他怀里，"艾念说陆军脖子上有唇印，你觉得他可能在外面有女人吗？"

江漠远为难："我对陆军不了解。"

"他怎么解释的？"

"说是在夜总会那么多人，不知道谁蹭上的。"庄暖晨冷哼，"谎话也够弱智的。"

江漠远心里一激灵："那你认为什么样的谎话才叫高明？"

庄暖晨突然抬眼看着他，上下打量了一番。看得江漠远发了毛，半响后她才幽幽说，"换作你的话，可能就会很高明。"

"为什么？"他像是被人打了一下后脑，眼冒金星。

她敛下眼眸："因为你要是骗了我，直到现在我还没找到最直接的证据啊。"

有时候她情愿江漠远能将沙琳的事原原本本告诉她，可又不敢去面对，她不知道从江漠远嘴里讲出沙琳后会怎样。

"不是在说艾念和陆军的事吗？怎么又扯到我身上了？"他轻笑。

"那你说说那个唇印。"庄暖晨不是个死缠烂打的女人，有些话题也不过是一嘴带过。

"其实他们两口子的事我们没资格八卦。"见她要变脸，江漠远马上话锋一转，"不过，你是她的好朋友嘛，管管是正常的。我是觉得，可以让艾念多长个心眼。"

她若有所思，意味深长地看着他："你们男人是不是都经不起女人的挑逗啊？"

"你是一竿子打翻了一船人。"

"那如果对方当着你的面儿脱光光呢？"

"这世上还是有很多有操守的男人。"

庄暖晨懒洋洋看着他："我听着怎么你像是在给自己立牌坊呢？不怕泛水？"

"除非我想跟你离婚，否则不会泛水。"江漠远意味深长说了句，搂紧她，这句话他是发自内心的啊。

南池子胡同，沙琳正咬着一根糖葫芦乱转，一辆钛灰色商务车在她身边刹住，吓得糖葫芦差点掉地。扭头刚要骂，却在看清车主后撒腿就跑。

程少浅从车上下来，嘭的一声关上车门，转头看了眼同他一起下车的吉娜，吉娜抬手在头顶上一比画："得令。"

于是，维护公共环境的老大妈便看到了这样一幕：两个穿着不菲的女孩儿在大街上你追我赶，前者累得气喘吁吁还不忘手里的糖葫芦，后者脚底生风，一副梯云纵之势。

沙琳跑出了胡同，窜到了紫禁城的正脸围墙旁，可没跑多远就被吉娜扯住。周围来往的都是游客，还有巡逻警卫，见这幕后察觉不对劲，齐刷刷向这边过来。

不过戴红袖箍的老大妈行动更快，见吉娜一把夺过沙琳手里的糖葫芦后摇头。

"嘿，我说两位姑娘，为了个糖葫芦打架不值当了啊。"

吉娜咬了一口糖葫芦，掐住沙琳的脖子："你挺能跑啊，我穿平底鞋都没跑过你穿着高跟鞋的，跑什么呀？"

"你追我我当然跑了。"

"你不跑我不就不追了？"

大妈在旁劝架，警卫们也赶了过来，带头的冲着吉娜打了个军礼："你们有什么事？"

"大街上还不允许人跑了？"吉娜嘟囔了句。

老大妈在旁解释："开会期间，注意点影响。"

吉娜哦了一声，转头看清眼前男人的长相，顿时面带桃花："这位帅哥哥？"

男人一蹙眉。

吉娜赶忙改口:"不不不,解放军同志。呃,有没有叫错?"

正纠结,程少浅出现解了围:"司然?"

男人转头看向来者,眼神转为惊喜:"少浅?"

原来两人认识,吉娜暗松了口气。程少浅上前呵呵笑:"好小子,调到北京来了?"

"嗯,刚调回来没多久。"司然爽朗说了句。

"你是立了功的军人,在地方大材小用了。"

"在哪儿都是保卫国家。"

一旁的沙琳见状拔腿就跑。

"站住!"程少浅喝了一嗓子。

沙琳一个刹闸,吉娜将手里的糖葫芦往司然手里一塞,"帮我扔了哈。"冲上前一把揪住沙琳,拍她脑袋上,"让你跑、让你跑!"

"别打了!"

司然还有旁边的热心大妈都傻了眼,程少浅赶忙解释是场误会,司然这才恍然大悟。因为司然在执行任务不便多聊,两人留了联系方式后分手,大妈见没什么大事也离去了。

"吉娜,先放开她。"程少浅站在一旁命令了句。

"放开她再跑怎么办?"

"再跑?"程少浅冷冷说了句,"打折她腿。"

沙琳瞪眼看着他。

"你可听清楚了啊,再敢跑个试试。"吉娜松开她,晃了晃手腕。

沙琳整理了下衣服,愤愤不平:"你们有病吧,把我当贼抓了?"

"上车。"程少浅语气威严,转身朝着胡同方向去。

"我不回去!"私人红酒馆,沙琳惊叫。

程少浅坐在沙发上,手持酒杯没说话,却威力十足地看着她。

吉娜冷笑:"你不回去干什么?还想继续骚扰我哥和我嫂子啊?"

"那个庄暖晨根本就配不上漠远。"沙琳恶狠狠地瞪着她。

吉娜看向程少浅,半开玩笑半认真:"你妹真凶啊,要是我嫁给了你,肯定要好好收拾一下她。"

"你俩要结婚?"沙琳又是一嗓子。

"别转移话题。"程少浅出声了,语气不悦,"现在是在说你的问题,你要再这么胡闹,我会打电话给父亲。"

江漠远会看在南老爷子的面子上对沙琳忍让三分,可程少浅一点都不惯着她。

从男女喜欢到真相大白，别管是为了平复心头的不满还是拿出了兄长尊严，总之程少浅对之后的沙琳严苛有加。沙琳虽说觉得对不起程少浅，但也的确不服气，后来被程少浅强行关进小黑屋里七天七夜后顿时没脾气了。

七天七夜，只命人给她送水，一口饭都没给她吃。为此沙琳瘦了近二十斤，相当于进行了一次小辟谷。

还有一次她激怒了程少浅，他二话没说将她关在国外郊区的一座高塔上，只有巴掌大窗子的房间。房门倒是没锁，但高塔周边放了几头程少浅养的狼，是他跟着探险队探险时捡回来的狼崽子从小养大。

在历经被狼追的恐怖经历后，她便彻底变乖了。自此她见到程少浅也跟见了狼似的，也是从那天起，她逃跑的速度尤其快，毕竟这世上没几个人会有跟狼赛跑的经验，她是练出来的。

而沙琳和吉娜又是一段孽缘。

吉娜虽说是江漠远的远房妹妹，但走动算是频密，沙琳与江漠远在一起的时候也就顺带地认识了吉娜，两人打从见第一眼开始就不对劲。

大打出手是因为件芝麻大小的事，结果沙琳被吉娜狠狠打趴在地上，还挥舞着爪牙朝她进攻。这幕被当时正从赛马场上回来的江漠远看到，惊愕了好半天，总之这两姑娘一聚头，只有火药味。

沙琳咬着唇，转为委屈："他知道我来中国啊。"

"那他知道你做了什么事吗？"程少浅目光严肃，"你自己说说看你都给江漠远添了多少麻烦，他没把你扔出去算是给我最大的面子了。"

"我哪给他添麻烦了？"沙琳反驳道。

"江漠远能打电话给我，证明你已经给他带来了不少的麻烦。"

"我又没去骚扰庄暖晨。"沙琳气不过，"我已经很听他的话了，难道想见见他也不行？"

"他结婚了。"程少浅提醒一句，"你有必要放下身段去搅乱别人的婚姻，去做令人不齿的事？"

沙琳的眼眶红了，半晌后说："你和我都是南老爷子做了不齿的事才出来的。"

程少浅目光陡然变得严苛，语调倏然提高："你给我再说一遍。"

沙琳哪敢再说，眼泪啪嗒啪嗒掉下来了。

"你们俩吵得我头疼。"吉娜在一旁懒洋洋，"沙琳啊，我发现你有的时候挺缺心眼的。"

"你说谁缺心眼？"

"说你。"吉娜拿了杯酒,慢慢喝了一口,"你要是不闹吧,他这辈子对你还会念念不忘,现在倒好,他是巴不得见不到你,你说你是不是缺心眼?"

"你——"

"还有,"吉娜不给她说话的机会,"当年你是怎么回事啊?怎么搞得我哥跟杀人凶手似的?"

"你哪只眼睛看见你哥杀人了?"沙琳不悦。

"当时警察进门的时候他全身都是血,手里还拿把刀。"吉娜一想到当年那一幕就魂飞魄散。

"当时我都失去意识了。"沙琳将发生的事一五一十说了。

程少浅轻叹,没说话。吉娜一脸无奈:"你可真能作啊。"

沙琳抽了抽鼻子:"我就是很想他啊,总之我就要待在江漠远的身边。"

"你是不是也想让庄暖晨知道你的存在?"程少浅将酒杯往旁边一放,一脸严肃。

沙琳抬头看程少浅:"是不是你也喜欢她了?她就那么好吗?"

"别瞎说啊。"吉娜一把搂住程少浅,"你哥他心里只有我,这几天我们都同居了。"

沙琳惊愕,程少浅一把将吉娜推开,皱着眉头怒瞪了她一眼,吉娜见他眉梢泛了不悦也不敢造次。

"我给你一天收拾时间,一天之后你再不乖乖回国,那我就亲自送你回去。"他对沙琳一字一句道。

美亚最终还是跟奥斯公关签了约,陆珊几次向庄暖晨提出邀请,希望她来奥斯继续带美亚的项目。庄暖晨回绝了,这种杀鸡取卵、过河拆桥的事她做不出来。

德玛总部无声无息,负面新闻没断片,但处罚一事似乎搁浅了,每次她问程少浅的时候,他都是命她做好部门工作,其他的事别考虑。这样吊着更难受,倒不如来个痛快的,也不用她每天费思量。

转眼又到周末,江漠远回卧室时已穿戴整齐,坐在床边,俯身吻了庄暖晨的脸颊。

她嘤咛一声,微微睁眼:"你要出门?"

"回公司处理几份文件,中午差不多就能处理完了。"江漠远被她刚醒时的模样吸引,"我快去快回。"

男人呵出的气息弄得她痒痒的，伸手替他整理了一下领带："嗯。"

"再睡会儿吧，昨晚上累坏了。"

原本是句体贴的话，坏笑着说出来就变了味道。庄暖晨脸一红，伸手将被子拉高，江漠远被她逗得哈哈大笑，起身。

她从被子里探出头来："那个，午饭我等你一起吃。"又蒙上头。

她没看到江漠远的嘴角上扬到了惊喜的弧度，那笑，柔情得都快滴出水来："好，等我。"

等楼下没动静的时候，庄暖晨才睁眼，她早就睡不着了，手按在胸口上才发现心脏跳得好快。下床到长窗前，正好看到江漠远的车子开出庭院，心头窜过丝丝甜蜜。她很喜欢这种感觉，就像天地之间只剩下她和他了。

标维的会议从上午九点开到近中午，全程都是有关这次与德玛竞争某块地皮投资和开发权的问题，本因这件事回国坐镇总部，而江漠远也打算帮标维做完这笔投资后就抽身离开标维，所以每一个环节都死盯，以他多年的经验，这次标维的胜算很大。

从会议室出来又回办公室处理文件，不知不觉已是中午。有人敲门进来，是浓郁的咖啡香。江漠远头也没抬："咖啡放下，你下班吧。"

半响没听到秘书回话，他觉得奇怪，抬眼，却是庄暖晨站在办公桌前。

"你怎么来了？"见她来公司找他，心里更高兴。

庄暖晨抿唇轻笑："我让你秘书下班了，算不算越权？"

"江先生都要听你的话，更何况是江先生的秘书？"江漠远心情大好，说起话来也风趣很多。

她笑了："你还要多久？"

"最后一份文件了，要是饿的话，我带你先去吃饭。"

"不饿。"庄暖晨道，"忙完公事再吃也不迟。"

江漠远点头，低头看了一眼文件后又觉不妥："休息室有糕点水果，自己去拿着吃。"这是庄暖晨第一次轻松自得地出现在他办公室，一时间不知道该如何招待她了。

庄暖晨也察觉出这点，忍不住笑："我又不是第一次来你办公室，放心，我会招待好自己的，你看文件吧。"

江漠远觉得自己小题大做了，笑笑，继续处理文件。庄暖晨找了本书，从休息室里拿了只苹果，窝在沙发上看。

最后一份文件不薄，整个处理下来半个多小时。江漠远起身拿起外套："新开一家餐厅不错，带你去试菜。"

她起身将书放回书柜里，轻快应了声，跟江漠远在一起，从不会因不知道吃什么而烦恼。拿起包,她又问他:"下午你还有事吗?"

"没事。"他等着她继续说。

"新上了一部电影,豆瓣评分可高了。"

"你这算是向我提出约会吗?"

"那你去不去嘛?"

"去。"他毫不犹豫答应了,"去哪家影院?我给那边的负责人打个电话。"

"看个电影还打什么电话啊,正常排队买票就行。"

事实证明,周末看电影不是上乘之选,放眼一看尽是一对对情侣。江漠远选择了VIP包厢,她发现他这个人太难伺候,上百人的大厅他绝不会进,几十人的小厅他也嫌人多。

庄暖晨连带地把爆米花塞他怀里,画面就变味了。一个西装革履的大男人,一手拿着大杯可乐一手抱着盒装的绘有电影动画海报金灿灿的爆米花。陆续排队进场的男男女女都忍不住回头多看他几眼。

走向VIP包厢的人少得可怜,大部分人都去了大厅。等到开演的时候,全场还只有他们两个。

庄暖晨愕然:"你不会是包场了吧?"

江漠远做噤声状,拍拍她的脑袋:"电影开始了,别叽叽喳喳的。"

庄暖晨无语,看个电影要不要这么败家啊。

一部喜剧电影,庄暖晨笑得可乐都差点喷出来。江漠远刚开始还一个劲地劝她注意别呛到,后来没声音了。等到影片到一半时,整个包厢就她一个人在笑,她还奇怪江漠远真有定力,只觉肩膀一沉,侧头一看,他竟睡着了。

他眉梢有疲倦,睡得很沉。她不再笑了,生出一股子心疼,原来他也会累。抬手覆他的眉间,抚平淡淡蹙纹,他经常蹙眉吗?可她每次看到他都是微笑的,但他的笑纹又不多。

庄暖晨叹了口气,经常微笑的人为什么没笑纹呢?只有一个原因,他在大多数情况下微笑只是礼节。想起他上午的笑,那么爽朗,难道这么多年他没有太多开心的时候?

让他躺下来枕着她的双腿,她的注意力无法集中在影片上,低头看着江漠远,轻抚他的短发,这个强势的男人,连发质都是硬的,手心被刺得有点痒。骄傲如他,会在别的女人面前这样示弱吗?沙琳呢?她有没有看到过这样一面的江漠远?

影片完了近黄昏,西边艳红的火烧云于天际间绽放。回到车上,江漠远没马上发动车子,歉意道:"要不,我再陪你进去看一场。"

庄暖晨捶了捶腿,老天,他的头还真叫一个沉啊。"不用,其实你累了可以早点说啊,电影院里睡得多不踏实啊。"

"挺踏实的。"他拉过她的手轻轻捏了下,"伴香人睡能不踏实吗?"他还从没枕着女人的腿睡过觉。

庄暖晨笑:"那么吵哪能睡得好?回家吧,你好好休息一下。"

江漠远刚要搭腔,手机响了,他看了一眼,神情略显奇怪。安静的车厢,庄暖晨能听到电话那头的急促。

这声音,她努力回忆,有点耳熟呢?通话的时间很短,江漠远只是默默听着,然后回了句:"我知道了。"

结束通话后,庄暖晨问:"你有急事要办?"

"算是吧。"

"有急事你先忙,我自己打车回去就行。"她赶忙劝说。

江漠远轻叹:"你得跟我一起去。"

"啊?"

程少浅这两天出差,天刚黑的时候,飞机抵达了北京。

一到家,铺天盖地的玫瑰香袭来,刺激得他连打了几个喷嚏。吉娜穿了套护士服笑得一脸娇媚走出来迎他,还来了个九十度的鞠躬:"欢迎主人回家。"

程少浅第一件事就是冲到窗子前打开窗子,等室内的香气冲散,这才看清楚了吉娜的打扮,跳楼的心都有。

吉娜来了个制服诱惑,也不知道从哪儿弄的那么短的护士服,上身夸张得很。

"你、你……"程少浅一时间竟结巴了。

"好看吧。"吉娜转了个圈,可笑的是戴着双胶皮手套,一手还拿着只空气清新剂,熏死人不偿命的玫瑰香就是从这里面出来的。

他一阵头晕:"你看看你自己像什么样子?"

"护士啊。"吉娜一把搂住他,"程少浅,人家特意穿成这个样子等你,你不会没感觉吧?"

"无聊。"他推开她,皱眉。

吉娜一脸委屈:"你干吗这么凶啊?我不就是想增加一下你我的情趣嘛。"

"别说得好像我跟你已经发生了关系似的,赶紧换上正常衣服。"程少浅冷喝了一嗓子。

"这样不好看吗?"吉娜冲着他扭了扭身子。

"难看。"程少浅不搭理她了,直接上了二楼。

吉娜气得直咬牙,追上他,像豹子似的一把扑住他,将他扯进卧室。紧跟着一个勾拳打他的脸上。

程少浅没料到她会出手打人,避犹不及,身子一栽被她扑倒在床上。

吉娜突然又小鸟依人地靠他怀里:"软玉入怀美女在侧你都不心动吗?"

"不心动。"他淡淡一句。

"你——"

突然吉娜的手机响了。

吉娜愤愤道:"接完电话再跟你算账。"

车子一路往北开。

庄暖晨怀抱着未吃完的爆米花惴惴不安,前方红灯,车缓缓停了下来她这才问:"是谁给你打电话?"

江漠远控着方向盘,思量半晌说:"是我妈。"

庄暖晨倏然瞪大双眼。

周遭的建筑越来越眼熟,直到车子进了小区,江漠远找好了车位泊好车后她从车子里下来,愕然:"怎么来这儿了?"

他不知道如何解释,拉过她的手轻叹:"先上楼再说吧。"

庄暖晨被他拉进楼栋,相同的单元,相同的楼层,出了电梯,又朝着相同的方向拐进去。

"等等。"她拉住他手臂,"你千万别告诉我,妈现在就在我的新房里。"

江漠远刚要解释,一侧房门里传出高亢的叫喊声,吓了她一跳。走廊又扬起脚步声,吵吵嚷嚷:"真能喊,在楼下都听得见。"

庄暖晨回头一看,惊愕,怎么是吉娜?吉娜也吃了一惊,看向江漠远,"你怎么把她给带来了?"

"我就住这儿。"她直截了当。

吉娜翻了下白眼:"我当然知道你住隔壁了,我问的是我哥,打算把这件事曝光啊?"

"你说我住在隔壁?意思是,你住这间房?"

吉娜看向江漠远,江漠远一个头两个大,伸手扒了下头发。

"你怎么不进去啊?"吉娜转移话题。

江漠远无奈："我在想进去后说什么。"

"房子都快拆了，还管那么多？"

庄暖晨蒙了，眼睁睁看着江漠远敲了袁奶奶家的门。

一串电光在脑中闪过，她想起袁奶奶说过她有个孙儿，又想起爸妈曾经说过，江家的老太太最爱到处旅行，难道……

房门开了，是林琦，庄暖晨一阵眩晕。

林琦的脸色显得憔悴，看着门口伫立的三人道："进来吧。"

庄暖晨硬着头皮跟着江漠远和吉娜进了屋。

卧室里是袁奶奶的哭天喊地："我的命太苦啊……"

庄暖晨进门的这一刻就什么都明白了，袁奶奶，就是江漠远的奶奶，这不是偶然。

一向沉稳的林琦着实令庄暖晨大开眼目，听到袁奶奶的哀嚎后快步蹿到了卧室门口，陡然提高嗓音："别装可怜，今天你必须得跟我走。"

客厅正中央杵着个行李箱，里面散落了些衣服。吉娜没上前劝架，坐在客厅的沙发上，江漠远一脸无奈，立在旁边一句话没说。

"怎么回事儿？"庄暖晨心慌意乱的，是婆媳吵架吗？

江漠远拉她到身边："里面是我奶奶，这次又是被我妈抓到了。"

"啊？"是他奶奶她已经料到了，只是"抓到了"是什么意思？

没等细问，袁奶奶从卧室里出来，对着林琦呼天抢地地嚎："你在虐待我！你这个心肠狠毒的女人！"

看到庄暖晨后神情更激动，指着林琦："你、你你还把暖晨叫来了！"

"她早晚都会知道真相，需要我戳穿吗？"林琦毫不示弱，回吼，"你一声不吭就走了，还在她隔壁住？你是小孩子吗？这是在胡闹。"

"你懂什么？这是迂回！"袁奶奶捂着耳朵冲着林琦大喊，"我如果直接告诉她，她不就吓到了？"

"你是她奶奶怎么就能吓到她了？"

"我喜欢，我乐意，你管得着吗？"

"我是儿媳妇就得管你。"林琦也捂着耳朵回吼，"江峰都说了，这次逮到你绝对不会让你再跑出来了，跟我回去。"

"我不回去！"袁奶奶气得抓头发，"我孙子和孙媳妇都在这儿我才不回去呢！"

"他俩很忙，你不要添乱。"林琦气得跺着脚，"别到处走，在我们身边待着过晚年多好。"

庄暖晨还头一次见到一对用英文争吵的婆媳，声情并茂，激情四射，

193

尤其是袁奶奶，底气十足。

她拉了拉江漠远的手臂："她俩吵架为什么要堵耳朵？"

"可能嫌对方的声音太大吧。"

庄暖晨莞尔。

林琦掉头去收拾行李箱。

袁奶奶又开始嚎："漠远、暖晨啊，你们要为奶奶做主啊，这个女人太恶毒了，死活就要把我跟你们分开。"

"谁恶毒？"林琦将手里的行李箱往地上一放，冲着袁奶奶大喊。

"就是你，我说的就是你！"袁奶奶近乎一把鼻涕一把泪，"漠远啊，你要救救奶奶啊。"

林琦挽起衣袖，冲着这边走过来。庄暖晨吓坏了，还以为林琦要动手，刚要护着，就见林琦上来一把拉住袁奶奶，强行翻出她衣兜里的钱包。

"抢钱呐，儿媳妇抢婆婆的钱了！"

林琦丝毫不怕，打开钱包掏出所有卡，将空钱包扔到沙发上。转头看向江漠远："我警告你，再敢偷偷给你奶奶钱别怪我不客气。不要纵容她，万一出事你能负起这个责任吗？"

江漠远百口莫辩："我没偷着给钱，是吉娜陪着奶奶来的，我也是后来才知道。"

袁奶奶一听指着他，"你、你……"

庄暖晨先是一愣，紧跟着知道原因了。林琦一叉腰："原来你藏私房钱？钱拿出来。"

"你老公那么有钱你跟我要什么钱？"袁奶奶故意歪曲她的意思，到沙发上坐下来，痛哭，"我上辈子造了什么孽啊，儿媳妇都来抢我的钱。"

见两人总吵也不是办法，庄暖晨悄悄拉了下江漠远："要不你上去劝劝吧。"

"她们这样都习以为常了。"江漠远也一个头两个大。

"你还真靠不住啊。"庄暖晨无奈，抬头给了吉娜一个眼神，岂料吉娜也双手一摊，大有一副管不起的模样。

她实在看不下去了，走到袁奶奶身边坐下，安慰："袁奶奶。"

"你怎么还叫我袁奶奶啊？"说着又嚎上了。

吓得庄暖晨赶紧改口："奶奶。"

称呼刚落袁奶奶便不嚎了，变脸比川剧大师还快，看得庄暖晨直惊叹："奶奶现在就只剩下你一个亲人了，其他人啊都靠不住了，你老家的古镇好玩吗？要不你带奶奶到古镇去安度晚年吧。"

林琦这边吼了一嗓子："不管奶奶跟你说什么都别答应。"

她一愣，奶奶幸灾乐祸了："她中文不好听不大懂，咱俩就用中文说，气死她。"

庄暖晨这才想起林琦在国外长大，中文的确不大灵光，但奶奶不同，她是土生土长的中国人，庄暖晨道："您看您都一把年纪了，婆婆也是关心您。"

江漠远站累了，将外套脱下挂到一边的衣架上，走过来坐在庄暖晨的身边，从茶几下面拿出盒烟。庄暖晨看这套动作如行云流水般顺畅，好啊，平时抽的烟都在这儿备着呢，可恶的男人竟瞒她瞒了这么久。见庄暖晨目光放箭，江漠远尴尬地笑了笑，大有一副讨好之势。

奶奶楚楚可怜："连你也不要奶奶了是吗？"

"不，不是的。"

"我不想回去啊。"奶奶拉着她眼巴巴的，"我孙子已经指望不上了，奶奶以后就只有你了。你都不知道，你婆婆她虐待我，一天到晚地不让我吃东西，还把我关在房间里不让我走动，连太阳都看不见，多可怜呐。"

"奶奶，我怎么着就被您指望不上了？"江漠远在一旁控诉。

"没跟你说话，你这个叛徒！不是你通风报信的话，她能找到这儿来了吗？"奶奶冲着江漠远瞪眼。

江漠远闭嘴，默默抽烟。庄暖晨想笑，她还是第一次看到江漠远认怂。

"老太太。"吉娜忍不住开口，"您还想到处玩的话也不要颠倒黑白嘛，是不让您吃东西吗？还不是因为您贪嘴，有一次都吃到上吐下泻进了医院。"

"小丫头你瞎说什么？"

吉娜看向庄暖晨："这老太太的话不能信。有次她想要离家出走，背个包袱顺着窗子要往外爬，大黑天的正好让管家看到，你说换作是谁都会以为是贼，管家一声尖叫，这老太太也正好落地，手一哆嗦没抓紧，脚落地的时候就崴了。我阿姨，就是你婆婆，好心好意要她在房间里养伤，哪像她说的虐待？"

"她不关着我，我能顺着窗子往外爬吗？"奶奶顶了一句。

这边庄暖晨吓得心脏都快跳出来了，老天，一个老太太竟然还爬窗？她怎么做到的？

吉娜叹了口气："您都一把年纪了，可别折腾了，回苏黎世享乐多好。"

"我在这儿能享重孙乐。"奶奶冷哼一声。

庄暖晨脸一红，下意识看了一眼江漠远。江漠远抽着烟，唇畔的笑深远。

"不准用中文对话。"林琦忍无可忍,她听得一知半解难受极了。

奶奶扬扬自得:"我就说中文,就说中文。"

林琦有一半听懂了,气得脸煞白,吉娜好心解释:"老太太说她留在这里能享重孙乐。"

这回听懂了,林琦皱着眉头:"妈,你这样会让她很紧张。"

奶奶转头看庄暖晨:"你会紧张吗?"

庄暖晨不知该如何回答。

"奶奶。"江漠远将烟蒂摁在烟灰缸里,开口,"您这不是为难暖暖嘛。"

"那我问你,我什么时候能抱上重孙子?"奶奶向江漠远开炮。

江漠远笑着:"很快很快。"

她的心也跳得很快很快。

"我不管,我要见到重孙子再走。"奶奶看着林琦,"你再逼我,我就永远都不回去了。"

"让奶奶待一阵子吧。"江漠远见两人也吵得差不多了,劝说。

"是啊,阿姨,老太太性子很倔的。"吉娜在一旁降火。

林琦的脸色稍稍恢复:"留下来可以,但不能住这里,买东西不方便又没人照顾。"

"奶奶可以跟我们住在一起。"庄暖晨道,"我可以照顾奶奶。"她碰了碰江漠远。

他点头:"对。"

岂料当事人不同意:"我不跟他们住在一起,那是他们年轻人的世界。"

林琦坐了下来:"那就跟我回去。"

"我才不——"

"要不先住在四合院吧,反正空着也是空着,那边面积大,再多请几个人照顾也没问题。"

林琦看了一眼庄暖晨:"房子不是已经签到她的名下了吗?"

庄暖晨咬了咬唇:"我又还给漠远了。"

林琦、奶奶跟吉娜闻言都诧异地看着她,末了,林琦说了句:"还真是没见过你这种孩子。"

庄暖晨不知道她是生气还是高兴。

老太太这会儿同意了,觉得离后海近,没事能溜达溜达。江漠远命吉娜也搬过去，方便照顾。

"唉，我还没跟程少浅同居够呢。"

不是一家人不进一家门，这对婆媳吵完了第一个想到的就是肚子饿。庄暖晨跟吉娜到超市买了食材，江漠远挽起衣袖自告奋勇下厨，奶奶跟婆婆收拾房间。

厨房里江漠远忙得不亦乐乎，庄暖晨在旁打下手，最后实在没事做了，江漠远低笑："抱着我看我做吧。"

她从身后抱着他，歪头抗议："你太高了，这样根本看不到你怎么做。"

"禁止你偷学。"他爽朗笑了笑。

庄暖晨听着他的笑声，心里舒坦："妈在这儿呢，要她看见自己的儿子下厨该怎么想我这个儿媳妇呢？"

"她不会挑这种理。"江漠远开了油烟机，叮嘱了句，"手揣我裤兜里，别被油溅到。"

庄暖晨窝心，照做："我还得精进厨艺啊，人家都说管好老公的胃就是管好老公的人。"

"叫我什么？"江漠远低笑，心里一个劲儿窃喜。

"没什么，你专心点。"好话不说第二遍。"我还没跟你算账呢。"

"怎么了？"

"奶奶的事为什么瞒着我？"

"天地良心。"江漠远举高了手，"我也是后来才知道的，我想奶奶就是想跟你搞好关系吧。"

"我是挺喜欢她的。"

"我们人人都喜欢她。"

"真好。"庄暖晨将脸贴他的背上，"以前听外界说妈跟奶奶的关系不好，实际上妈很关心奶奶。"

"奶奶那个人是老小孩，我妈年轻的时候又总是带学生，往往就把奶奶像是管学生那么去管。"

庄暖晨笑，她从没遇见过这种家庭，她的婆婆，看上去冷冰冰的女人，似乎没她想象中的那么难相处了。

"那爸呢？遇上妈跟奶奶吵架也像你一样吗？"她八卦。

"你不懂，这叫无为而治，沉默是最好的解决方式。"

手机响了，是江漠远的。他不方便接，庄暖晨代劳。客厅里一个人没有，从江漠远的外套里掏出手机，是个陌生号。

对方声称是拍卖行的客服人员，告知说，江先生竞拍的"与子宜"已经入册了，会员等级自动生成，打电话是要做个回访。

"与子宜？"

"是啊，当时江先生还指示让在项链坠上缀一颗钻石心。"客服人员礼貌道，"请问江先生现在方便听电话吗？"

庄暖晨朝着厨房方向看了一眼："江先生正在忙，这样吧，我会告诉他你们来过回访电话了。"

她突然想起一件事："你所说的与子宜是不是前一阵子在国际拍卖行拍卖最高价的那款项链？"

"对，您是江太太吧？您先生当时跟我们工作人员说了，他太太很喜欢这条项链。"

"有劳你们了。"

庄暖晨记起那条项链，曾在奢侈品杂志上见过。除了材质珍贵和独特设计外，名字也相当讲究，出自《诗经》中的"弋言加之，与子宜之。宜言饮酒，与子偕老。琴瑟在御，莫不静好。"

当时她是多看了几眼，说实话真是喜欢，但江漠远怎么看出她喜欢了？原来他已经将那条项链收入囊中，那么项链在哪儿？她不敢多想，怕是自作多情，万一他不是想给她个惊喜呢？

庄暖晨坐在陪同区，等不远处的男人终于完成了一系列的物理治疗后起身上前："真不错，歇一下吧。"

满头大汗的顾墨点头，她刚要搀扶他却笑着摇头："我自己可以走过去。"

"喝点水。"她将备好的温水递给他。

他接过喝了一口。

"今天做起来还辛苦吗？你出了不少汗。"将一条干净的毛巾递给他后。

顾墨擦了额头上的汗珠："医生说正常。"

"你现在恢复得真的很好，我想很快就会健步如飞了。"

"如果真能健步如飞还多亏了你。"顾墨将毛巾放到一边，凝视着她，"没有你的话，我现在还躺在床上。"

她低头轻叹："如果不是我的话，你也不会跳楼。"

"暖晨。"顾墨深吸了一口气，"其实，是我对不起你。"

"事到如今，我们还说谁对不起谁有什么意义呢？顾墨，我现在就是希望你能够健健康康的，可以很快出院。"

"能够看到你，我宁愿一辈子住院。"

庄暖晨无奈苦笑："你这么想不对，你有没有想过你母亲？"

顾墨不说话，眉梢染上凝重。

"其实，这段时间你真的要感谢许暮佳。"

顾墨将身子依靠在椅背上，嗤鼻冷笑："你让我感谢一个始作俑者？如果不是她爸，我会这样吗？"

"她知道你已经……"

"她不知道。"顾墨皱了皱眉，"她没跟我承认，还以为我不知道。"

"对不起。"庄暖晨面露歉意，当初还是她告诉了顾墨许暮佳跟许作荣的关系。

顾墨拉过她的手："你跟我道什么歉？要道歉也是许暮佳。"

"这段时间，如果不是她的话顾阿姨都没人照顾。"

"你什么意思？"顾墨盯着她。

庄暖晨目光紧了紧，手一点点抽出来："她真的挺爱你。"

"我不爱她。"顾墨干脆利落，凝视着她目光柔软，"我心里只有你一个，这辈子都再也装不下别的女人了。"

"我已经结婚了。"庄暖晨与他的目光相对，"我们都要往前看往前走才行，不是吗？而且……"她在想怎么说接下来的话。

顾墨静静地等着她说。

"而且，许暮佳还怀了你的孩子。"庄暖晨咬了咬牙，"你要对她负责。"

"我会对她肚子里的孩子负责，至于她，不可能。"

"顾墨……"

"再陪我练习一会儿吧。"他不想再继续这类话题。

庄暖晨深知他的脾气倔，便不再多说什么，起身陪着他继续练习。

物理治疗室外，孟啸下楼取一份病历档案经过，无意朝里面扫了一眼，已经走过去的他突然觉得不对劲，又折回身，蓦地怔住。

庄暖晨？她怎么会陪着顾墨做治疗？

程少浅去了外地。

这段时间过得不大平稳，一来，德玛在危机公关处理上的效果并不明显，而奥斯公关趁机大肆拓展活动范围，将德玛传播逼到了死角。

其二，在国际上德玛与标维成了最受瞩目的两个竞争体，但媒体的借题发挥成了德玛总部在股票市场上受到重创的一大原因。

江漠远这阵子也忙得不亦乐乎,结婚到现在,他开始由晚归到不归,有时候忙到庄暖晨两三天不见他的人影。标维和德玛总部的竞标她不是没听说过,在江漠远面前,她也不再提及德玛传播的事。

转眼生日这天,接到江漠远电话的时候已过了下班点,他让她在公司等他,邀请她去共享晚餐。放下电话她傻笑,是想给她生日惊喜吗?

标维总裁室这边,秘书将尺寸改好的首饰送了过来。等江漠远满意地点了头,秘书这才松口气。

首饰盒装好,时间差不多了,江漠远正打算离开,周年急匆匆敲门进来,告知德玛总部开始反击,本要求全球重点国家首席执行官马上启动视频会议商量解决的办法。

江漠远蹙眉:"德玛的资金链不是被牵死了吗?"转身回到办公桌前,敲了一下电脑键盘。

这场竞标是牵动全球分部的赛事,如果只是简单的全球地王争夺倒不足以引起江漠远的兴趣,只是在这场争夺赛的背后牵扯了更多的名利,甚至是整个集团能够一跃成为龙头的关键。他善于操盘,将一个公司由无变有,再由有变强,这才是他的兴趣所在。

"只是南老爷子放的烟幕弹,江先生——"

"说。"江漠远看见数据攀升后微眯了下双眼。

"刚刚接到消息,程少浅回了总部。"

江漠远先是一愣,而后笑,意味深长:"有意思。"

"程少浅这次看来也耐不住寂寞了。"

"这次这么好的机会,南老爷子当然要用在儿子身上。"

周年点头:"本已经等候多时了。"

江漠远抬腕看了一眼,想了想:"你先去会议室,我马上过去。"

等周年离开后,江漠远放下外套,又将首饰盒拿在手里把玩了一下,犯难。稍许叹了口气,又给庄暖晨打了通电话。

手机那头庄暖晨倒没觉得什么,安慰他先忙公事。

"等我。"他低低说了句。

"今晚你能回来?"

"能。"

通话结束后,庄暖晨在这头重重叹了口气,大半个身子窝在宽大的座椅上,喃喃:"庄暖晨,你就不会对他说其实你很想让他陪你?你就不会告诉他,你都想他想了好多天了?或许你可以问他一下,知不知道今天是你的生日？你什么都不问，又好几天没见到他，你不是想他想得发慌吗？"

会议室硝烟弥漫。

墙体上的分屏幕全都是一张张谨慎凝重的脸，江漠远这边大有一副行兵打仗的架势，在向本汇报了中国区的配合策略后，朝着周年一伸手："回国后的那份数据报告给我。"

周年随手拿出份黑色文件，翻开，愣住："江先生，拿错文件了。"

视频中各国首席执行官诧异地看着江漠远，连本也挺惊讶，谁人不知江漠远及周年办事从未出过差错。

"应该是有人拿错了文件。"周年暗自着急，想了想，起身离开会议室。

他这一去倒是挺长时间，会议继续，先跳过中国部分。终于周年回来了，凑近江漠远身边说了句。

江漠远眉心皱紧，压低嗓音："赶紧取回来。"

周年这边刚要开口，江漠远的手机就响了，接听，那头急匆匆的，他不悦，压着性子说了句："你等着我。"

等江漠远一路开车赶到超市门口时，沙琳正坐在台阶上，身边还散着个购物袋，见他来了，眼泪啪嗒啪嗒掉了下来。

"你是怎么回事儿？"压了一路的不悦爆发，江漠远冷喝。

"你还凶我？不是为了你那份破文件我能差点被车轧死吗？"沙琳也一肚子不快，指着右脚，"伤筋动骨还要养一百天呢。"

江漠远强压下怒火："肇事司机呢？"

"跑了。"

"脚怎么样？能动吗？"

"没断，死不了，就是崴得厉害。"沙琳没好气。

江漠远看了一眼时间："文件给我。"

"干吗冷冰冰的？又不是我故意带走那份文件的，谁让你的跟我的都是黑色文件夹？"在程少浅的施压下，她不得不做离开的打算，不想收拾东西的时候拿错文件，要不是公司小秘书打电话来问她都不知道。

之后周年又特意给她打了通电话，说文件挺着急用，她想着节省时间吧，帮他把文件送去，结果倒好，一出超市就飞来横祸。

"拿过来。"他没功夫跟她浪费时间。

见他眉心不悦，沙琳更恼："谁来超市买东西还随身带着文件？"

江漠远攥了攥拳："在哪儿？"

"酒店！"沙琳瞪了他一眼，都快回去的人了，她现在只能住酒店。江漠远朝她一伸手："房卡给我。"

"你把我直接送回去不就行了吗?"

"我找人送你去医院。"

"不去。"沙琳执拗,"我又没断胳膊断腿。"

庄暖晨加了班,忙完后才发现都九点多了。走出公司的时候,部门的人都走光了。上了车,她一时黯然神伤,今天但凡记得她生日的人都给了她电话,唯独夏旅。

长安街一如既往地堵,她导了条相对好走的路线。车行到金宝街附近的时候,肚子也唱了空城计,就打算找家差不多的餐厅犒劳一下自己。

夜色霓虹,金宝街大多数是高档商城,吸纳了全球尽数的奢侈品旗舰店和酒店。于是,庄暖晨就眼睁睁地看见一辆熟悉的商务车停在了前方不远处,喷泉光影耀在车身上。

庄暖晨下意识减缓车速,一转方向盘将车子滑进拐弯处。她该走的,至少这一刻不该停车。

是家酒店。

车门打开时,门童已经迎出来了。是江漠远的背影,从车上下来,身边还跟着个女人。她站在车子前不知对江漠远说了句什么,他走近她。

庄暖晨会永远记得这一天,她生日当天,金宝街的街灯绚烂,在这条她无数次经过的街道,她坐在车子里,眼睁睁地看着自己的丈夫抱着别的女人走进酒店。

那张跟她相似的脸漾着同上次一模一样的脉脉情愫,她的眼里只有他。她再次撞见了他们两个,巧合到既狗血又讽刺。他说他很忙,原来是忙着陪另一个女人。

近午夜,江漠远才到家。

庄暖晨窝在沙发里,静静看着墙上的钟表。听见玄关响的时候,她的心跟着颤了下。

江漠远进屋后见她没睡,一脸内疚,将公文包放到一边后上前搂住她:"对不起。"

她任由他搂着,是啊,他应该跟她说对不起,他的衣衫沾染了女人香,那若有若无的香气,像是无数根绣花针扎她心上。

"干吗要跟我说对不起呢?"她违背了内心,笑容沾染,如水般轻柔。

"其实今天我想给你个惊喜,餐厅都找好了,但临时有事没办法脱身。"江漠远轻叹。

庄暖晨笑了笑,起身为他脱去了外套。是啊,他的确没办法脱身,换作她是男人的话,也经不住沙琳的热情洋溢吧。

"今天很忙吧？"她站在衣架前没顺着他的话说，轻抚他的外套。

"是啊。"江漠远走上前，从身后将她搂住，下巴抵她的肩膀上，"一整晚都在开会，折磨人。"

"辛苦了。"痛是把钝刀，心口被割裂，流血。

他对她撒了谎，是一整晚都在开会还是在酒店里跟沙琳……

"你冷？"察觉怀中人在轻颤，江漠远吓了一跳，担忧问了句。

"不冷。"

江漠远看着她，在她耳畔喃喃了句："闭上眼。"

她不知他要做什么，照做。很快脖子上微微薄凉，再睁眼，对上落地镜中的自己。很精致的项链，链坠上的桃心镌刻了"Love"字样，背后是"与妻"二字，落款为江漠远的烫金签名。

不是竞拍的那条，原来真是她会错意了。

"生日快乐，老婆。"江漠远从身后将她搂住。

"你知道今天是我的生日？"

"还好赶到十二点之前回到家。"江漠远眼角眉梢尽是宠溺。

她笑了，对着他的眼。

"礼物喜欢吗？"

"喜欢，谢谢你。"

江漠远，你就这么有恃无恐吗，在妻子生日当天，一整晚都在陪着另一个女人？

"喜欢就好，今年仓促了些，下次不会了。"

窝在他怀里的庄暖晨轻轻点头，笑容却渐渐收敛了。

已经过了凌晨，她还处于失眠状态。确定江漠远是睡熟了，她去了书房，再次翻看了沙琳的微博。

果然有了更新，沙琳发了张自拍照，笑靥如花，脖子上戴着的就是那条项链，那条她喜欢了好久的项链。

沙琳，是在跟她秀幸福啊。

庄暖晨心脏被一只手攥着疼，江漠远啊江漠远，你偷情也要做得职业点吧？胸腔又有酸水猝不及防涌上来，呛到了她的喉咙，太阳穴跟着一突一突地疼。

刚想关照片，目光不经意扫过沙琳背后，手一顿，这张照片的背景她看着眼熟，大脑拼命搜索讯息，猛地，后脑像是被狠狠撞了一下，是那个会所。

她没去过会所的休息室，但长窗后面的建筑群她认得。那天她以为那个男人是江漠远，还跟着一路上了休息室的走廊，那些建筑一清二楚地刻在她的脑子里。不祥预感像是井喷似的涌上来,那天真是她看错了吗?

第二天,酒店里沙琳费劲巴力地洗完了头,刚准备吹的时候门铃响了,皱了皱眉头,还以为是客房服务便没多问,把门打开。紧跟着愣住,半天:"你、你……"

"你对我不陌生吧,这张脸让我们省去了很多客套的环节。"门外,庄暖晨落落大方,淡然,"你好沙琳,我是庄暖晨。"

来金宝街的路上,她整个人都在恍惚,并错了两次车道,闯了一次红灯,差点跟左右穿行的车辆撞在一起。被开了罚单、扣了分儿等等这些她都毫无意识,只觉得双手双脚都在窜麻,车是没法再开了,停在马路上叫了辆计程车才来的酒店。

她还是去找了会所的监控资料,以会员身份谎称丢了首饰。那个男人的身影被监控器拍得无处遁形,她的绝望也席卷而来。

一直以来庄暖晨都觉得江漠远是个不会在女人身上花心思的男人,因为他曾是她的雇主,一年多的时间令她足以相信江漠远是个在女人方面很怕麻烦的人。

可她记得电梯里的那幕,他带着沙琳进了电梯,然后他又出了电梯。另一个监控画面里他在打电话,打了两个。

她不是傻子,猜得出他打这两个电话是怎么回事,江漠远啊江漠远,为了瞒她可真是煞费了苦心。

"不请我进去吗?"庄暖晨语气温婉如湖面平静。

一手还拿着毛巾擦头发的沙琳好半天才有反应,往旁一闪:"请进。"

等庄暖晨进来,沙琳也迅速调整好了战时状态。简单整理了头发,坐在她对面:"真是不好意思,这里没什么可招待你的,你来得太匆忙,我一点儿准备都没有。"

"没关系,我想我们的关系也不见得要你多么盛情款待才是。"庄暖晨随意倚靠在沙发扶手上。

"很多人都说你长得很像我,今天见了的确叫我大吃一惊。"

"很多人说?你指的是谁?漠远吗?"

沙琳眸底悄然染上了犀利的光。

庄暖晨与她对视,不以为意地笑:"撞脸不是个愉悦的体验,我之前也心里不舒坦,但漠远说咱俩并不像。今天见着面了,你觉得咱俩长得像吗?"

沙琳拿个抱枕懒洋洋地搂在怀里:"庄小姐,你想让我离开漠远吧?"

"你能离开他吗？"庄暖晨语气依旧。

沙琳不屑地看了她一眼："从始至终你都只是我的替身。"她开始反击，"我跟他早就相爱了，都已经谈婚论嫁了，所以你算什么？"

意外地，庄暖晨笑了："照你的说法，今天我倒像是个小三闹上门了。但是沙琳小姐，小三也好替身也罢，我跟他已经结婚了是事实，所以哪怕出于礼节，你都应该叫我为江太太。"

沙琳虽恨得咬牙切齿，但尽量控制情绪。

"娶了你能证明什么呢？他娶你不过是因为你长得像我，现在他很想跟我在一起。哦，你都不知道他出差的时候都带着我呢，我们天天在一起，漠远他很疼我。"

庄暖晨始终保持温温的笑。

"他没跟你说吧，我还在标维做过他的助理呢。"沙琳轻叹了，"我倒是奉劝你一句离开漠远才对，你们两个根本就不合适。"

庄暖晨摇头淡笑："我从进门到现在，说过今天来找你的目的是让你离开吗？"

沙琳一怔。

"让你离开，他来做就行了，我何必大动肝火做这种费力不讨好的事？"

"你……"

庄暖晨朝着她一伸手："项链。"

"什、什么？"

"你在微博上秀照片不就是为了让我知道吗？现在我来了，你也该物归原主了吧？"庄暖晨笑得有点没心没肺，"难道漠远没告诉过你，随便拿他女人的东西后果会很严重吗？"

沙琳倏然起身，一时间忘了脚伤，疼得直皱眉："这条项链是他买给我的！"

室内陷入沉静。

少顷，庄暖晨一偏头，目光扫了一下她的脚，抬眼轻笑："你脚伤成这样了，他怎么还有心思去忙别的呢？"

"你……"沙琳想过庄暖晨可能会来闹，上演捍卫正室地位的戏码，面对林林总总的情势，她都想好了对策，逼着庄暖晨不顾一切跑去标维大闹江漠远。

可庄暖晨太风轻云淡了，反倒打得她措手不及。

"你说项链是买给你的，那好，项链背后应该刻着字吧。"

沙琳下意识颤了下,但还是硬着头皮道:"有字怎么了?那是漠远特意为我刻的。"

庄暖晨察觉她的心虚,一颗心终于落地。

她在赌。

从上次的客服电话里得知项链进行过调整,一般情况下,买家调整项链百分之九十都会在吊坠上下文章,昨晚的礼物就能证实这一点。刚刚不过是在试探沙琳,没成想真让她给押中了。

再者,如果项链真是江漠远买给沙琳的,那么沙琳该质疑她是怎么知道刻字这件事的,这是正常人的逻辑,但她没有。

"这样啊。"庄暖晨故作思考了一番,顺着她的话说下去,"这就奇怪了,漠远说为我竞拍了条项链,哦,就是你戴的那条,后来找不到了。挺奇怪的不是吗?我得打个电话问问他。"

沙琳急了:"你别……"

庄暖晨看着她,更有底气了:"项链是你在漠远不知情的情况下拿走的吧?给我。"

沙琳恨得牙根直痒痒,现在庄暖晨是一点点将她逼到了悬崖上,她不能上前一步亦不能后退。给她吧,心里不舒坦;不给吧,她又怕庄暖晨真的一个电话叫江漠远过来。

庄暖晨始终朝她伸着手,淡定自信。

沙琳真想狠狠打她一巴掌,但还是忍住了,好半天才动弹,从化妆台上拿过个精致的小盒子,心不甘情不愿地交到了她手上。

天鹅绒锦盒,漂亮得扎了眼。

庄暖晨打开锦盒的瞬间,难以言表的痛楚倏然在胸口席卷铺散,他出差的那段日子,沙琳真的在他身边。

"我给你项链不是因为我心里有鬼,而是我不想让你去闹漠远。"沙琳总想着要给自己扳回面子。

庄暖晨懒得搭理她,转身要走。

"你来找我就是为了项链?"沙琳还是不相信。

"我已经说得很清楚,找你就是为了这条项链,你一会儿可以打电话给漠远告状。"

"喂。"身后,沙琳一瘸一拐跟上前,语气不悦,"他在你心里都不如一条项链?你跟他在一起就是图他的钱是不是?"

庄暖晨没回应她的话,落在沙琳脸上的目光却极为不屑。

见她就这么走了,沙琳着实气得不轻,不顾脚疼冲到了门口大喊:"你给我把话说清楚!"

计程车一前一后,这个时间段路不堵,再迟钝的人都能察觉出不对劲。庄暖晨嗤鼻一笑,紧跟着拨了通电话。

"我不舒服,能接我回家吗?"她调整了下坐姿,等对方说完话后点头,"嗯好,我在公司楼下等你。"

半小时后车子开到德玛传播楼下,计程车前脚走,身后那辆后脚就到。

西落的时间,淡淡余晖扯动着天际的光泽。庄暖晨站在原地没动,看着沙琳一瘸一拐地走近:"你跟着我干什么?"

沙琳一把揪住她的胳膊,嗓音尖锐:"今天你要把话说明白!"

"我该说的都已经说了,你还有什么不明白的?"

"你骗了漠远,你跟他在一起只是贪图他的钱。"怒火从她眸底宣泄出来,"我不能看着漠远被你这种女人骗了。"

庄暖晨一把推开她,眉梢冷峻:"就算我骗他,他也是心甘情愿受骗,怎么,你心里不服气?这种事还轮不到你来伸张正义。"

"你这个骗子!"沙琳气疯了,再次抓住她的胳膊,尖细的指甲近乎都嵌入她的肉里,"你凭着跟我相似的脸来勾引漠远,我不能眼睁睁看着他被你毁了。"

她的力道不轻,加上有留指甲的习惯,庄暖晨只觉得胳膊火辣辣地疼,想挣脱却发现沙琳的力气不小。

"你疯了?放开我。"

"不放!我要带着你去找漠远,让他好好看清楚你的嘴脸。"沙琳使劲扯她。

庄暖晨刚想将她推开,余光不经意瞄到了街边那辆商务车,念头就压了下来。

等那辆车一停,她顺势推开沙琳,自己摔在地上,手里的锦盒滚到了一边,手腕擦了地面,蹭掉了大块皮,渗了血。

沙琳指着她尖锐冷言:"你也不拿着镜子好好照照自己,别以为长得跟我挺像就高枕无忧了。趁现在漠远还没发现你的嘴脸拿项链走人,这条项链卖的钱也够你吃喝一辈子了。"

话音落下,男人急促的嗓音扬起:"暖暖!"紧跟着有人冲上了前,将庄暖晨搀扶了起来。

沙琳的得意僵在了脸上,目光由幸灾乐祸转为惊愕。

江漠远的身影遮住大片余晖,他一脸紧张,执起她的手发现大片殷红后目光转为心疼,却在看到地上的锦盒后倏然严苛,蓦地转头看向沙琳,严苛成了愤怒。

这目光寒凉得骇人，沙琳从来没见过他这么生气过，下意识后退了一步。

"漠远，"庄暖晨红着眼眶，"手疼。"

江漠远被这一声勾得心都跟着疼，扭头看向怀中女人："我带你去医院。"

她又叫了声，眉头拧成麻花。江漠远一凛，二话没说挽起她的衣袖，见到胳膊上的抓痕后倒吸一口凉气："怎么回事？"

庄暖晨一脸委屈："我在楼下等你的时候，她就冲了过来，说我配不上你，还把项链给我，她说这条项链就算是对我的补偿，让我离开你。"

江漠远一听，脸色冰冷。这边沙琳急了，跛着脚冲上前："庄暖晨你撒什么谎？"

"滚。"怒火从江漠远眼眸深处不吝啬地迸发，嗓音寒凉得很。

沙琳震惊，很快眼圈就红了。

心计谁都会耍，就看有没有被逼到份儿上。庄暖晨一点儿都不想耍这个心计，她在处理男女关系上是有惰性，但不意味着好欺负。

沙琳哭了，挺委屈："江漠远，你是非不分。"

"刚刚我听得一清二楚。"江漠远咬牙切齿，"你偷拿了项链不说，还拿着项链来羞辱她？沙琳，我说过的话你是不是忘得一干二净了？"

"不是……"沙琳话说到一半猛地打了个寒战住口，她今天的行为已经踩了他的原则。

她被庄暖晨耍了。

"你这个骗子！"沙琳冲上前来打她。

江漠远挡住了沙琳，一个不耐烦将她推开，沙琳摔倒在地。

"江漠远，你睁开眼睛好好看看，她就是个满嘴谎言、贪慕虚荣的女人！"

沙琳的哭喊引来了路人的驻足观看，江漠远脸色铁青得吓人。庄暖晨一把推开他，招手打了辆车。

"暖暖。"江漠远慌了神，拾起锦盒冲到了路边。

"江漠远——"

"别再让我见到你。"江漠远撂下一句话后开车便去追庄暖晨。

一前一后回到家，庄暖晨眼睛红红的。江漠远拿了套家居服下楼走到她身边，坐下："衣服换下来吧。"

她不说话，连看都不看他。他知道她心里有气，不加勉强，将锦盒放在茶几上。

庄暖晨像发了疯似的一把抓起锦盒扔了出去，锦盒撞在落地玻璃上又反弹了回来，掉在地毯上松了口，项链滑了出来。

眼泪流了下来。

"别哭了。"江漠远抱过她。

她流着泪冷言："你的那件黑色外套呢？上个月定制的那件。"

江漠远一愣，蓦地明白了，想解释却一个字说不出来，半晌后喃喃了句："我知道在这件事上我对不起你，但事情不像你想的那样。"

"原来你也知道我会误会吗？我不是没给过你机会，但你呢？除了骗我还是骗我！"她一把将他推开，攥紧了拳头，"江漠远，没有你这么欺负人的，她死了？那我看到的又是谁？鬼吗？"

江漠远最怕的就是有这么一天，但这一天还是来了。

他抿了抿唇："她还活着，这也是我后来才知道的事。出差回来那天，我的确骗了你，但我真的是怕你误会。"

"你连跟我解释的打算都没有，怎么就肯定我不会相信？你可真有演技，你从商都可惜了，应该去做演员，绝对能拿个影帝回来。"

江漠远迟疑。

"我是查了监控。"庄暖晨直截了当。

江漠远伸手拉过她："既然你都看见了，就应该知道我对你的心思，如果不是怕你生气和误会，我能那么做吗？"

"你骗了我反倒有理了是吧？我还得对着你感恩戴德是吧？"庄暖晨冷讽，"那是不是我还要去感谢沙琳，感谢她在你出差期间陪君伴驾伺候左右？"

江漠远心里恨不得将沙琳捉过来撕碎。

"我压根就不知道她会跟着去。"他一五一十交代，这中间庄暖晨没打断他。

解释完后，他补充："沙琳的事，说实话，我没打算跟你讲，因为她马上要走了，我不想因为她的出现导致你跟我有了隔阂。"

庄暖晨眼眶里如水如雾："我早就知道你跟她在来往，我不管你们有没有关系，我要的只是你的一句实话。我亲眼看着你俩在一起，我等着你的解释，甚至还主动提到沙琳，你没说。我生日的晚上，你抱着她进了酒店，十一点半才回来，带着一身的香水味儿你告诉我，你在加班，在公司里开了一晚上的会。"

她呼吸急促，胸口痛得要了命："江漠远，我不说不代表我没看见。"

江漠远见她脸色苍白得吓人，强行将她搂了过来，察觉她在轻轻打战后用力抱紧,连连道歉。

"沙琳拿错了文件,我去酒店是去取文件,沙琳崴了脚,我不想浪费时间只能带她回酒店。那条项链是送给你的,我知道你喜欢它,那本杂志你翻了不下十遍。我不知道后来怎么落到了沙琳手里,没了礼物,我只能另行准备。"

他缓了口气,低头凝视着她苍白的脸:"我真的以为这件事我会处理好,但没想到还是伤害了你。"

她不语,敛着长睫遮住眸底痛楚。江漠远摸了摸她的头,半晌起身走到落地窗前,拾起项链,坐回她身边。

"我帮你戴上,好不好?"哄女人的手段他自认不及孟啸。

庄暖晨抬眼:"别的女人戴过的东西,我不稀罕。"语气淡然。

"该解释的我都解释了,你还想让我怎么样?"

"你终于不耐烦了?"

"没,我哪有不耐烦?"江漠远赶忙赔笑,小心翼翼拉过她的手,"这样吧,你问,我能回答上来的我都回答你,只要你能消气,让我做什么都行。"

"我想听有关沙琳的一切。"良久,她说。

这一句倒让江漠远大松了口气,便一五一十将有关沙琳和他的事、沙琳跟程少浅的事及沙琳与漠深的事全都倒了出来。他说得详细,只是到了最后,在讲漠深的时候有几次的停顿。

"我都了解了。"庄暖晨终究还是见不得他回忆过往的痛楚,尤其面对漠深的死,而她也终于明白江漠远在苏黎世挨打的最根本原因。

"那你现在相信我了吗?"

她的目光在半空中与他对视,他忍不住低头要亲,她却扭头避开了,江漠远快抓狂了。

"我爱的是你,不是她。"

庄暖晨环抱双腿,低着头一句话没说。她没那么胡搅蛮缠,也没那么丧失理智,她生气不假,但要这么一个生性骄傲的男人苦苦解释了大半天,一点没感动是假的。

她在怪自己,总觉得无论怎么做,跟他在一起都有心理负担。她怕爱他,爱到失去自我,这是件太可怕的事了。

"沙琳呢?她怎么办?"许久,她才开口,声音哑哑的。

江漠远神情认真:"相信我,我会处理好。"

"我给你时间。"她语气松软了下来,脸埋进抱枕里,"但是,你也给我时间静一静吧。"

天气愈加热了,又是一天清晨。晨光在床榻上慵懒散落,晃得满室金黄。

手机嘀嗒一声响,女人惊醒,睁眼时对上男人的胸膛,紧跟着惊叫一声。

孟啸被吵醒,睁眼,对上她惊愕的模样,慵懒笑了笑:"时间还早,再睡会儿。"

夏旅一把将他推开:"昨晚上我们怎么了?"

孟啸失去了睡意,起身倚靠在床头:"没什么,你又喝醉了而已。"这已经是他不止一次在酒吧里找到酩酊大醉的她。

"那我们……"

孟啸笑得暧昧:"你说呢?"

她听着都心里发慌,他说得倒是平淡。

"我们又不是第一次发生关系了,干吗这么害羞?"

赶忙下床穿衣服。孟啸从身后将她一把搂住,喃喃道:"别走。"

"放开我。"

"我不放。"孟啸强行将她的身子扳了过来,目光严肃,"这一次,说什么我都不会放开你了。"

夏旅被他目光吓到,慌了:"你、你胡说什么?你总得让我去上班吧?"

孟啸笑了,搂紧她:"行,下班我去接你。"

俨然情侣的暧昧令夏旅心里七上八下的:"我说过我们是饮食男女,不用当真。"

她记不起来昨晚上是怎么回事,更不记得见过孟啸,这是他家,她认得,上次喝醉就是在他家醒来的。

"我会当真。"孟啸一字一句,"夏旅,我们可以试试。"

夏旅一眼望进他的眼,惶惶不安:"试什么?"

"在一起。"孟啸的眼清澈,"做我的女朋友。"

她下意识缩了缩身子,肮脏如她,不配拥有幸福。

"你同意也得同意,不同意也得同意。"

夏旅瞪大双眼:"孟啸,你都是这么交女朋友的?"

"我才懒得这么做,除了你。"

夏旅慌了神,心口有股子痛楚滋生。

"我……"

"行了,这件事就这么定了。"

"什么就这么定了？"夏旅惊了一下。

"谈恋爱啊。"孟啸坏笑。

"我没同意。"

"你也要对我负责吧？"

"啊？"

"我人都是你的了，你还打算抛弃我？"孟啸挑眉。

夏旅简直是听到了世纪末最可笑的笑话，弄得跟清纯小生似的，他身边还缺过女人了？

"今天陪我吧。"孟啸将脸埋进她的颈窝，"我今天好不容易休息一天。"

"你别这样，孟啸，我们得说清楚。"

"我刚才说得多清楚啊。"孟啸赖皮状，俊脸蹭着她。

"孟啸，你——"

"还有，过两天我妈过生日，跟我一起回家。"

"啊？"

冷静的结果是庄暖晨到新房去住了。

江漠远知道后先是不悦，后来想着这段时间标维和德玛的竞争激烈，他几乎每天忙得跟陀螺似的，出差的次数越来越多，她到新房住也好，至少不会闷。

庄暖晨住进新房倒是闲不下来了，奶奶几乎每天找她做思想工作，这八成就是江漠远的主意。

沙琳这段时间没更微博，也没什么风吹草动。她不知道江漠远是如何处理沙琳的事情，既然给了他时间她便也不再过问了。

这天吃过午餐后，庄暖晨一踏进公司便觉得不对劲，询问之下才知道是程少浅回来了，她无奈，行政部的丫头们是憋着劲要引起程少浅的关注，每每他来公司，她们都打扮得花枝招展。

部门开完会，刚回办公室庄暖晨便接到了一通电话，是齐媛媛。

十分钟后，她在楼下的咖啡厅见到了齐媛媛。待咖啡上来后，庄暖晨开门见山："你找我不是叙旧吧？"

她跟齐媛媛的关系很奇怪，刚入公司的时候，她是齐媛媛的手下，等她升为总监的时候，齐媛媛又变成了她的手下。关系呢，说好谈不上好，说坏也谈不上坏，但因为安琪和梅姐一事齐媛媛也有参与，她对齐媛媛的印象就再也好不起来了。

齐媛媛抿唇一笑："你说对了，我早就想找你聊聊了。"

"你想聊什么？"

"聊你的好朋友，夏旅。"

庄暖晨叹了口气："她辞退你的原因你应该很清楚。"

"那你清楚事实吗？"齐媛媛反问。

"什么意思？"

齐媛媛冷笑："夏旅没你想的那么简单，我被她踢走不是因为我的失职，是因为我没她狠。"

"你觉得冤枉？监控录像里看得一清二楚。"

"你们只看到了能看到的，看不见的呢？"齐媛媛快人快语，义愤填膺，"没错，那晚我的确有那个心思，但真正害梅姐的人不是我。"

庄暖晨眸光一怔："你的意思是？"

"夏旅，是她害的梅姐。"齐媛媛说得肯定，"她趁着大家不注意换了视频，联合奥斯公关陷害梅姐。"

"不可能。"

"你以为无凭无据我会找你吗？"齐媛媛微微提高了声调，见有客人往这边看又压低了嗓音。

"你不知道，在夏旅暂代总监一职的时候，她总找我茬，像是故意找借口要把我辞了似的。她把我踢走后，好长一段时间我都没找工作，我就跟着夏旅，一直跟着她，没想到，真让我查出来她的那些不可告人的勾当。"

庄暖晨愣住。

齐媛媛将身子探前，一字一句："我是亲眼看见她跟陆珊见面，陆珊给了她一大笔钱。"

庄暖晨倒吸了一口气："陆珊那么做对奥斯也没好处，当时奥斯也没从中得益。"

"陆珊的目标就只是梅姐和南柏坤，压根不是针对标维。我叫朋友查了一下才知道，南柏坤曾经因为一项技术开发权的合同没谈妥，害得陆珊差点坐牢，她怀恨在心，而梅姐在德玛一天就会成为她最大的竞争对手，正好一举两得。"

庄暖晨感觉手指窜凉："这件事跟夏旅有什么关系？"

"她需要钱。庄暖晨，难道你不奇怪她为什么突然多了那么多的名包名车吗？"

庄暖晨的大脑失去运转，曾经有段时间夏旅的确有名车名包，穿戴很是讲究，可她认为是夏旅交了个有钱的男朋友。

213

"夏旅为了钱出卖梅姐很正常,她为了掩人耳目拉我出去做替死鬼,我也算是活该,谁让当时我那么点儿背被拍到?"

庄暖晨盯着齐嫒嫒,一丝疑问涌上心头:"你跟梅姐无仇无怨的,当晚为什么会出现在办公室?还是你也有事情瞒着我?"

齐嫒嫒喝了一口咖啡,眼神顿了顿。

"夏旅是我好朋友,而你是陷害梅姐的最大嫌疑人,你觉得我应该相信你的话吗?你说你亲眼看到了夏旅跟陆珊在一起,我完全可以怀疑你在撒谎。"

"我没撒谎。"齐嫒嫒将杯子放下,情绪激动了起来,"事实上是,陆珊找了夏旅,而夏旅又找了我,她说她很讨厌梅姐,说只需要一个视频就能将她踢走,又说这个行业都是一个萝卜一个坑,萝卜不走我们永远不能高升,更承诺事成之后会给我一笔不小的费用。我在德玛干了那么多年自然也想往上爬。后来夏旅将我踢走,无非是要掩盖自己的所作所为。"

像是一盆冷水直接浇到庄暖晨头上,冷汗像蜈蚣似的在后背爬。

"还有,"齐嫒嫒看着她缓缓道,"凌菲怎么就那么巧被人接走了?"

闻言庄暖晨的心咯噔一声。

"你看一眼照片吧,我拍到的。"齐嫒嫒拿出手机,调出张照片递给她看,"认识这个人吧?"

"徐晓琪?"

照片中的人戴着鸭舌帽,帽檐虽然压得很低,但她还是一眼认出了她。

"你曾经的新员工,我没理由冤枉她吧?"齐嫒嫒收回手机,"是她一大早接走的凌菲,指使她这么做的人就是夏旅。"

庄暖晨一阵头晕目眩,她想到了种种的可能性,但就是没想到会是徐晓琪,当时她已经被开除了。

"我手里有一大堆的跟踪照片,足以证明夏旅就是内鬼。"

"你还有其他照片?"庄暖晨皱皱眉头,朝着她一伸手,"交给我。"

"不好意思,我已经交给了程少浅。"

"什么?"

齐嫒嫒端起咖啡杯:"我怎么知道你是不是跟夏旅一伙儿的呢?再说了,把证据交到程少浅手里我还能得到一大笔钱,何乐而不为呢?不过这份证据貌似我交晚了。"

等回到德玛,庄暖晨才明白齐嫒嫒说的"这份证据貌似我交晚了"这句话的意思。

正是夕阳西下,那半明半暗的光也照得人心慌。高莹恰巧跟她打了个照面，见她回来了，火急火燎的："你终于回来了，手机怎么打不通啊？出大事了。"

"通知出来了？"庄暖晨问了句，回公司的路上她才发现手机没电了。

"听说总部已经下了决定，但程总始终拖着呢，我刚刚又悄悄打听了人事部，说事有变故。"

"程总人呢？"

"在会议室呢，这到底是怎么回事儿啊，哎，暖晨……"

会议室里气氛压抑，等股东们说完，一直缄默的程少浅才开口："你们的意见我没什么异议，但，除了将庄暖晨开除一项。"

"少浅。"其中一位股东一脸严苛，"我们知道你很惜才，如果她只是个普通员工，那么我们也没必要在这里讨论她去留的问题，但她身份特别，是江漠远的太太。你也清楚现在的形势，跟江漠远交好是你们私底下的事，但轮到公事上，无论如何都要避嫌。"

"庄暖晨不是是非不分公私不明的人，我不认为她有什么过错要遭受离职的后果。只因为她江太太的身份？"程少浅语气稍冷。

"这是股东大会的决定。"

程少浅面露冷讽："我要正当的理由。"

"庄暖晨搞砸了美亚的活动，暂且不说德玛传播的损失有多少，就拿总部来说，也遭受了名誉上的损失，这还不是理由？"

程少浅盯着视频上的几张脸，眯眼："这件事跟庄暖晨没关系，我已经查出了谁在背后捣鬼。"

股东们一愣，公司老总惊讶，压低嗓音问了句："少浅，你查出真相了？"

程少浅点头："我手里的资料就是证据。"拿起身边的黑色文件向股东们示意，"我会命助理将这些资料传真给你们。"

"我们说了半天你怎么就不明白呢？美亚不过就是个借口，我们遣走庄暖晨的真正目的——"

"程总。"会议室的门被推开，伴着庄暖晨急促的嗓音。

"这就是全部的证据。"办公室里，程少浅将黑色文件夹交到庄暖晨手里。

会议因庄暖晨的意外闯入而暂停，程少浅见她脸色有异，最开始还以为她是知道了总部的决定，带她回了办公室，没料到她问起了夏旅。看来齐媛媛不但找了他，还找了她。

庄暖晨接过文件夹，翻开，里面夹着几页的照片，照片里是夏旅，与陆珊的、与徐晓琪的，还有各个时期的通话记录，夏旅见过什么人，跟对方交易了什么均有详细说明。

"照片上的男人是谁？"她拿起一张照片，盯着半天问了句。

"应该是直接跟夏旅交易的人，他负责拿钱给夏旅。"程少浅说话间始终看着庄暖晨，她的脸色很难看。

"我不相信。"她无力。

"我拿到这些证据后又顺藤摸瓜查了一下，果然，夏旅当初的确找了齐媛媛来做视频一事，后来是齐媛媛临时变卦，是夏旅偷换了视频。齐媛媛被迫离职，的确也是夏旅为了掩人耳目。"

庄暖晨跌坐在沙发上，文件夹掉在地毯上。

程少浅起身走到她身边，拾起文件夹后扔到一边，坐了下来："这件事，我原本不打算让你知道。"

"早晚会知道的。"她的长睫轻抖，喃喃。

程少浅沉默。

"她怎么会找到徐晓琪？"这是庄暖晨最想不通的地方，徐晓琪为什么会帮她？

"我只能理解成财可通神。"程少浅若有所思，"至于夏旅会和徐晓琪达成怎样的协议这点我们无法得知，但从照片上不难看出，她们两个接触不是一次两次了。美亚活动当天，夏旅是请了假吧？"

庄暖晨点头。

"为了避嫌啊。"程少浅无奈叹了口气。

她心底的凉无限扩散。良久后："齐媛媛要走了很多好处吧？"

"钱能解决的问题就不是问题。"

庄暖晨抬眼看他，心里像是打翻了五味瓶似的不是滋味。是啊，钱能解决的问题就不是问题，所以夏旅连同友谊都用钱解决掉了。

"如今事情已经查出来了，你放心，我会说服股东。"程少浅伸手在她肩膀上轻拍了两下，嗓音低沉有力给予慰藉，"你是无辜的，不应该背上黑锅。"

庄暖晨唇角微撬："你想怎么做？"

"她不能留在公司。"程少浅目光严苛，"凭这些证据，她已经是商业犯罪了。"

"还有多少时间？"庄暖晨低头，轻声问。

他眉心一挑。

"总部出面要我走人,我知道你一直在扛着,程总,那些股东要的决定你还能拖多久?"

程少浅疑惑看着她:"这件事没什么好拖的,你是无辜的。"

"我想找夏旅聊聊。"

"还有必要吗?"程少浅皱着眉头问了句。

"有必要。"庄暖晨强忍着颤抖。

程少浅半晌后才点头:"好,今天的时间我给你,明天一早我会直接交出夏旅。"

孟母的生日宴办得有声有色,前来祝贺的高朋满屋,贺礼更是堆积如山。夏旅最终没能磨过孟啸,处理完工作便请了假跟着他参加生日宴。

夏旅挺紧张,但相处下来才发现二老都是和蔼可亲之人,孟母更是拉着夏旅问东问西,脸上大有一副期待儿媳妇进门的兴奋。

生日宴结束后快晚上十点了,出了酒店,孟啸意犹未尽,始终拉着夏旅。夏旅整晚的话不多,但一直噙着笑,两人手牵着手朝停车场的方向走去,快到车前的时候孟啸顿步,拉紧她。她也顺势停住脚步,转头看着他,轻声道:"干吗?"

"搬过来跟我一起住。"孟啸突然提出要求。

夏旅一愣,孟啸低头凝视着她:"我妈挺喜欢你的。"

夏旅脸颊发烫,低头不看他:"那也不用一起住啊。"

孟啸轻捏她的下巴,命她看着自己:"今天我都带你见家长了,你还不明白我是什么意思吗?"

"不明白。"她脸更红,甩开他的手。

孟啸眼底逸笑,伸手一下子将她搂住:"那就换个话题,你什么时候带我去见你父母?"

夏旅唇角的笑凝固。

"怎么了?"

"没……"夏旅心里七上八下的。

孟啸觉得她奇怪,刚想继续问,不远处有人声淡淡扬起:"夏旅。"

两人循声看去,庄暖晨站在离他们不远的地方。

夏旅像是见了救星似的松了口气:"暖晨?你怎么在这儿?"

庄暖晨没上前,也像是没看见孟啸似的,目光平静地落在夏旅红晕还未散的脸:"有些事想跟你谈谈,方便吗?"

孟啸奇怪地看着她们两个。

"现在?"

"对。"庄暖晨惜字如金。

夏旅迟疑了一下,最终还是点头。

入了夜的后海,长窗霓虹。银锭桥两侧被这大片的霓虹拉开夜色的模样,夜生活伴着天暖也开始了延长。车子驶进了人少的胡同,在午夜咖啡馆门前,庄暖晨熄了火,夏旅抬眼看了一下,一脸费解。

庄暖晨淡淡说了句:"进去吧,我们很久没来这儿喝东西了。"

午夜咖啡馆依旧静谧,两人进去后,趴在摇椅上的猫懒洋洋地叫了声,伸着懒腰起身。

咖啡馆里咖啡醇香浓厚,慵懒的爵士乐在这个午夜显得更加迷离。许是刚走了一桌客人,老板娘正在收拾杯子,见庄暖晨和夏旅进来了后轻轻一笑:"随便坐吧。"像是老朋友般熟稔自然。

庄暖晨微笑当打了招呼,找了个靠窗位置,夏旅在她对面坐下,环视周围:"一切如旧,真好。"

刚刚趴在摇椅上的黑猫跳上了桌子,看着她们两个撒娇叫着。

"小东西,你又胖了。"夏旅伸手挠它的头,它兴奋地呼噜了起来。

庄暖晨始终平静如水,看着夏旅良久后才淡然说了句:"是啊,一切如旧的感觉真好,其实人都不喜欢变故,夏旅,你喜欢吗?"

夏旅停住动作,黑猫"喵呜"一声跳下了桌子跑到别处玩了。

"变故有好有坏,如果朝着好的方向发展,我想每个人都喜欢吧。你怎么了?一路上都怪怪的?"

庄暖晨没说话,老板娘端着托盘过来,默不作声地放下两杯咖啡,一模一样,浓香扑鼻。

"老板娘,你今天是偷懒了吗?"夏旅抬头笑了笑,来这家店的人都知道,老板娘从不会上一模一样的饮品。

庄暖晨也不解,抬头看她。老板娘唇角依旧是淡然笑容:"难得有缘相识,哪怕坐下来喝同样一杯咖啡,也要珍惜这次机会。"

夏旅想了半天:"老板娘,你的话每次都很高深啊。"

老板娘笑而不语。

"到了晚上,我不敢喝咖啡。"庄暖晨觉得这次是老板娘上错饮品了,"帮我换一杯玫瑰茶之类的吧。"

老板娘摇头:"人的习惯总要改变,试着让自己改变一些也未尝不可。两位,慢用。"

待老板娘离开后,夏旅说:"你晚上喝咖啡会失眠就别喝了,我们再换个地方也行。"

"老板娘说得对，习惯不是天生的。"庄暖晨拿起精致的银勺轻轻搅动着咖啡，呼吸之中满是醇香，那股子暖到了心里却凝成了冰。

夏旅不解她的话："你到底怎么了？"

"你不知道我怎么了吗？"庄暖晨顿了顿，忍不住心底的痛，也难以承受要来一段悲壮的开场白修饰这段即将逝去的友谊。

"夏旅，你是什么时候开始的？"

夏旅听得云里雾里："开始什么？"

庄暖晨盯着她，一字一句："开始，不在乎我们的友谊。"

夏旅手中的银勺撞在了咖啡杯上，发出清脆的撞击声，这声音不大，却在这个午夜格外刺耳。

"你说什么呢？"

"我们从大一就认识，在同一个寝室生活了四年。那时候，我、你和艾念，我们三个曾经说过，这一辈子都是好姐妹、好朋友，我们三人要相互扶持、相互帮助，人世或许会险恶，一切或许会变，但我们三人的友谊永远不会变。"

庄暖晨安静地看着夏旅，吐字清晰疼痛："我们三个，一起哭过、一起笑过、一起醉过、一起疯过，是夏旅你说的，不管以后我们身在何方，等到八十岁那年我们还要手牵手一起去爬香山，在没到约定的时间谁都不准死去，哪怕到时候生病了，不能动弹了，让儿女抬也要给我们抬去，你没忘你说过的话吧？"

夏旅的手指微微发颤，半晌后轻声道："没忘，我还说过，如果我们三个不能留在北京，如果各奔东西，我们也要经常通话聊天。"

她抬眼看着庄暖晨："所以，你今天叫我来这儿不是为了叙旧吧，你想问我什么就问吧。"

"好，那我就问你，梅姐的离开是不是跟你有直接关系？"

夏旅双手抱着咖啡杯，双唇紧抿，半晌说："是。"

"为什么？"

"你今天能找我谈这件事说明你已经知道了事情的全部，既然都知道了，又何必再问我？"

"我想知道你是怎么想的，好端端的你为什么会变得这么不择手段？"庄暖晨攥紧了拳头，目光严苛。"你这算什么？踩着别人的脑袋往上爬，这种成功来得有意思吗？"

"你错了，我没变，你不是刚踏入社会了，商场上尔虞我诈的事情很少吗？这世上谁不是为了成功使尽一切手段？"

"所以，包括我们的友谊，你都可以没有底线地出卖？"庄暖晨目光悲怆。

夏旅沉默不言。

"凌菲是你找人接走的，你明明知道我对美亚的活动有多重视。"庄暖晨伸手抵住胸口，疼痛化开，原来遭遇友谊背叛的痛远远要胜过爱情。

"我做了什么事让你这么痛恨，将我往死路上逼？你知不知道那天差点砸死我？"

"我没想到你会受伤。"夏旅这句话是真的，灯掉下来这件事她也一直疑惑不解。

其实她早就后悔了，只不过等她赶到的时候一切都晚了。

泪水打湿了庄暖晨的脸颊，却盯着夏旅冷笑："如果你真把我当成你朋友的话，连这种想法都不该有。"

"是，我是卑鄙我是无耻。"夏旅急了，冲着她低吼，"我出卖梅姐是为了钱为了利益，但同时也想到了你，你要能力有能力，要效率有效率，凭什么要被齐媛媛压着？要被梅姐压着？"

"这么说我倒要谢谢你了是不是？"庄暖晨听着心寒，"你是为了我还是为你自己？"

"我为我自己有错吗？梅姐为了往上爬背地里做了多少缺德事？你现在觉得她好，那是因为她成功了。还有陆珊，明面跟你谈笑风生，背地里不是一样使手段？"夏旅也染红了双眼。

"别人是别人，你是你。"庄暖晨的手指头快攥断了，"你的行为说不好听的就是商业犯罪。"

夏旅目光冷峻："你有什么资格指手画脚？有些人注定就要去做坏人，做可耻的人。"

她的话透着凉风，阴飕飕的，像刀子。

对面，庄暖晨反倒冷静下来了，待她发泄完这番话后才开口，嗓音不见丝毫愤怒："没错，我是没资格指手画脚，更没资格教训你。我只想知道，究竟发生了什么事。"

夏旅一愣。

"我们认识了这么多年，你是什么性格的人我难道不清楚？"

两人眼前的咖啡凉了，夏旅始终没开口。

庄暖晨耐着性子："今天我没要你履行所谓的誓言，只想知道你到底发生了什么事，难道我这都没有资格知道？"

夏旅手箍着内中凉透的咖啡杯，眉头微蹙，半晌后幽幽道："是我出卖了你，这是铁一般的事实。我没苦衷，这个社会太现实了，我需要往上爬，否则我会被压得喘不上气，我不认为人往高处走有什么错。"

"这个社会没有逼你，只是你要不要妥协而已。你是我最好的朋友，我不想看到你有后悔的那一天。"

夏旅缓缓抬眼盯着她："其实我很嫉妒你。"

这次轮到庄暖晨愣了。

"我比你聪明，可每年都是你拿奖学金；毕业后我进了媒体，我以为终于赢了你一次，可没想到最后我还是跟着你到了德玛做公关。我工作能力不比你差，但你更受到重视；你没我漂亮，却能嫁个有钱人。这是什么世道？我凭什么还要去努力？"夏旅流泪，抓过纸巾狠狠擦了一把脸。

庄暖晨敛着长睫，喝了一口咖啡，凉透的液体顺着喉咙滑入胃里，引得一抽一抽地疼痛。

"庄暖晨，你是太幸运了。"

庄暖晨深吸了一口气，这才缓解了胃的疼痛："我们认识这么多年，你从来都没去过古镇，没到我家看看。"

夏旅愣怔看着她。

"我父亲的身体很不好，这你是知道的。"庄暖晨的目光变得遥远，"从初中到高中，是我家最难熬的六年。那时候我爸舍不得钱去医院看病，一边扛着家一边挨着病，我还要上学，我妈在教课之余也干点零活，我就经常去帮忙。家家都有难念的经，老天其实是公平的，你认为我幸运，但你只看到了结果。"

她的声线像是平静的湖面，"没错，当时录取时你的分数是比我高，我为什么要拼了命去拿奖学金？因为我要减轻家里负担；你是比我聪明，但你经常逃课去约会，我只能不停往前走。你去泡吧的时候我在图书馆里死啃书，你睡得酣然的时候我一大早就出去做兼职。你到德玛有心理落差我能理解，但我也是学新闻的，难道我就没有心理落差？你的工作能力是很强，可你尽心尽力了吗？争夺标维竞标案的时候，你扪心自问全力以赴了吗？那阵子我加班加到胃抽筋，几个晚上都是在公司里面眯那么一会儿又开工，标维的案子我真是拿命来博的。竞标的时候，标维高层将我留在了最后为什么？他们故意为难刁难，换作是你早就走了吧？我们活在这世上，没有谁敢说自己有多么幸运，看上去幸运的人背后付出了多少努力我们谁都不清楚，个中滋味只有自己才知啊！"

夏旅咬着唇，脸色苍白。

"当然，我也不是现身说法，因为我根本就没这个资格。"庄暖晨收回目光，酸涩，忍不住哭了，"我只是告诉你，做错事的滋味真的很难受，是每天都如同在地狱里煎熬的痛楚。你跟别人不同，别人就算杀人放火与我何干？你是夏旅，是我最在乎的好友。"

夏旅的泪染花了脸上的妆，沉默了太久，终于开口："是我出卖了你没错，你想怎样就怎样。"

"我不会原谅你。"

"我知道。"夏旅朝后一倚，"我早就做好了心理准备，说实话，我一边要记得你是我朋友，一边还要想方设法去超越你去比你强，我真的很累。"

庄暖晨点头，疼痛却像是锋利的刀刃划开血管，那是一种友情决裂的痛，在肆意流淌。

"好。"一个字，心已经颠沛流离。

夏旅没再开口，可泪水没了，目光彻底冷了下来。

"你有你的处事方式，我有我的底线，夏旅，无论今后怎样，我都希望你越来越好。"庄暖晨拎包起身，掩去眼底的痛，"人做不到面面俱全，但至少我们都不要给自己一个堕落的借口。"

庄暖晨走了，长窗外是她落寞寂寥的身影。夏旅的泪水漫延，眼里的影子愈加模糊。

也许这样，你我都能解脱，这就是她的悲哀，就算知道错了也要坚持到底。

程少浅很早就到了办公室，经过总监室的时候发现门虚掩，推门进来愣住。

庄暖晨靠窗而坐，背对着他。初晨的光线从她身边穿过，坠在光线中，她如影子般似真似幻。

他的心被撞了一下，又像是有什么东西在牵扯他的神经。良久后，他才清了清嗓子。庄暖晨回头，他这才发现她的眼眶红红的，上前："整晚都在公司？"

她点头。

程少浅愕然，但很快也猜出些什么来，轻声道："没吃东西吧？走，我带你吃点早餐。"

她摇头。

"现在不是上班时间，你大可以当我是朋友。"程少浅见状轻叹，坐下来看着她说。

"我没什么委屈,真的。"她挤出一丝笑容。

程少浅何尝不知道她心中所想,拉过她的手:"放心,我不会让你背上黑锅。"

"程总,"庄暖晨抽回手,倦怠的目光透着认真,"有关这件事,我想跟你好好谈谈。"

夏旅被程少浅叫进办公室的时候是上午十点,途经总监室,里面静悄悄的,没人。

进了办公室,程少浅的脸色很难看。

夏旅知道没好事,也没坐下,直截了当开口:"我知道庄暖晨把昨晚的事告诉你了,也知道你手里有我出卖她的证据,我承认,那些事都是我做的,你想开除也好报警也罢无所谓。"

话音刚落,程少浅大手蓦地拍在办公桌上,起身低声怒喝:"夏旅,到了现在你还认为庄暖晨会害你吗?今天早上直到她走,昨晚发生什么她只字未提,你以为证据是她给我的?是别人给了我被她发现的。"

夏旅整个人都傻住了,下意识喃喃:"她走?她去哪儿了?"

程少浅烦躁地扯了扯领带:"她今早离职了,背着你给她的黑锅当着全体股东们的面儿辞职了。"

"什么?"夏旅身子一软跌坐在椅子上,大脑乱成了一团。

"夏旅,这一次你错得太离谱了。"程少浅嗓音泛寒。

夏旅连想都没想就冲出了办公室。

程少浅气得牙根痒痒,拳头都快攥出血来,脑中回荡着庄暖晨临走时的最后一句话:"我知道现在的状况,股东们希望我离开不过是为了避嫌。程总,千金易得一将难求,夏旅的行为是很过分,但渴求成功的心是没错的,谁这辈子没做错过事?还是让她充分发挥自己的能力吧。"

一直以来,他都认为他是个很会保护手下的上司,可没成想,这一次竟是庄暖晨保了他,用这么决绝的方式拉他走出了左右为难的沼泽之中。

程少浅走到沙发边坐下,捏着发疼的额角,半晌后拿过手机,迟疑了几秒钟后才拨了出去。对方接通后,他说了句:"漠远,暖晨辞职了。"